Rose-Mary Hein
Blutkreide

AF206624

Rose-Mary Hein

Blutkreide

Ein neuer Fall für Engels und Bär

© 2018 Rose-Mary Hein
Alle Rechte vorbehalten.
Titelfoto: Harald Wolff
Satz: Thorsten Falke
Gesetzt aus der Caslon Pro mit Adobe InDesign.

Herstellung und Verlag:
BoD – Books on Demand, Norderstedt
ISBN 978-3-7481-6725-9

Bibliografische Information der Deutschen Nationalbibliothek: Die Deutsche Nationalbibliothek verzeichnet diese Publikation in der Deutschen Nationalbibliografie; detaillierte bibliografische Daten sind im Internet über *www.dnb.de* abrufbar.

Wer auf Rache aus ist, grabe zwei Gräber.

Chinesisches Sprichwort

1

Mit großem Interesse verfolgte ich seit einiger Zeit die nahezu perfekte Werbekampagne für den neuen Sporttempel. Ob im Radio oder in der Tageszeitung, fast täglich wurde auf das Innovative dieser neuen Filiale hingewiesen. Sogar in der regionalen Abendschau bekam der Betreiber, Paul Kessler, die Möglichkeit, persönlich auf die Besonderheit seiner neuen Geschäftsstelle aufmerksam zu machen. Ich hing an seinen Lippen, registrierte jede seiner Bewegungen. Jahrelang hatte ich vergeblich versucht, meinen Frieden mit den Geschehnissen von damals zu machen. Es gab nur eine einzige logische Konsequenz: Ich musste endlich handeln. Seit dem Tag, an dem ich diesen unumkehrbaren Entschluss gefasst hatte, fand ich meine innere Ruhe wieder.

Paul Kessler war der Erste auf meiner Liste. Die anderen beiden würden folgen. Gedanken darüber, was geschehen würde, wenn sie mich fassten, ließ ich gar nicht zu. Warum auch, es war mir inzwischen schlichtweg egal. Ich hoffte nur, dass ich mein Vorhaben beenden konnte, bevor sie mich aufspüren würden.

Mein zeitlicher Rahmen war eng. Ich durfte mir keinen Fehler erlauben.

Morgen, am Samstag, würde die Eröffnungsfeier in Berlin-Charlottenburg stattfinden. Aber das interessierte mich nur am Rande. Für mich war der Tag davor wichtig.

Schon seit einiger Zeit beobachtete ich das Gebäude, sah die Lieferfahrzeuge und die Handwerker ein- und ausgehen. Einmal gelang es mir, mich unter die Arbeiter zu mischen. Aufmerksam erkundete ich die Räumlichkeiten und verließ, nachdem ich mir einen Überblick verschafft hatte, das geschäftige Treiben. Ich wusste inzwischen, dass Paul Kessler immer als Erster seine Filiale betrat und sie als Letzter verließ. Auch heute früh, am letzten Tag vor der Eröffnung, standen wieder Lieferanten vor der Tür und schleppten einige Kartons in den Keller des neuen Sporttempels.

Nachdem ich genug gesehen hatte, ging ich nachhause, um mich mental auf meinen Plan vorzubereiten. In einigen Stunden würde ich wiederkommen, um endlich zu tun, was getan werden musste.

Ab 15 Uhr beobachtete ich wieder die Eingangstür, mal von meinem Auto aus, das schräg gegenüber stand, dann wieder vorbeischlendernd an den Auslagen der in unmittelbarer Nähe gelegenen Geschäfte. Gegen 17 Uhr war es dann so weit: Kessler öffnete die Tür, um seine letzte Angestellte ins freie Wochenende zu entlassen. Zügig verschwand sie in der Menge. Blitzschnell eilte ich zu der bereits wieder verschlossenen Tür und klopfte an die Scheibe. Kessler drehte sich genervt wirkend um und fragte mich durch die geschlossene Glastür, was ich wolle. Pantomimisch versuchte ich ihm klar zu machen, dass mein Handy im Laden läge. Er schloss auf.

»Im Keller – mein Handy muss im Keller liegen. Heute früh, bei der Lieferung, muss ich es irgendwo abgelegt haben …«

Kessler verdrehte die Augen und gab mir, dem vermeintlichen Lieferanten, durch eine unwirsche Handbewegung zu verstehen, dass ich ihm folgen solle. Er lief – nein, eigentlich stolzierte er, ähnlich einem eitlen Pfau – aufrecht vor mir her. Ich war erstaunt, wie schmal und klein er war. Vermutlich maß er gerade mal knapp 1,70 Meter. Seine halblangen, blonden Haare waren im Nacken zusammengebunden, und er redete unentwegt vor sich hin, ließ mich teilhaben an seiner Einstellung oberflächlichen Menschen gegenüber.

Schlussfolgernd meinte er: »Kein Wunder, dass Sie es in Ihrem Leben nur bis zum Lieferanten gebracht haben. Typen wie Sie lassen vermutlich ständig irgendetwas liegen oder erledigen nur die Hälfte der Arbeiten, die ihnen aufgetragen werden. Mangelndes Verantwortungsgefühl, ja, genau das ist es, mangelndes Verantwortungsgefühl. Und ich sage Ihnen, die Tendenz ist steigend. Es wird immer schwieriger, engagierte, verantwortungsbewusste Mitarbeiter zu finden.«

Sein Gelaber erreichte mich nicht. In meinem Kopf war er bereits tot.

Als wir die Hälfte der Kellertreppe hinuntergegangen waren, versetzte ich ihm einen Tritt, und Kessler stürzte, einen gellenden Schrei ausstoßend, die restlichen Stufen hinunter.

Mit schmerzverzerrtem Gesicht und weit aufgerissenen Augen starrte er mich an.

Blitzschnell stopfte ich ihm eine Mullwindel in den Rachen und schleifte ihn, während er sich heftig zur Wehr setzte, in den unverschlossenen Kellerraum am Ende des Ganges. Er war ein Leichtgewicht. Seine Arme befestigte ich mit Nylonschnüren am Heizungsrohr, und sobald er sich bewegte, brachte ich ihn mit einem heftigen Tritt zur Räson. Ich stand vor ihm und musterte ihn emotionslos. Schweißnass klebte sein Hemd am Körper. Seine Pupillen schienen vergrößert und unentwegt drangen gurgelnde Geräusche durch den Knebel nach außen.

Bedächtig holte ich das brandneue Jagdmesser sowie die weiße Kreide aus meiner Tasche. Diese Utensilien stammten, ebenso wie die Nylonschnüre, aus dem Fundus des Sporttempels. Ich strich Kessler seine langen, mittlerweile klatschnassen Haare, die ihm die Sicht nahmen, zur Seite und hielt ihm die Kreide vor die Augen. Gespannt beobachtete ich seine Reaktion. Ein paar Sekunden lang hatte ich den Eindruck, er begriff die Bedeutung der Kreide nicht. Das plötzlich einsetzende Wimmern und Winseln allerdings, das kurz darauf nur dumpf durch den Knebel drang, bestätigte mir, dass der Anblick der Kreide durchaus richtig verstanden wurde.

Zufrieden nickte ich ihm zu. Mit ängstlichem Blick verfolgte Kessler jede meiner Bewegungen. Als ich mich mit der Nylonschlinge auf ihn zubewegte und Anstalten machte, sie um sein Bein zu legen, verlor er die Kontrolle über seinen Körper. Ich hielt einen Moment inne und beobachtete zufrieden die bebende und heulende Kreatur zu meinen Füßen.

Langsam bückte ich mich und befreite Kessler, der zitternd vor mir lag, von seiner urindurchtränkten Hose, legte die Schlinge um sein Bein, zog es straff von seinem Körper weg und befestigte die Schnur ebenfalls an einem Heizungsrohr. Im Zeitlupentempo tat ich das Gleiche mit dem anderen Bein.

Mit weit aufgerissenen Augen starrte er mich an.

Da ich hinterher keine Abdrücke meiner doch sehr prägnanten Schuhsohlen hinterlassen wollte, benutze ich Plastiktüten als Überschuhe. Dann zog ich das Messer aus dem Schaft und platzierte es eine Handbreit unter seinem Bauchnabel. Spätestens in diesem Moment schien er zu ahnen, was ich vorhatte. Seine Atmung wurde flach und hektisch, seine Muskeln verkrampften, und ich hatte schon die Befürchtung, dass er vorzeitig kollabieren würde. Erfreulicherweise waren meine Bedenken unbegründet.

2

Genervt legte Theo das Skript zur Seite. Er konnte sich beim besten Willen nicht auf diesen Mist konzentrieren. Obwohl er seit einer Woche nichts anderes tat als an der Poolbar herumzulungern, einen Drink nach dem anderen in sich reinschüttend, immer in der Hoffnung, endlich so etwas wie Ruhe und Gelassenheit zu finden. Es geschah das genaue Gegenteil. Am Wetter konnte es nicht liegen,

Rügen zeigte sich von seiner besten Seite, eine Postkartenidylle. Kleine Schäfchenwolken zogen spielerisch am azurblauen Himmel entlang. Die See lag spiegelglatt und einladend vor ihm, und dennoch wurde er von Tag zu Tag gereizter. Nichts konnte ihn zufriedenstellen.

Wie immer hatte er in einem der besten Hotels eingecheckt. Seine Suite war groß und luxuriös und das Personal aufmerksam, ohne aufdringlich zu sein. Pauschaltouristen suchte man in diesem Gästehaus vergebens. Eigentlich wollte er sich in Ruhe mit dem neuen Theaterstück beschäftigen, aber was er bis dato gelesen hatte, war Schrott.

Seit ungefähr zwanzig Jahren war er mit Ben befreundet, den er beim gemeinsamen Studium kennengelernt hatte. Sie belegten unter anderem die Fächer Literatur und Theaterwissenschaft, und damals wussten sie beide noch nicht genau, in welche Richtung es konkret gehen sollte. Ben wurde später ein genialer Autor, und er selbst kletterte zielstrebig die Erfolgsleiter nach oben, war als Schauspieler erfolgreich, gab sein Regiedebüt und leitete einige Jahre später als Intendant ein mittelgroßes Theater in Berlin. Er hatte klare Vorstellungen davon, welches künstlerische Profil er diesem Theater geben wollte und mit welchen Stücken und Personen dieses Ziel realistisch zu erreichen war. Ben und er galten in der Fachwelt als das »Dream-Team«. Bei jeder Inszenierung, an der sie beide mitwirkten, war der Erfolg vorprogrammiert.

Was Ben ihm allerdings diesmal präsentierte, spottete jeglicher Beschreibung. Er bereute seine vorschnelle Zusage, die er ihm nach der Lektüre der ersten Seiten gegeben hatte. Kleine Änderungen wurden immer vorgenommen, aber bei diesem Skript bewirkte man mit kleinen Änderungen gar nichts. Das Stück musste komplett umgeschrieben werden.

Er war stinksauer, weil diese Zeit bei den Proben fehlen würde.

Der Barkeeper schaute ihn fragend an: »Darf es noch etwas sein?«

Ohne auf die Frage zu reagieren, erhob er sich und steuerte auf den verglasten Lift zu. Er würde jetzt sofort Ben anrufen und ihn auffordern, sich umgehend in Bewegung zu setzen, um morgen hier auf der Matte zu stehen. Erst versuchte er es auf dem privaten Handy. Diese Telefonnummer kannten nur wenige Freunde. Fehlanzeige, es sprang nur die Mailbox an. Auch auf dem offiziellen Handy meldete sich nur eine monotone Stimme, die ihn aufforderte, eine Nachricht zu hinterlassen. Er legte wütend auf und versuchte es nochmals auf dem privaten Anschluss. In einem Ton, der keinen Widerspruch duldete, sprach er auf die Mailbox und forderte Ben auf, morgen anzutanzen, um mit ihm gemeinsam das Skript zu besprechen.

Er schob das Handy in seine Hosentasche und überlegte gereizt, was ihm jetzt helfen würde, aus dieser miesen Stimmung herauszukommen.

Die kleine Blonde von gestern Nacht fiel ihm ein. Er überlegte einen kurzen Moment, ob er sie anrufen sollte, entschied sich dann aber für die Brünette mit dem großen Busen. Die Blonde war ihm zu zart besaitet und ging nur widerwillig auf seine Sonderwünsche ein. Die Brünette hingegen war zwar schon Ende dreißig, nicht unbedingt seine Zielgruppe, aber robust und seinen Praktiken nicht abgeneigt. Er wählte ihre Nummer. Im Gegensatz zur Blonden, die sich eher kindlich am Telefon anhörte, meldete sie sich mit melodischer, etwas rauchiger Stimme. Sie versprach, in dreißig Minuten bei ihm zu sein. Theo inspizierte den gut gefüllten Kühlschrank und war zufrieden: Softdrinks suchte man darin vergeblich. Auch diesbezüglich bevorzugte die Brünette harte Sachen. Ihm wurde bewusst, dass er vor sich hinlächelte, und das erste Mal an diesem Tag fühlte er sich gut, sehr gut sogar. Heute würde er den Spaßfaktor eine Stufe höher drehen, und er war gespannt wie weit sie freiwillig mitspielen würde.

Pünktlich klopfte sie an seine Tür. Beim Eintreten bedachte sie ihn mit einem lasziven Lächeln. Mit geschmeidigen Bewegungen, die einer schleichenden Katze ähnelten, bewegte sie sich auf die bereits gefüllten Gläser zu. Unter ihrem durchsichtigen, nachtblauen Seidenkleid trug sie nichts. Sie war routiniert und wusste, wie man ihn in Stimmung brachte. Den Drink kippte sie hinunter, ohne einmal abzusetzen. Sie mochte es, wenn man schnell zur Sache kam, alles andere fand sie, ebenso wie er, öde und empfand es als Zeitverschwendung. Er riss ihr brutal das Kleid vom Körper, warf sie auf das runde Bett und griff sich die metallisch blitzenden Handschellen.

Im selben Moment läutete sein Handy: Es war Ben. Diesen Klingelton hatte er Ben zugeordnet. Leise fluchte er vor sich hin, aber er musste rangehen. In seinem Leben gab es unverrückbare Prioritäten, und alles, was seine Arbeit betraf, stand an erster Stelle. Unvermittelt löste er sich von seiner Gespielin und nahm den Anruf entgegen. Die Verbindung war schlecht. Schnarrende Nebengeräusche verhinderten eine verständliche Kommunikation.

Ben brüllte aufgeregt ins Telefon: »Bist du es, Theo? Hörst du mich?«

Er schrie nun ebenfalls. » Ja, ja, ich bin dran!«

»Theo, du musst sofort zurückkommen – Paul ist tot. Paul wurde ermordet! Hast du mich verstanden? Dein Bruder ist tot, er wurde ermordet!«

Theo presste das Telefon an sein Ohr und war unfähig, etwas zu sagen. Nach ihm endlos erscheinenden Minuten fand er seine Stimme wieder und fragte: »Weißt du, was geschehen ist?«

»Ja … Eröffnung … Filiale … Lager … Kreidekreis!« Abgehackt, wie Trommelschläge, drangen die Worte in seinen Schädel, dann war die Verbindung unterbrochen, das Handy fiel zu Boden. Ein Wort brannte sich in sein Hirn und zitternd flüsterte er es vor sich hin: »Kreidekreis – Kreidekreis – Kreidekreis.«

Unvermittelt stand plötzlich seine Gespielin hinter ihm, umschlang ihn mit beiden Armen, schmiegte ihren nackten Körper an den seinen und gurrte verführerisch in sein Ohr: »Schlechte Nachrichten?«

Wie in Trance drehte er sich um und stierte sie entgeistert an; sein Gesicht verzerrte sich zu einer bösartigen Maske.

»Verschwinde, du kleine miese Schlampe!«

Sie wich verängstigt zurück, griff beim Rückwärtsgehen nach ihrem zerrissenen Kleid und bückte sich hastig nach den Schuhen.

»Nun mach schon, verschwinde endlich!«

Er ballte die Faust und bewegte sich auf sie zu. Nur knapp entging sie seinem Schlag. Sie rannte zur Tür, riss sie auf und konnte um Haaresbreite seinem erneuten Hieb entgehen. Angewidert schlug er die Tür zu, fummelte ungeschickt eine Zigarette aus der Packung, zündete sie mit zittrigen Händen an und zog den Rauch tief in seine Lungen. In seinem Kopf dröhnte und pochte es: *Kreidekreis – Kreidekreis.* Sein Herz raste, Schweißperlen bildeten sich auf seiner Stirn, und ihm wurde augenblicklich bewusst, dass ihn die Vergangenheit eingeholt hatte.

Gnadenlos schrie sie nach Vergeltung.

3

Ben hielt noch eine Weile das Telefon an sein Ohr gedrückt und rief Theos Namen, bis er endlich kapierte, dass die Verbindung unterbrochen war. Er war sich nicht sicher, welche Information bei Theo wirklich angekommen war. Dass sein Bruder tot ist, hatte er wohl begriffen, dass er aber ermordet wurde, schien er nicht mehr verstanden zu haben.

Ben stand aufgewühlt zwischen den anderen Gästen, auf deren Gesichtern sich das blanke Entsetzen spiegelte. Es wurde leise getuschelt und einige der Frauen weinten. Die Polizei nahm von allen Anwesenden die Personalien auf, erkundigte sich, in welchem Verhältnis sie zu dem Opfer standen und ob sie irgendetwas Ungewöhnliches beobachtet hätten. Danach durften die Befragten den Raum verlassen, sollten aber weiterhin erreichbar sein. Ungefähr fünfzig Gäste waren eingeladen worden, da aber ein ständiges Kommen und Gehen herrschte, konnte niemand mit Bestimmtheit sagen, wer schon da war – und wer nicht. Jederzeit hätte sich auch ein nicht geladener Gast Einlass verschaffen können.

Die Eröffnungsfeier des neuen Sporttempels des exorbitanten Paul Kessler, mitten in Berlin, wollte sich niemand entgehen lassen. Kessler war einer der ganz Großen in diesem Metier, und inzwischen befanden sich in fast jeder größeren Stadt Deutschlands sowie in Italien, Spanien und Frankreich Filialen seiner Sportgeschäfte, die zu Recht den Namen »Sporttempel« trugen. Dort konnte man so gut wie alles, was mit Sport und Camping zu tun hatte, erwerben. Zu jeder Filiale gehörte ein Fitness-Studio, und wer wollte, konnte bei ihm auch Kletter-, Reit- und Tauchkurse buchen. Das Angebot war vielseitig und innovativ.

Ben stand noch immer wie angewurzelt neben dem üppig gefüllten Büfett, umklammerte das halb volle Whiskyglas und starrte vor sich hin. Er verfluchte seine hirnrissige Entscheidung, doch noch zur Eröffnung hergekommen zu sein. Er hatte absolut keine Lust dazu gehabt, und eigentlich war er nur Theo zuliebe hier. Dieser hatte ihn gebeten, da er selbst auf Rügen weilte, ihn bei der Eröffnungsfeier seines Bruders zu vertreten. Eine Bitte, der Ben nur widerwillig nachkam. Theo wusste genau, dass Paul auf die Gesellschaft Bens noch nie großen Wert gelegt hatte. Ben ging es im umgekehrten Fall ebenso. Die arrogante, überhebliche Wesensart von diesem Kerl war ihm schon immer tierisch auf die Nerven gegangen. Aber anscheinend gab es noch jemand, der ihn nicht ausstehen konnte. Jemand, der ihn nicht nur »nicht gemocht«, sondern gehasst haben musste. Denn nur abgrundtiefer Hass, da war sich Ben sicher, ließ einen Menschen eine derart brutale Tat begehen. Er bekam den Anblick des geschundenen Körpers nicht aus dem Kopf: das im Todeskampf schmerzverzerrte Gesicht und den weißen, an eine Babywindel erinnernden Knebel, der jeden Schrei im Ansatz erstickt haben musste; Arme und Beine, die von stabilen Nylonschnüren vom Körper weggezurrt und deren Enden an Heizungsrohren verankert waren. Der Unterkörper Pauls war entblößt und an der Stelle seines männlichen Attributs befand sich eine undefinierbare, breiige Masse.

»Herr Seller, Sie sind doch Ben Seller?«

Die tiefe, sonore Stimme Gregors riss ihn aus seinen Gedanken.

»Ich bin Kriminalhauptkommissar Gregor Bär. Wie ich von den Kollegen unterrichtet wurde, haben Sie das Opfer gefunden, und diesbezüglich hätte ich da noch ein paar Fragen an Sie.«

Er forderte Ben auf, ihm zu folgen und lotste ihn zu einem Büroraum, der sich im hinteren Trakt der großen Verkaufshalle befand. Auf dem Weg dorthin mussten sie an der Kellertreppe vorbei, die zum Warenlager sowie zum Tatort führte. Ein Polizist sicherte den Zugang nach unten. Nur die Spurensicherung und die zuständigen Kripobeamten durften ungehindert passieren.

Ben zögerte einen Moment, als er sich in Höhe der Treppe befand, die er vor kurzem noch atemlos und kreidebleich nach oben gehetzt war. Oben angekommen, wollte er schreien, wollte in die Menge brüllen, wollte, dass jemand unverzüglich die Polizei rief. Er brachte keinen Ton über die Lippen. Nur ein trockenes Krächzen drang aus seiner Kehle. Seine Panik blieb nicht unbemerkt, denn plötzlich packten ihn zwei kräftige Arme, die ihn energisch auf einen Stuhl platzierten. Der junge Mann, der vor ihm stand, drückte ihm ein Glas Wasser in die Hand und meinte stirnrunzelnd: »Ihnen ist wohl der Satan persönlich begegnet, Sie sind ja kreidebleich!« Im Flüsterton – der junge Mann musste sich zu ihm hinunterbeugen um überhaupt etwas zu verstehen – hatte Ben ihn aufgefordert, sofort die Polizei zu informieren. Im Keller sei ein Mord geschehen.

Kommissar Bär blieb stehen, als er bemerkte, dass Ben im großen Bogen an der Treppe vorbeieilte, und fragte ihn: »Alles in Ordnung, Herr Seller?«

»Ja, ja, es geht, es ist nur … ich … ich bekomme dieses Bild nicht aus meinem Kopf.«

Gregor nickte verständnisvoll in seine Richtung.

Im Büro angekommen, schloss er die Tür und bat Ben, Platz zu nehmen.

»Herr Seller, es tut mir wirklich leid, dass ich nicht umhinkomme, Sie jetzt befragen zu müssen. Der Anblick des

Ermordeten muss für Sie ein gewaltiger Schock gewesen sein …«

»Ja, ja, allerdings«, unterbrach ihn Ben, »ich denke, den Anblick werde ich so schnell nicht vergessen.«

»Okay, wir machen es kurz.«

Gregor wollte von Ben wissen, in welchem Verhältnis er zu dem Opfer stand, wie lange er heute schon vor Ort gewesen war, und weshalb er nach unten in den Keller gegangen sei.

Ben atmete tief durch und bemerkte erst jetzt, dass er noch immer sein halb gefülltes Whiskyglas in der Hand hielt. Er lehrte den Rest in einem Zug. Geräuschvoll stieß er die Luft aus seinen Lungen und konzentrierte sich auf die Beantwortung der Fragen. »Seit ungefähr 16 Uhr bin ich hier. Ich war einer der ersten Gäste, und als ich kam, waren nur zehn bis fünfzehn Personen anwesend, vielleicht auch zwanzig, na ja, und die drei jungen Leute vom Cateringservice. Als ich mich bei ihnen nach Paul Kessler erkundigte, sagten sie mir, dass sie ihn auch noch nicht gesehen hätten und das sehr ungewöhnlich fanden.«

»Und wie sind Sie zu dieser Einladung gekommen?«

Ben erzählte, dass er seit circa zwanzig Jahren mit dem Bruder des Opfers, mit Theo Kessler, befreundet sei und auch beruflich eng mit ihm zusammenarbeite.

»Und weshalb ist dieser Bruder heute nicht anwesend?«

»Theo befindet sich seit drei Tagen auf Rügen, da er mein Skript in Ruhe durchsehen wollte. Im Herbst beginnt die neue Theatersaison, und es bleibt uns nicht mehr viel Zeit. Egal, wie auch immer, aus diesem Grund bat er mich, ihn bei der Eröffnung der neuen Filiale seines Bruders zu vertreten. Er wusste auch, dass ich dieser Bitte nur widerwillig nachgekommen bin. Deshalb war ich auch so früh hier. Ich dachte, ich lasse mich kurz blicken und verschwinde unauffällig, wenn der Laden voll ist.«

Gregor hörte ihm aufmerksam zu und fragte, ob es zwischen ihm und dem Opfer Probleme gegeben habe.

»Nein! Ich habe – vielmehr ich hatte – nie ein Problem mit dem. Wir mochten uns einfach nicht. Mir ging die arrogante, hochnäsige Art von diesem Kerl auf die Nerven. Bei dem drehte sich alles immer nur um Geld, Macht und Frauen, er war ein Despot. Sorry, man sollte nicht so über einen Toten sprechen, aber sogar seine erwachsenen Kinder brachen den Kontakt zu ihrem Vater ab.«

Ben redete sich in Rage. Unversehens schaute er Gregor direkt in die Augen und meinte: »Ich schwafle mich hier um Kopf und Kragen, oder? Auch wenn ich diesen Angeber nicht ausstehen konnte, ich habe ihn nicht umgebracht.«

Gregor lehnte sich in seinen Stuhl zurück, lächelte Ben freundlich an und wollte wissen, weshalb er in den Keller gegangen sei.

»Ja, warum wohl?«, entgegnete er gereizt wirkend. »Hier oben gibt es nur eine Toilette und die war besetzt. Ich dachte, vielleicht befindet sich unten noch eine.«

»Und? Haben Sie eine gefunden?«

»Nein! Zwei Türen waren verschlossen, aber die dritte, ganz am Ende des Flurs, ließ sich öffnen. Es war stockdunkel in dem Raum, ich tastete nach dem Lichtschalter, und dann sah ich ihn. Eigentlich nahm ich anfangs nur die gespreizten Beine und die Schnüre wahr, mit denen Arme und Beine vom Körper weggezurrt waren. Dann den Knebel – und das viele Blut. Überall war Blut, und um Paul herum war eine Linie mit Kreide gezogen worden. Er lag in einem Kreidekreis. Dieser Anblick war so irreal.« Ben schluchzte plötzlich auf, hob sein Glas an die Lippen und stellte enttäuscht fest, dass er den Whisky bereits ausgetrunken hatte.

»Und was taten Sie dann?«

Ben stierte blicklos vor sich hin und wiederholte fast tonlos die Frage: »Ja, was tat ich dann? Ich rannte nach oben, oder besser gesagt, ich stolperte die Treppen hoch. Irgendjemand muss dann die Polizei angerufen haben. Ich war es nicht, aber Theo, ja, Theo habe ich angerufen. Die Verbindung war schlecht, aber ich dachte, er sollte unbedingt wissen, dass sein Bruder tot ist.«

»Herr Seller, dann können wir davon ausgehen, dass Herr Kessler in Kürze wieder in Berlin sein wird? Sollten Sie ihn sehen, geben Sie ihm bitte meine Karte. Er möchte sich unverzüglich im Dezernat melden.«

Er ließ sich von Ben noch Theos Kontaktdaten geben, und als dieser schon fast den Raum verlassen hatte, fragte er noch: »Kennen Sie jemand im Bekanntenkreis des Opfers, dem Sie diese abscheuliche Tat zutrauen würden?«

Ben drehte sich zu ihm um, schaute ernst und entgegnete: »Nein, er war zwar nicht sonderlich beliebt, die Gründe dafür nannte ich Ihnen ja bereits, aber deshalb bringt man doch niemand um. War es das, kann ich jetzt gehen?«

»Ja, ja, das können Sie.«

Nachdenklich schaute ihm Gregor hinterher. Er musste diesem Ben Seller recht geben. Um jemand derart hinzurichten, denn diese Inszenierung glich einer Hinrichtung, brauchte es mehr als nur Antipathie. Während er noch seinen Gedanken nachhing und sich einige Notizen machte, wurde schwungvoll die Tür aufgerissen.

»Wie weit bist du mit der Befragung? Wenn du durch bist, sollten wir langsam gehen, die Durchsicht der Protokolle wird uns heute noch die halbe Nacht kosten.«

Gregor erhob sich und schaute seinen Kollegen, der schlechtgelaunt am Türrahmen lehnte, mitfühlend an. Er wusste, dass Engels heute mit Blondy – eigentlich hieß die Kollegin Katja Blondczycz – ins Theater gehen wollte. Daraus würde nun wieder nichts werden. Er hätte es den beiden wirklich gegönnt. Schon deshalb, weil ihre private Beziehung in letzter Zeit nicht sehr harmonisch zu sein schien.

»Ja, ich bin auch fertig, wir können gehen.«

Als sie an der Treppe, die in den Keller führte, vorbeikamen, stand dort noch immer der Kollege und sorgte überflüssigerweise dafür, dass kein Unbefugter nach unten gelangte. Überflüssig deshalb, weil alle Gäste bereits den Raum verlassen hatten.

Gregor fragte ihn, ob er eine Ahnung habe, wie lange die Spurensicherung noch brauchen werde.

»Genau weiß ich es nicht, das kann sich noch hinziehen. Eine Stunde mit Sicherheit.«

»Und weshalb sichern Sie weiterhin den Zugang zum Keller? Es sind doch nur noch die ermittelnden Beamten und die Spusi vor Ort.«

»Ja, das mag ja sein«, entgegnete der angesprochene Polizeibeamte etwas ungehalten, »aber gleich kommen die Leute vom Cateringservice und holen das Büfett wieder ab.«

Gregor nickte verstehend, warf noch einen sehnsüchtigen Blick auf das reichlich gefüllte Büfett und eilte dann schnellen Schrittes und mit knurrendem Magen Engels hinterher.

Sofort nach Bens Anruf beglich Theo die Hotelrechnung, begab sich zu seinem schwarzen Sportwagen und warf sein Gepäck schwungvoll auf den Rücksitz. Mit überhöhter Geschwindigkeit fädelte er sich in den beschaulich dahinfließenden Verkehr ein. Seinen waghalsigen Überholmanövern folgte jedes Mal ein lautstarkes Hupkonzert verärgerter Verkehrsteilnehmer. Er ignorierte es. In seinem Hirn herrschte Chaos.

»Paul – tot – Kreidekreis« – wirr aneinandergereihte Bilder der Vergangenheit beherrschten seine Gedanken, und innerhalb kürzester Zeit klebte sein Hemd schweißdurchtränkt an seinem Körper. Er hatte Angst, panische Angst. Jakob fiel ihm ein. Ich muss Jakob warnen, Jakob muss unbedingt Bescheid wissen. Einen kurzen Moment überlegte er, ob er ihn anrufen sollte, entschied sich dann aber dagegen und beschloss, geradewegs zu ihm zu fahren. Ja, genau das würde er jetzt tun.

Inzwischen hatte er den Rügendamm passiert und befand sich nun auf der Schnellstraße Richtung Stralsund. Das Gaspedal drückte er bis zum Anschlag durch. Rücksichtslos raste er auf der Überholspur und nötigte die vor ihm fahrenden Verkehrsteilnehmer zum Spurwechsel. Nach knapp drei Stunden hatte er Berlin erreicht. Am Waidmannsluster Damm verließ er die Autobahn und steuerte Lübars an.

Ein paar Minuten später erreichte er den Pferdehof seines Freundes, raste durch die Toreinfahrt und brachte den Wagen mit quietschenden Reifen zum Stehen. Einige Hühner flatterten laut gackernd in alle Richtungen davon.

Jakob, der sich gerade in einem der Ställe aufhielt, stürzte erbost nach draußen, um sich den idiotischen Fahrer vorzuknöpfen. Als er Theo sah, fasste er sich nur verständnislos an den Kopf. »Was ist denn mit dir los? Du fährst, als sei der Teufel hinter dir her.«

Theos Gesichtsausdruck bestätigte seine Vermutung. »Ja, so könnte man es auch nennen. Wo können wir ungestört reden?«

Jakob sah ihn fragend an. »Wieso ungestört? Was ist passiert?«

Theo griff ihn am Oberarm und schob ihn unnachgiebig durch die nächste Stalltür. Bis auf ein paar Pferde, die schnaubend in den Boxen standen, waren sie hier drinnen alleine.

Jakob befreite sich aus dem Klammergriff seines Freundes und sah ihm misstrauisch ins Gesicht. »Nun sag schon, was ist los?«

»Mein Bruder ist tot. Ben rief mich heute an. Ich konnte wegen der schlechten Verbindung nicht alles verstehen. Aber was ich genau verstanden habe, war »Kreidekreis«. Man fand Paul tot in einem Kreidekreis, und wir wissen beide, was das zu bedeuten hat. Wie man ihn umgebracht hat, weiß ich noch nicht. Aber ich bin mir sicher, Paul ist erst der Anfang.«

Jakob lauschte mit weit aufgerissenen Augen den Worten seines Freundes. Seine Knie wurden weich und waren im Begriff nachzugeben. Rücklinks ließ er sich auf einem Strohballen nieder. Verstört starrte er Theo an und flüsterte leise vor sich hin. »Es ist doch alles so lange her. Warum ausgerechnet jetzt, nach über zwanzig Jahren?«

Theo hob ratlos die Schultern. »Ich weiß es auch nicht, aber eins ist gewiss: Ab sofort sollten wir verdammt wachsam sein.«

Er war sich nicht sicher, ob es der Duft des frisch gebrühten Kaffees oder die zärtlichen Berührungen waren, die ihn geweckt hatten. Er schlug die Augen auf und stellte lächelnd fest, dass es von jedem etwas gewesen sein musste. Pierre saß mit einer Tasse Kaffee in der Hand auf seiner Bettkante und erinnerte ihn an den heute stattfindenden Brunch.

»Los, Johannes, trink noch in Ruhe aus und dann ab unter die Dusche. Soweit ich mich erinnere, legt deine Mutter besonderen Wert auf Pünktlichkeit.«

Johannes schraubte sich in eine bequeme Sitzposition, schlürfte das heiße Getränk und betrachtete schmunzelnd Pierres Aufmachung. Irgendwie bewunderte er ihn dafür, dass es ihm immer wieder innerhalb kürzester Zeit gelang, so auszusehen, als wäre er geradewegs einem Modejournal entsprungen. Lächelnd stellte er die leere Tasse zur Seite und schwang sich aus dem Bett. Dann folgten, wie jeden Morgen, zehn Minuten gezielte Dehnungsübungen, Kniebeugen und leichte Rotationsbewegungen, um seine verschobenen Wirbel in eine erträgliche Position zu manövrieren. Danach humpelte er ins Bad.

Pierre war zwar an den Anblick gewöhnt und schenkte dem Procedere kaum noch Beachtung, aber er konnte nicht verhindern, dass ihn oftmals die kalte Wut überkam, wenn er daran dachte, wie Johannes zu dieser Verletzung gekommen war, die sein Leben so schwer beeinflusste. Allerdings hatte Johannes ihm nie den wahren Sachverhalt anvertraut. Die wichtigen Details dieses düsteren Kapitels verschwieg er ihm.

Pierre warf einen Blick auf die Uhr und trieb seinen Lebenspartner, der noch immer unter der Dusche stand, zur

Eile an. Es dauerte dann trotzdem noch eine knappe Stunde, bis auch Johannes mit seinem Outfit zufrieden war, und sie sich endlich auf den Weg machen konnten. Pierre griff sich die kunstvoll verpackte Schüssel mit der Mousse au Chocolat und ignorierte den amüsierten Blick seines Partners.

»Pierre, meine Mutter liebt dich auch ohne diese übertriebene Prozedur. Die Mousse, in eine normale Schüssel gefüllt, würde reichen. Du musst daraus nicht jedes Mal eine Bonbonniere zaubern.«

Pierre zog gelangweilt eine Augenbraue hoch und meinte: »Papperlapapp, lass endlich deinen überflüssigen Kommentar. Auch wenn du dich auf den Kopf stellst, ich werde es weiterhin genau so und nicht anders verpacken. Deine Mutter freut sich sehr darüber.«

Glücklicherweise stand das Auto direkt vor der Tür, was sehr selten der Fall war. Diese nervige Parkplatzsucherei war immer wieder ein Streitpunkt zwischen Pierre und ihm. Wenn es nach Johannes gegangen wäre, würden sie jetzt irgendwo am Rande der Stadt in einem Haus leben. Aber Pierre liebte diese Wohnung am Tegeler Weg und besonders den freien Blick über die Spree. Wenn Johannes das Thema Wohnungswechsel anschnitt, kam Pierre mit seinem unschlagbaren Argument: »Ich möchte nicht umziehen. Dieser Ausblick erinnert mich immer an ›mein Paris‹. Außerdem stört mich die Parkplatzsuche nicht.«

Heute setzte sich ausnahmsweise Johannes ans Steuer. Normalerweise fuhr Pierre, aber niemals hätte er das Kunstwerk aus der Hand gegeben. Johannes half ihm beim Schließen des Sicherheitsgurtes und kommentierte auch nicht die Aufforderung, die eher wie ein Befehl klang: »Bitte fahre vorsichtig – und bremse nicht so abrupt. Du weißt schon: die Mousse.«

Er fädelte sich lächelnd in den fließenden Verkehr Richtung Tegel ein und schneller als erwartet erreichten sie ihr Ziel. Johannes löste den Sicherheitsgurt seines Freundes, hielt ihm wie ein Lakai die Wagentür auf und beobachtete amüsiert, wie sich Pierre umständlich aus dem Auto schraubte, um nicht zu guter Letzt doch noch die kunstvolle Verpackung zu ruinieren.

Die Ankunft der beiden blieb nicht unbemerkt. Elisabeth kam ihnen entgegen, begrüßte ihren Sohn mit einer flüchtigen Umarmung, um sich danach mit übertriebener Freude – so empfand es zumindest Johannes – Pierre und der liebevoll verpackten Mousse zu widmen. Während die beiden noch über das »Kunstwerk« plauderten, begab Johannes sich in den hinteren Teil des Gartens.

Er ging auf seinen Vater und seine Schwester Merete zu, die lachend unter dem großen Sonnenschirm standen. Die Umarmung seines Vaters war alles andere als flüchtig, sondern wie immer herzlich und zugewandt. Erich wirkte zwar auf andere Menschen hart und unerbittlich, im Umgang mit seinen Kindern war er aber immer gleichbleibend gefühlvoll.

Lukas, sein vierzehn Jahre jüngerer Bruder, saß zwischen den ölverschmierten Teilen, die zu seinem Motorrad gehörten, und hob zum Gruß nur kurz die Hand. Johannes schaute unschlüssig auf das unberührte Frühstücksbüfett und überlegte, ob er schon mal anfangen sollte. Sein Magen grollte verdächtig laut. Da die Familie offensichtlich nur noch auf ihn und Pierre gewartet zu haben schien, übte er sich jetzt ebenfalls in Geduld.

Plötzlich stand seine Schwester neben ihm und hielt ihm fragend zwei Kannen entgegen: »Kaffee oder Tee?«

»Tee bitte.«

Merete rückte etwas näher an ihren Bruder heran und erkundigte sich im Flüsterton, ob er den heutigen Artikel in der Zeitung gelesen habe.

»Nein, wieso?«

»Paul Kessler wurde gestern ermordet aufgefunden.«

Sie musste lächeln, als sie das überraschte Gesicht ihres Bruders sah.

»Ja, Johannes, er ist tot, mausetot. Man fand ihn im Keller seines neuen Sporttempels. Wie er zu Tode kam, stand allerdings nicht im Bericht.«

Während sie sprach, war sie bemüht, das Zittern ihrer Hände unter Kontrolle zu bekommen. Johannes nahm ihr die Kanne aus der Hand und füllte seine Tasse mit Tee. Die Hälfte goss er daneben. Sein Herz schlug bis zum Hals, und sein Gesicht glich einer farblosen Maske.

»Das ist gut, Merete, sehr gut sogar.«

» Ja, Bruder, und ich hoffe, dass sich der Mörder viel Zeit dabei gelassen hat.«

»Oh ja, das hoffe ich auch.«

Im selben Moment stürzte Pierre auf die beiden zu.

»Johannes, Johannes!« Pierre wedelte aufgeregt mit der Zeitung, die er auf einem der Gartenstühle entdeckt hatte. »Unglaublich, Johannes, dieser Kessler ist tot. Gestern wurde er ermordet. Unfassbar, mir fehlen die Worte. Wir haben ihn doch gestern noch beliefert. Ich muss sofort meinen Stellvertreter anrufen.«

Pierre war völlig aufgelöst. Dass Johannes diese Nachricht mit einem bösartigen Lächeln quittierte, entging ihm offensichtlich. Pierre ärgerte sich nur maßlos darüber, dass er seinem Stellvertreter die Anweisung gegeben hatte, ihn unter keinen Umständen am Wochenende mit firmeninternen Dingen zu belästigen.

Nach dem zweiten Klingelzeichen nahm dieser das Gespräch entgegen und beruhigte seinen aufgebrachten Chef: »Monsieur Mullier, ich habe alles im Griff. Sie müssen sich keine Sorgen machen. Nachdem die Polizei gestern die Ermittlungsarbeit im Sporttempel abgeschlossen hatte, haben wir dort alles wieder abgeholt.«

Was genau mit diesem Paul Kessler geschehen sei, entzog sich allerdings ebenfalls seiner Kenntnis. Er wusste auch nur das, was in der Zeitung stand.

Pierre bedankte sich und beendete das Telefonat. Nachdenklich starrte er vor sich hin. Er hatte Paul Kessler viel zu verdanken. Auf dessen Anraten hin hatte er expandiert und war nach Berlin gezogen. Durch seine Promotion war er an einen erlesenen, zahlungskräftigen Kundenstamm gekommen, und sein Cateringservice war inzwischen in aller Munde. Allerdings vermied Pierre seit ein paar Jahren den privaten Kontakt zu Kessler. Das war zwar nicht immer durchzuhalten, aber seit dem Zwischenfall im Pariser Stadtteil Montreuil hielt er sich lieber von ihm fern.

Die laute Stimme Elisabeths beförderte ihn in die Gegenwart zurück. Ihre Aufforderung galt ihrem jüngsten Sohn Lukas. Sie bat ihn, sich endlich von seinem Motorrad zu lösen und sich zu den anderen zu begeben.

Kommentarlos stand dieser auf und wusch sich am Brunnen die verschmierten Hände. Aus dem Augenwinkel bemerkte er noch, wie sich die schwere Maschine im Zeitlupentempo zur Seite neigte und geräuschlos im weichen Rasen versank. Normalerweise hätte er jetzt einen der Anwesenden gebeten, ihm beim Aufstellen des Motorrades behilflich zu sein, denn alleine würde er das schwere Teil kaum hochbekommen. Da aber weder Benzin noch Öl auslaufen konnte, verschob er es auf später.

Während er am Büfett seinen Teller füllte, beobachtete Merete jede seiner Bewegungen. Sie hatte ihn Monate nicht gesehen, da Lukas in München studierte. Mit seinen zweiundzwanzig Jahren wirkte er auf sie erstaunlich erwachsen. Bewundernd, so als würde sie ihn das erste Mal wirklich wahrnehmen, erkannte sie, wie attraktiv Lukas war. Er war der Einzige in der Familie, der fast so groß war wie ihr Vater. Knapp fünf Zentimeter fehlten ihm, um die Zwei-Meter-Marke zu knacken. Aber nicht nur seine Größe und die tiefschwarzen Augen, die Erich all seinen Kindern vererbt hatte, waren ausschlaggebend für seine besondere Attraktivität. Momentan hätte Merete es nicht konkretisieren können, was Lukas in ihren Augen zu etwas Besonderem machte. Im Gegensatz zu ihr und Johannes besaß er weder die lange, gebogene »Familiennase« noch die rabenschwarzen Haare, die ihnen vom Vater vererbt worden waren.

Aufgrund dieser Äußerlichkeiten waren sie und Johannes nicht nur in der Grundschule rassistischen Äußerungen ausgesetzt gewesen. Merete hatte sich damals immer als Außenseiterin gefühlt. Aber das war Geschichte. Ein begnadeter und sehr teurer Schönheitschirurg formte die Nase nach ihren Wünschen und verschaffte ihr damit ein völlig neues Selbstwertgefühl. Einhergehend mit der Nasenkorrektur änderte sie auch ihre Haarfarbe.

»Woran denkst du?«

Lukas setzte sich mit seinem gut gefüllten Teller dicht neben seine fünfzehn Jahre ältere Schwester und schaute sie dabei fragend an.

»Oh, an nichts Besonderes. Mir fiel nur gerade auf, was für ein attraktiver junger Mann du geworden bist.«

Mit einer liebevollen Bewegung zog sie ihn zu sich heran und fragte, ob er wieder einen Ferienjob angenommen habe, wie er mit seinem Maschinenbaustudium vorankäme und ob er sich inzwischen in München wohlfühlen würde.

»Ja – nein – nein.«

»Wie jetzt? Was bedeutet ›Ja – nein – nein‹?«

Mit einem breiten Grinsen im Gesicht erklärte er ihr: »Ferienjob – ja, Maschinenbaustudium – nein, Wohlfühlen in München – nein.«

»Hm, hört sich nicht gut an. Was ist mit deinem Studium?«

»Geschmissen. Ich mache nicht weiter.«

Merete schaute ihm skeptisch ins Gesicht, verkniff sich aber einen belehrenden Kommentar.

»Okay, Lukas, wissen es die Eltern schon?«

Er schüttelte verneinend den Kopf und gab zu, dass er davor Schiss habe. »Ich glaube, Vater geht's gesundheitlich nicht gut, darum will ich ihn jetzt nicht mit meiner Entscheidung konfrontieren. Letztens musste er wegen starker Schmerzen in der Schulter sogar das Golfspiel unterbrechen. Er konnte kaum noch den Schläger halten. Er meinte, er habe eine Arthrose im Schultergelenk, aber das sei nicht ungewöhnlich bei Menschen in seinem Alter, und ich solle mir keine Sorgen machen. Mache ich mir aber trotzdem. Kürzlich habe ich gesehen, wie er mindestens sechs unterschiedliche Medikamente geschluckt hat. Das ist doch nicht normal, oder?«

»Nein, Lukas, das ist nicht normal. Aber nichtsdestotrotz, du musst ihm sagen, dass du nicht weiterstudieren möchtest. Ich hoffe nur, du hast eine gute Alternative zu bieten.«

»Und ob ich das habe. Es hat mit Pferden zu tun. Die Eltern eines Freundes in München gaben vor einigen Jahren die Landwirtschaft auf und betreiben jetzt einen Pferdehof. Und genau in diese Richtung möchte ich mich orientieren.

Wir waren fast jedes Wochenende dort, und von Mal zu Mal wurde mir klarer, dass es genau das ist, was ich in Zukunft machen möchte. Es war schon merkwürdig: Ich kam dort mit den vermeintlich kompliziertesten Pferden zurecht. Wobei ich denke, es waren nicht die Pferde, die kompliziert waren, sondern deren Besitzer. Jetzt in den Ferien jobbe ich auf einem Pferdehof in Lübars, erledige dort so ziemlich alle anfallenden Arbeiten bei relativ guter Bezahlung, und …«

Lukas schwieg augenblicklich, als sich Johannes und Pierre mit randvollen Tellern zu ihnen gesellten.

»Was wird relativ gut bezahlt?« Johannes, der die letzten Worte noch mitbekommen hatte, schaute neugierig zu seinem Bruder.

Lukas zögerte einen kleinen Moment und berichtete dann auch Johannes von seinen neuen Plänen.

Während sich die Familie um den großen runden Tisch unter dem Sonnenschirm versammelte, begab sich Elisabeth ins Haus, um ihren Mann zu suchen. Sie fand Erich vor dem Fernsehapparat.

Vor ihm auf dem Tisch stand eine Flasche Whisky. Er war gerade im Begriff, sich einen Schluck zu gönnen, als seine Frau den Raum betrat.

»Was tust du da, Erich?«

Er schaute weiterhin schweigend auf den flackernden Bildschirm, ohne von ihr Notiz zu nehmen.

Sie setzte sich neben ihn, nahm seine Hand, die er ihr grob entzog, und bat ihn, wieder mit in den Garten zu kommen. »Die Kinder sind da, Erich, bitte trinke heute ausnahmsweise nicht.«

Er schnaufte verächtlich, schaute sie von der Seite an und meinte dann mit beißender Ironie: »Dein Verdrängungsmechanismus ist unglaublich. Frei nach dem Motto: Was nicht sein darf, das ist auch nie geschehen. Frau Saubermann, die sich bis heute weigert, der Realität ins Auge zu sehen. Sieh dir Merete und Johannes an, sie werden es nie vergessen. Schau ihnen nur einmal in die Augen. Verdammt nochmal, sieh endlich hin! Diese Lügen werde ich dir niemals verzeihen, niemals, Elisabeth.«

»Es reicht, Erich. Auch wenn du es mir nicht glaubst: Es waren keine Lügen, ich wusste von nichts. Also höre endlich auf, mich ständig dessen zu bezichtigen. Ich weiß einfach nicht, was du von mir erwartest. Wir können das Rad der Zeit nicht zurückdrehen, die Dinge sind, wie sie sind, und weder Johannes noch Merete machen auf mich einen depressiven Eindruck. Unsere Kinder sind Menschen, die mitten im Leben stehen und dieses Leben wunderbar meistern.

»Ja, ja, das sagt die Richtige«, fauchte Erich, »lass mich einfach nur noch in Ruhe.«

Er wandte sich von ihr ab, kippte einen Whisky hinunter, und gab ihr den Rat, einen Blick in die heutige Zeitung zu werfen. Dann erhob er sich und lief in den Garten.

Kopfschüttelnd eilte sie ihm hinterher und hatte Mühe, mit seinem Tempo Schritt zu halten. Ohne seine Gangart zu verringern, steuerte er zielstrebig auf das Radio zu, das neben dem Büfett stand, drehte die Lautstärke leiser und nahm verärgert das umgestürzte Motorrad wahr.

»Lukas, siehst du das nicht?«

Mit wenigen Schritten war er bei der Maschine. Noch bevor ihm sein Sohn zu Hilfe eilen konnte, stellte Erich sie, als würde es sich um ein leichtes Fahrrad handeln, in eine aufrechte Position.

»Verdammt Lukas, das Benzin, das Öl – das läuft doch alles auf den Rasen!«

»Nein, Dad, beruhige dich, da ist weder Öl noch Benzin drin. Komm, setz dich endlich zu uns.«

Während Erich sich zu den anderen gesellte, schaute ihm Lukas verdutzt hinterher und musste lächeln – von wegen altersbedingte Arthrose.

6

Ungefähr zur selben Zeit schlug Gregor die Augen auf und riskierte einen Blick auf seinen Wecker. Wie von einer Tarantel gestochen sprang er aus dem Bett und brüllte verärgert los: »Sarah, zum Teufel, Sarah, warum hast du mich nicht geweckt?«

Er verzichtete auf die Dusche, schlüpfte eilig in seine Kleidung vom Vortag und begab sich nach unten in die Küche. Sarah sah überrascht hoch, als ihr Mann plötzlich neben ihr stand.

»Was soll das, Gregor? Ich denke, du hast heute frei?«

»Nein, das habe ich nicht, das habe ich dir auch gesagt.«

Sie schüttelte energisch den Kopf.

»Nein, das hast du nicht gesagt. Du bist erst um drei Uhr ins Bett gekrochen, hast irgendetwas Undefinierbares gemurmelt und bist eingeschlafen.«

Ohne sie nur einmal anzusehen, nörgelte er weiter: »Ich wollte dir aber sagen, dass ich heute ins Dezernat muss.«

»Hast du aber nicht. Ich habe gestern extra auf dich gewartet. Ich dachte, wir sprechen endlich mal wieder miteinander. So wie früher. Da war es dir immer wichtig, mir von deiner Arbeit zu berichten.«

Sie hielt ihm die Sonntagszeitung unter die Nase und fragte ihn, ob er an dem Mord im Sporttempel arbeite.

Gregor schaute kaum hoch. »Ja, ja, das ist unser Fall.« Er fummelte ungeschickt an seinen Hemdknöpfen herum und schimpfte vor sich hin: »Außerdem fehlt hier schon wieder ein Knopf, gestern war er noch dran.«

Sie erhob sich, knöpfte ihm geduldig sein Hemd zu und meinte lakonisch: »Es sind alle Verschlüsse dran, es war nur, wie schon so oft, schief zugeknöpft.«

Gregor brummte noch etwas Unverständliches vor sich hin, vermutlich sollte es »danke« und »tschüss« bedeuten, und stürmte zur Tür hinaus.

Verärgert schaute ihm Sarah hinterher. In letzter Zeit vergriff er sich ihr gegenüber immer häufiger im Ton. Anfangs dachte sie, das sei seinem anstrengenden Job geschuldet, und ignorierte seine unfreundliche Art. Inzwischen fand sie sein Verhalten unerträglich. Wenn er nicht nörgelte, vergrub er sich hinter einer Zeitung oder starrte wortlos auf den Fernsehapparat. Früher sprach er mit ihr über seine momentanen Ermittlungen, ließ sie daran teilhaben und war an ihrer Sichtweise interessiert. Sie nahm sich fest vor, ihn heute Abend darauf anzusprechen.

Aus alter Gewohnheit schaute sie aus dem Fenster und wartete darauf, dass er mit dem Auto aus der Garage fuhr. Sie hörte ihn laut fluchen. Kurz darauf sah sie ihn mit dem Fahrrad davonfahren. Das Gartentor ließ er wieder einmal sperrangelweit auf.

Gregor war auf hundertachtzig, zum einen, weil er nicht geweckt wurde und nun zu spät dran war, und zum anderen, weil der verdammte Motor nicht ansprang. Nur gut, dass das Fahrrad funktionierte. Er würde jetzt damit bis zum U-Bahnhof Alt-Tegel radeln, das Rad anschließen und von dort bis zum Wittenbergplatz fahren. Die Verbindung war gut, obwohl er zweimal umsteigen musste. Die paar hundert Meter bis zur Keithstraße waren dann das geringste Problem. Er trat kräftig in die Pedale und bemerkte weder den freundlichen Gruß des Nachbarn noch die friedliche Stille an diesem beschaulichen Sonntagmorgen.

Ein paar Minuten später schloss er am U-Bahneingang sein Fahrrad an. Er rannte so schnell er konnte die Treppen hinunter und konnte gerade noch in den Wagon springen, bevor die Türen schlossen. Er, der so gut wie nie Sport trieb, hatte sich total verausgabt und sein Atem ging stoßweise. Nur sehr langsam pendelten sich Atmung und Herzfrequenz im Normbereich ein. Zu allem Überfluss zogen sich seine Magenwände wieder schmerzhaft zusammen.

Gegen elf Uhr betrat er das Büro. Blondy schaute erschrocken hoch, als Gregor schwungvoll die Tür aufriss und sogleich in ihre Richtung brabbelte: »Sage jetzt nichts, ich brauche erst mal einen starken Kaffee.«

Sie sagte nichts. Ohne eine Miene zu verziehen stand sie auf, um ihm den gewünschten Kaffee zu bringen. Aber er war schneller, schnappte sich die Kanne, goss die Hälfte daneben und setzte sich schweigend, ihr den Rücken zuwendend, an seinen Schreibtisch.

Blondy hatte Mühe, sich das Lachen zu verkneifen. Sie ahnte nicht ansatzweise, weshalb Gregor in derart mieser Stimmung war. Familiäre Probleme waren für sie unvorstellbar. Die Ehe Sarah/Gregor schien unkaputtbar. Also musste es einen anderen Grund geben. Allerdings wirkte er in den letzten Monaten oftmals gereizt, wenn er zur Arbeit kam. Das passte nicht zu ihm. Eigentlich war gerade Gregor der ausgeglichene, sanfte Typ, den nichts so schnell aus der Ruhe brachte. Kollege Engels hingegen rastete schnell mal aus. Wenn Engels lautstark die Luft durch die Nase zog, war Vorsicht geboten. Beide waren auch äußerlich sehr unterschiedlich. Gregor machte seinem Namen »Bär« alle Ehre: Er war groß, von kräftiger Statur und verfügte über eine tiefe, vertrauenerweckende Stimmlage. Beim Verhör oder einer Zeugenvernehmung zahlte sich das oft positiv aus. Durch seine ruhige, bedächtige Art vermittelte er den Betroffenen das Gefühl, er würde ihre Handlungsweise gut verstehen. Und so plauderte sich so mancher Verdächtige um Kopf und Kragen.

Im Gegensatz zu Gregor war Engels schlank und drahtig. In den letzten Jahren kämpfte er allerdings mit mehr oder weniger großem Erfolg gegen seinen kleinen Bauchansatz an. Seine ehemals langen, dichten, zotteligen Haare waren zwar noch immer zottelig, aber alles andere als dicht. Er war auch bei weitem nicht so groß wie Gregor. Mit knapp 1,74 Meter gehörte er eher zu den kleineren Männern im Dezernat. Seit jeher wurde er von den jüngeren Kollegen aufgrund seiner Physiognomie unterschätzt, aber an Schnelligkeit und beim Krafttraining konnte er, obwohl bereits über fünfzig, erstaunlich gut mithalten.

Momentan waren im Raum nur Gregors Schlürfgeräusche und Blondys Fingerspiel auf der Computertastatur zu hören.

»Engels noch nicht da?«

Blondy drehte sich überrascht zu Gregor um, der offensichtlich seine Sprache wiedergefunden hatte, und meinte übertrieben freundlich: »Guten Morgen, Kollege! Was Engels betrifft, der war die ganze Nacht hier. Er hat ein, zwei Stündchen auf der Pritsche geschlafen und ist vor einer guten Stunde nachhause gefahren, um sich umzuziehen.«

»Aha, und woher weißt du, dass er vor einer Stunde gegangen ist? Warst du auch die ganze Nacht hier?«

Irritiert über den unfreundlichen Ton Gregors, entgegnete Blondy nun auch etwas schärfer als gewöhnlich: »Nein,

Gregor, wir gaben uns die Klinke in die Hand. Ich kam und er ging. Aber verrate mir bitte, weshalb du so schlecht gelaunt bist? So kenne ich dich gar nicht.«

Sie hatte es gerade ausgesprochen, da betrat Engels frisch geduscht das Büro. Trotz der unübersehbaren, dem Schlafmangel geschuldeten Augenringe wirkte er gut gelaunt und dynamisch.

Während er sich an der Kaffeemaschine bediente, schlug er Gregor vor, Theo Kessler, dem Bruder des gestrigen Opfers, einen Besuch abzustatten. »Auf dem Weg hierher habe ich mehrmals versucht, den Typen anzurufen. Er geht nicht ans Telefon. Das heißt aber keineswegs, dass er nicht zuhause ist.«

Gregor nickte und wollte wissen, ob der vorläufige Bericht der Spurensicherung schon da sei.

»Aber ja. Auf die Kollegen ist Verlass. Als man diesen Paul Kessler Samstagnachmittag fand, war er schon mindestens fünfzehn Stunden tot. Bei der Tatwaffe handelte es sich um ein Jagdmesser, Klingenlänge achteinhalb Zentimeter. Das Messer lag neben dem Toten und stammt, ebenso wie die Nylonschnüre, mit denen Arme und Beine des Opfers fixiert wurden, aus dem Warenlager der Filiale. Bei den Plastiktüten, die sich der Täter über die Schuhe gezogen hatte, handelt es sich um Massenware aus einer bekannten Supermarktkette. Der Knebel allerdings ist speziell: Er stopfte dem Opfer eine weiße Mullwindel in den Rachen.«

»Eine was? Was für eine Windel?« Fragend schaute Gregor zu seinem Kollegen.

Blondy schaltete sich ein: »Eine Mullwindel benutzt man heutzutage kaum noch. Das letzte Mal habe ich das im Urlaub gesehen, in einem kleinen Dorf in Kroatien. Unsere Vermieterin wickelte ihr Baby noch auf diese Art. Die Windeln werden gewaschen und wieder benutzt. Dieses Wegwerfzeug, wie es hier verwendet wird, kann sich dort kaum jemand leisten.«

»Aha, wieder was dazugelernt. Und, konnten Fingerabdrücke sichergestellt werden?«

Engels schüttelte verneinend den Kopf. »Nein, Fehlanzeige, der Täter trug Handschuhe. So, wie es aussieht, könnte es sich aufgrund des Kreidekreises, der um das Opfer gezogen war, um einen spirituellen Mord handeln.«

»Ja, könnte«, entgegnete Gregor, »aber einen Racheakt sollte man auch nicht ausschließen. Die Brutalität, mit der man ihn regelrecht hingerichtet hat, spricht für Hass, abgrundtiefen Hass. Mich irritiert allerdings der Knebel. War es Zufall, dass er eine Mullwindel benutzt hat? Er hätte jeden beliebigen Lappen verwenden können. Warum ausgerechnet eine Windel?«

»Ja«, meinte Engels«, »diese Frage habe ich mir auch schon gestellt.«

»Und weiß man inzwischen schon, wer der Cateringfirma die Tür geöffnet hat?«

»Nein, niemand hat geöffnet. Die jungen Leute, die man für die Gästebetreuung engagierte, gaben zu Protokoll, dass die Tür nicht abgeschlossen war. Sie wunderten sich nicht besonders darüber, denn der Ablauf war minutiös vertraglich geregelt worden, und sie nahmen an, dass Herr Kessler schon da sei und sich in einem anderen Komplex der Filiale aufhielt. Als dann so gegen 16 Uhr die ersten Gäste erschienen, fanden sie es schon eigenartig, dass sich der Inhaber nicht blicken ließ. – Aber komm, lass uns losfahren. Möglicherweise kann uns der Bruder des Opfers weiterhelfen. Vielleicht hat er eine Ahnung, wer alles noch einen Schlüssel zu den Räumen besitzt.«

Engels schnappte sich seine heißgeliebte, speckige Lederjacke und bemerkte aus dem Augenwinkel den verdutzten Blick Blondys. Mit einem Augenzwinkern in ihre Richtung zog er sie wieder aus und warf sie auf seinen Schreibtisch. Sie hatte ja recht. Bei fast 25 Grad im Schatten ging's auch ohne.

Gregor setzte sich hinters Lenkrad und fuhr gemächlich Richtung Frohnau. Reinickendorf kannte er wie seine Westentasche. Theo Kessler, der Bruder des Opfers, wohnte im Ortsteil Frohnau. In früheren Zeiten war dies die Nobelgegend im Berliner Norden gewesen. Nur gutbetuchte Geschäftsleute, Ärzte, Anwälte usw. ließen sich in diesem grünen Bezirk nieder. Gregor selbst lebte seit ungefähr zwanzig Jahren in Tegel. An der Rückseite seines Grundstücks befand sich das Tegeler Fließtal. Für Sarah und ihn war die Lage ihres Hauses bis heute der schönste Fleck auf Erden.

Nach knapp zwanzig Minuten bog Gregor in die Welfenallee ein. Im Schritttempo suchten sie das Domizil von Theo Kessler.

»Halt, stopp, hier ist es.« Engels pfiff anerkennend durch die Zähne, als er den protzigen Bau wahrnahm. Langsam stiegen sie aus und bewegten sich bedächtigen Schrittes auf das große schmiedeeiserne Tor zu. Ein Namensschild suchte man neben dem Klingelknopf vergebens.

Gregor rümpfte die Nase und meinte, dass er diesen weißen Kasten mit seinen kleinen Erkern und Türmchen eher in der Potsdamer Gegend vermutet hätte. Hier, in der ehemaligen Gartenstadt Frohnau, fand er diesen Baustil völlig deplatziert. »Aber was soll's, wir sind ja nicht hier, um uns Gedanken über passend oder unpassend zu machen.«

Forsch drückte er auf den goldenen Klingelknopf. Nichts, keine Reaktion.

»Der ist tatsächlich nicht zuhause«, meinte Engels und drückte nun seinerseits kräftig und anhaltend auf den Knopf, als sich behäbig schlurfend eine kleine männliche Gestalt aus dem hinteren Teil des Grundstücks auf sie zubewegte.

»Nicht läuten, hören Sie auf! Herr Kessler schläft noch. Wer sind Sie überhaupt?«

Gregor und Engels zückten ihre Polizeimarken und wollten wissen, mit wem sie es zu tun hätten.

»Hofer, Willi Hofer, ich kümmere mich hier um alles. Also, um alles, was den Garten betrifft. Das habe ich auch schon getan, als die Eltern vom jungen Kessler noch lebten. Ja, ja, das waren noch Zeiten.«

Engels bat ihn, Herrn Kessler unverzüglich zu informieren, dass die Polizei mit ihm sprechen möchte.

Einen Augenblick zögerte der alte Herr, öffnete dann aber das große Tor und führte die Beamten in den Wintergarten.

»Einen Moment bitte, ich werde Herrn Kessler Bescheid geben. Aber erfreut wird er nicht sein, ganz bestimmt nicht. Er kann sehr unangenehm werden, wenn man ihn um diese Zeit stört. Oh, oh«, klagte er weiter, »ich wecke ihn sehr ungern.« Jammernd verschwand Willi Hofer im Inneren des Hauses.

Nach zehn Minuten kam er wieder und bat Engels und Gregor, sich noch einen kleinen Moment zu gedulden, um dann keuchend und schlurfend wieder im Haus zu verschwinden.

Gregor zog die Stirn in Falten.

»Der alte Mann kümmert sich um den Garten? Also ich weiß nicht, Gartenpflege ist körperliche Arbeit, der kann sich doch kaum auf den Beinen halten. Und dieses Grundstück ist entschieden größer als meins. Na ja, eigentlich kann mir das auch egal sein.«

Engels fühlte sich nach Gregors Gedankengang nicht bemüßigt, dessen Überlegungen zu kommentieren, und schwieg. Gereizt stiefelte er im Wintergarten auf und ab. Die Luft war stickig. Das Thermometer an der Wand zeigte 30 Grad. Der Schweiß lief ihm im dünnen Rinnsal den Rücken hinab. Sein in die Hose gestopftes Hemd saugte die Flüssigkeit oberhalb des Hosenbundes auf und klebte nun klitschnass am Körper.

Gregor indes saß bewegungslos in einem der großen Korbsessel und beobachtete fasziniert eine dicke Fliege, die zum zigsten Male gegen die Scheibe flog, erschöpft auf das Fensterbrett fiel und rücklinks liegen blieb. Laut brummend kam sie wieder auf die Beine und begann ihren hoffnungslosen Flug erneut.

Nach einer geschlagenen halben Stunde erschien endlich Theo Kessler auf der Bildfläche. Gelangweilt wirkend, die Hände in seinem weißen Bademantel vergraben, fragte er nach dem Grund der frühen Belästigung. »Ich habe einen anstrengenden Beruf, was kann so wichtig sein, dass Sie mich Sonntagmittag stören? Liegt irgendetwas gegen mich vor? Wenn nicht, bitte ich Sie, jetzt zu gehen.«

Engels zog vernehmbar die Luft durch die Nase und sagte dann sehr bestimmt: »Ja, es liegt etwas vor. Ihr Bruder wurde gestern ermordet aufgefunden. Und genau diese Tatsache berechtigt uns, Sie um diese Zeit aufzusuchen und Ihnen Fragen zu stellen. Ich gehe doch recht in der Annahme, dass auch Sie an der schnellen Aufklärung des Falles interessiert sein dürften.«

Theo Kessler lehnte sich unbeeindruckt wirkend an den offenen Türrahmen, fummelte eine Zigarettenpackung aus seinem weißen Bademantel und meinte, ohne die Beamten eines Blickes zu würdigen: »Und, was wollen Sie wissen?«

Jetzt erhob sich Gregor aus dem tiefen Korbsessel und stellte sich dicht neben Kessler. Er überragte diesen nicht nur um Längen, auch in der Breite verdeckte er dessen schmale Statur. Gregors tiefe, sonore Stimme, die heute nicht ganz so freundlich klang wie sonst, bat sein Gegenüber, sich doch einen Moment zu setzen. »Ich denke, Herr Kessler, dann plaudert es sich zweifelsfrei etwas entspannter.«

Dieser schaute zur Seite, schlängelte sich an Gregor vorbei und zündete sich, jetzt nicht mehr ganz so lässig wirkend, eine Zigarette an. »Ich werde Ihnen da nicht weiterhelfen können. Ich war zur Tatzeit auf Rügen.«

Gregor nickte ihm zu und gab ihm zu verstehen, dass sie das bereits wüssten. »Herr Kessler, gab es im Umfeld Ihres Bruders eine oder mehrere Personen, die nicht gut auf ihn zu sprechen waren?«

Mit einem arroganten Lächeln im Gesicht schaute er zu Gregor. »Sie meinen die Frage ernst, oder? Dann werde ich Sie mal aufklären: Mein Bruder und ich gehören zu den Machern, zu den Gewinnern, wenn Sie verstehen, was ich meine. Was wir anpacken, wird ein Erfolg. Der Name ›Kessler‹ bürgt für Qualität. Da schafft man sich Feinde, das bleibt nicht aus. Wir wissen, dass wir nicht nur von wohlwollenden Menschen umgeben sind. In unserem Umfeld befinden sich viele Neider und Versager. Das war schon immer so.«

Angewidert von so viel überheblicher Selbstbeweihräucherung verdrehte Engels die Augen. »Dann waren Sie also nicht wirklich überrascht, dass man Ihren Bruder regelrecht hingerichtet hat?«

»Hingerichtet?« Verunsichert schaute Theo zu Engels. Erst jetzt wurde ihm klar, dass er keine Ahnung hatte, wie sein Bruder getötet wurde. Als Ben ihn anrief, war die Verbindung schlecht gewesen, und er hatte nur mitbekommen, dass man Paul ermordet in einem Kreidekreis fand. Danach hatte er gar nicht mehr mit Ben gesprochen. Das Treffen mit Jakob erschien ihm zu diesem Zeitpunkt wichtiger.

»Ja, Herr Kessler, hingerichtet.« Engels schilderte ihm ausführlich, wie man den Toten gefunden hatte. Dabei ließ er absichtlich kein Detail aus. »Genügt Ihnen meine Beschreibung, oder möchten Sie sich auf dem Präsidium noch die dokumentarischen Fotos ansehen?«

Kessler saß mit weit aufgerissenen Augen in seinem riesigen Korbstuhl und rang nach Fassung. »Das wusste ich nicht – mein Gott, das wusste ich nicht.«

Jetzt bedachte Gregor seinen Kollegen mit einem vorwurfsvollen Blick. Bezüglich der Schilderung war es für sein Empfinden nicht nötig gewesen, derart ins Detail zu gehen. Er ergriff nun das Wort und fragte Kessler, ob sein Bruder jemals eine Morddrohung erhalten habe.

»Nein, nein, bestimmt nicht, das hätte er mir erzählt.« Noch während er sprach schraubten sich erbarmungslos die längst vergessenen Bilder der Vergangenheit in sein Hirn. Mit zittrigen Fingern drückte er die eben angezündete Zigarette im Aschenbecher aus.

Gregor bohrte weiter. »Gehörte Ihr Bruder einer Sekte an?«

»Nein, weder einer Sekte noch sonst einer religiösen Gemeinschaft.«

»Herr Kessler, um die Leiche Ihres Bruders befand sich ein Kreidekreis. Da er, wie Sie sagen, weder einer Sekte noch einer anderen religiösen Vereinigung angehörte, frage ich mich: Was hat den Täter dazu veranlasst?«

Theo sprang wütend auf. »Was fragen Sie mich das? Sie sind doch der Ermittler. Woher soll ich wissen, was das zu bedeuten hat? Ein Kreidekreis! Mein Bruder ist tot, klären Sie den Mord. Fragen Sie Ihre Polizeipsychologen oder lesen Sie in Ihren schlauen Büchern nach, was das zu bedeuten hat.«

»Setzen Sie sich, Herr Kessler. Ich möchte, dass Sie sich beruhigen und hinsetzen.«

Widerwillig ließ sich Theo in den riesigen Korbstuhl fallen.

»Könnte es im Leben Ihres Bruders einen Menschen gegeben haben, dem sie, aus welchem Grund auch immer, diese Tat zutrauen würden?«

»Nein! Nein, ich weiß nicht, ich glaube nicht. Ich … ich kenne niemand, der dazu fähig wäre.«

Theo starrte an Gregor vorbei. Seine Augenlider flatterten unkontrolliert.

Die Nervosität seines Gegenübers blieb Gregor nicht verborgen, und er hakte nach: »Sind Sie da ganz sicher? Vielleicht denken Sie noch einmal darüber nach. Wissen Sie, wer außer Ihrem Bruder einen Schlüssel zu den Räumen des Sporttempels besitzen könnte?«

Theo schüttelte verneinend den Kopf, zögerte kurz und wollte wissen, weshalb das wichtig sei.

»Uns ist unklar, weshalb die Tür zum Sporttempel am Samstagmittag offen war, als die Cateringfirma kam. Eine Angestellte berichtete uns glaubwürdig, dass sie am Tag davor gegen 17 Uhr als letzte die Firma verlassen habe. Herr Kessler hätte persönlich hinter ihr abgeschlossen.«

Theo gelang es nur noch mühsam, Haltung zu bewahren. Er erhob sich langsam aus seinem Sessel und erwiderte kurz angebunden: »Meine Herren, da kann ich Ihnen wirklich nicht weiterhelfen. Vielleicht hatte er den Schlüssel Monsieur Mullier überlassen. Das zu klären ist allerdings Ihre

Aufgabe und nicht meine. Wenn Sie mich jetzt entschuldigen würden.«

Mit finsterer Miene schaute Engels ihm ins Gesicht und eine steile Falte bildete sich zwischen seinen Augenbrauen. Noch bevor er loswettern konnte, schaltete sich Gregor ein.

»Sicher Herr Kessler, für heute können wir Schluss machen. Aber eine Frage noch: Wer ist Monsieur Mullier?«

»Das ist der Chef der Cateringfirma. Mein Bruder beauftragte ihn schon in Paris bei allen wichtigen Veranstaltungen. Seit Monsieur Mullier in Berlin ansässig ist, wird er auch von mir und meinen Geschäftsfreunden bei größeren Events akquiriert. Er ist der Beste seines Fachs. War's das jetzt?«

»Aber ja, fürs Erste schon. Könnten Sie uns noch die Telefonnummer von Monsieur Mullier geben?«

»Wenn es dann sein muss.«

Verächtlich schnaubend verschwand er im Haus und drückte Gregor wenige Minuten später einen Zettel mit zwei Telefonnummern in die Hand.

»Die obere ist die private – unten die geschäftliche.«

Grußlos machte er auf dem Absatz kehrt, verschwand hinter der nächsten Tür und überließ es den beiden, den Ausgang zu finden.

Wütend schnaufte Engels durch die Nase. »Das glaube ich jetzt nicht. Was bildet sich dieser überhebliche Affenkopf eigentlich ein?«

Während sie das Grundstück verließen, belegte er Theo Kessler leise vor sich hin zeternd mit den übelsten Schimpfwörtern. Erst als sie im Auto saßen, hatte er sich halbwegs beruhigt.

Gregor kurbelte nachdenklich das Fenster herunter und fragte seinen Kollegen: »Hast du das auch bemerkt? Der

Typ hat Angst. Ich vermute, dass er weiß – oder zumindest ahnt –, wer hinter dem Mord an seinen Bruder steckt. Das ist nur so ein Gefühl, vielleicht irre ich mich auch.«

»Ne, ne, du irrst dich nicht«, meinte Engels. »Als du ihn fragtest, ob es im Umfeld seines Bruders jemand geben könnte, dem er die Tat zutrauen würde, wurde er zusehends nervös. Aber warum verheimlicht er uns seinen Verdacht, wenn er dann einen hat?«

Gregor zog ratlos die Schultern hoch. »Vielleicht hat er gemeinsam mit seinem Bruder ein mieses Ding gedreht und ahnt, dass der Mord ein Racheakt sein könnte. Möglicherweise denkt er, er könne das jetzt auf seine Art regeln. Aber eins ist sicher: Er hat Angst.«

Gregor startete den Wagen und fuhr langsam die Welfenallee entlang.

Am Fenster stehend schaute Theo dem sich entfernenden Auto hinterher, bis es aus seinem Blickfeld verschwunden war. Energisch drückte er die gerade angesteckte Zigarette in den Aschenbecher, griff zum Telefon und rief Jakob an. Er zuckte heftig zusammen, als bereits nach dem ersten Klingelton eine mädchenhafte Stimme ins Telefon quietschte.

»Hier bei Slovak!«

Theo hielt den Hörer vom Ohr weg. »Nelly, geht's auch etwas leiser? Ist dein Vater da?«

Ohne zu antworten legte sie den Hörer beiseite und rief lautstark: »Papa, Onkel Theo ist am Telefon!«

Theo hörte Türen klappen und die sich nähernden, schweren Schritte seines Freundes.

»Hallo, was gibt's?«

»Die Polizei war eben bei mir, wir müssen reden. Ist es okay, wenn ich nachmittags zu dir raus komme?«

Jakob überlegte einen kurzen Moment. »Ja, komm um vier, dann sind meine ›Mädels‹ auf dem Parcours, und wir sind ungestört.« Mit »Mädels« meinte er Dana, seine Frau, und Nelly, seine vierzehnjährige Tochter. Mit zittriger Hand legte er den Telefonhörer des altmodischen Telefons auf die Gabel.

»Was ist mit dir?« Unbemerkt stand seine Frau hinter ihm.

Er wirbelte herum und starrte sie mit weit aufgerissenen Augen an. »Was soll sein? Warum schleichst du dich so an?«

»Ich habe mich nicht angeschlichen. Was wollte Theo von Dir?«

»Nichts!«

Danas Stimme klang gereizt, als sie sagte: »Und wegen ›Nichts‹ ruft er an?«

Jakob versuchte, die Situation ins Komische zu ziehen, rang sich mühsam ein Lächeln ab und meinte so nebenbei: »Wir wollen mal wieder ein Bier miteinander trinken, und ich habe ihm den heutigen Nachmittag vorgeschlagen. Du bist doch mit Nelly auf dem Parcours, da passt es ganz gut, wenn Theo kommt.«

Dana zog spöttisch die Mundwinkel nach unten. »Na klar, das passt wunderbar – und sieh zu, dass er verschwunden ist, wenn wir zurück sind. Und überhaupt, warum triffst du dich mit den Kessler-Brüdern nicht sonst wo? Geht in eine Kneipe zum Biertrinken, ich will sie hier nicht sehen.«

Jakob wollte jetzt keinen Streit mit ihr und versprach, dass er es beim nächsten Mal so handhaben würde. »Außerdem gibt es nur noch Theo. Paul ist tot.«

Jetzt war es Dana, die ihm verblüfft ins Gesicht schaute. »Wieso tot, was ist passiert?«

Jakob erzählte ihr, was er auch erst am Tag davor von seinem Freund erfahren hatte, und war nun heilfroh, einen plausiblen Grund gefunden zu haben, sich mit Theo treffen zu können.

Dana wirkte sehr bestürzt. »Ermordet, sagst du? Wie … wie hat man ihn umgebracht?«

Jakob hob hilflos die Schultern. »Das weiß ich nicht, vielleicht will sich Theo aus diesem Grund heute mit mir treffen. Er hat ja sonst niemanden, mit dem er reden könnte.«

»Trotzdem, Jakob«, erwiderte Dana, »du weißt, dass ich diesen Paul ebenso wenig ausstehen konnte wie seinen Bruder. Wenn ich ehrlich bin, überrascht mich sein Ende nicht wirklich. Bitte sieh zu, dass Theo spätestens um 20 Uhr verschwunden ist, okay?«

Jakob nickte erleichtert. Um das Thema zu wechseln, erkundigte er sich nach Danas neuem Pferd und ob sie gut mit ihm zurechtkäme, obwohl es ihn nicht im Geringsten interessierte.

»Danke der Nachfrage. Mir macht er keine Probleme. Das Ärgerliche ist nur, dass er nach wie vor nur mich an sich heranlässt. Sobald sich jemand seiner Box nähert, wird er nervös und steigt. Es traut sich kaum einer von unseren Angestellten, seinen Stall zu säubern. Wobei das momentan nicht ganz stimmt. Lukas, der neue Stallbursche, kann ohne Probleme die Box betreten. Von ihm lässt er sich das Geschirr anlegen, lässt sich satteln und trottet lammfromm neben ihm her.«

Jakob hörte ihr nur mit halbem Ohr zu – und meinte lakonisch: »Prima, dann ist ja das Problem gelöst.«

Im Grunde war ihm dieses Pferd ein Dorn im Auge. Sobald er sich diesem Gaul auf fünf Meter näherte, reagierte das Pferd hysterisch, wieherte, stieg und bearbeitete mit den Hufen die Stallwände. Er hatte bisher noch nie Angst vor einem Pferd gehabt, aber vor diesem schon. Das würde er allerdings niemals zugeben. Dana wollte unbedingt ein Englisches Vollblut. Und wenn Dana sich etwas in den Kopf gesetzt hatte, war es zwecklos, ihr das ausreden zu wollen.

»Nein, Jakob, das Problem ist nicht gelöst. Der junge Mann hilft leider nur in den Semesterferien aus.«

Die letzten Worte verstand er kaum noch, denn Dana verschwand schnellen Schrittes in Richtung der Stallungen.

7

Unterdessen fuhr Gregor gemächlich die Welfenallee entlang, während Engels die private Telefonnummer von Pierre Mullier wählte. Es dauerte eine gefühlte Ewigkeit, bis der gewünschte Teilnehmer endlich das Gespräch annahm. Er meldete sich nur mit: »Ja, bitte!«

»Ich bin Hauptkommissar Engels, spreche ich mit Monsieur Mullier?«

»Wie bitte, wer sind Sie?«

Engels wiederholte seinen Satz und wartete.

Pierre zauderte einen kurzen Moment bevor er antwortete: »Ja, das bin ich, was wollen Sie von mir?«

Engels entschuldigte sich für die Störung am Wochenende und erklärte ihm, dass er ein paar Fragen bezüglich des gestrigen Caterings bei Herrn Kessler habe. »Es dauert nur ein paar Minuten, Monsieur Mullier. Wenn es allerdings heute nicht passt, würde ich Sie bitten, morgen zu uns ins Dezernat zu kommen.«

Zögerlich meinte Pierre, dass er sich momentan auf einer Familienfeier befände und es jetzt nicht besonders günstig sei.

Engels bemerkte die unentschlossene Haltung seines Gesprächspartners und hakte nach. »Es geht schnell, und Sie sparen sich morgen den Weg zu uns. Wenn Sie uns sagen, wo Sie sich momentan aufhalten, kommen wir vorbei. Vorausgesetzt, Sie befinden sich im Berliner Raum.«

Zögernd nannte er die Adresse.

»Werdohler Weg – Tegel Süd.« Laut wiederholte Engels die Angaben – und Gregor winkte ab. »Hausnummer reicht, ich weiß, wo der Werdohler Weg ist.«

Das Telefonat war beendet und Pierre hielt noch immer skeptisch sein Handy in der Hand. Erst jetzt bemerkte er den misstrauischen Blick von Johannes und versuchte, seine Handlungsweise zu erklären. »Das war die Polizei – die haben ein paar Fragen das gestrige Catering betreffend – das geht schnell.«

»Aha, das geht schnell, und deshalb bestellst du sie hierher zu meinen Eltern?« Wütend schaute Johannes zu seinem Lebensgefährten. »Super, Pierre, selten genug sind wir ›in Familie‹, und du bittest die Polizei dazu. Hätte das nicht bis morgen Zeit gehabt?«

Pierre wurde unsicher, da ihn nun auch Merete kopfschüttelnd mit einem verärgerten Blick bedachte. Sie warf ihr Besteck auf den Teller und verkündete, dass ihr nun endgültig der Appetit vergangen sei, und sie jetzt nachhause fahren würde.

»Jetzt geht niemand nachhause.« Erichs dröhnende Stimme beherrschte in diesem Moment die Runde. »Wir lassen uns den Tag doch nicht durch so einen läppischen Zwischenfall verderben. Wenn die Polizei hier erscheint, geht Pierre zum Gartentor und beantwortet Fragen. Es gibt keinen Grund, weshalb sie das Grundstück betreten sollten.«

Unaufgefordert füllte er das leere Glas seiner Tochter mit Campari-Orange, zog sie zu sich heran und prostete ihr lächelnd zu. Ihm blieb nicht verborgen, dass nicht mehr viel gefehlt hätte, und Merete wäre in Tränen ausgebrochen. Dankbar schaute sie zu ihrem Vater, griff nach dem Glas und nippte daran. Die Situation schien sich etwas zu entspannen. Plötzlich erhob sich Johannes, warf Pierre einen tadelnden Blick zu und verschwand im Haus. Pierre, der es noch nie ertragen konnte, wenn zwischen ihm und Johannes Unfrieden herrschte, sprang auf und eilte hinterher. Er wollte die unliebsame Situation unter vier Augen mit ihm klären.

Etwa zur selben Zeit bogen Gregor und Engels in den Werdohler Weg ein. Sie parkten den Wagen in einer kleinen Seitenstraße und liefen gemächlich zur angegeben Adresse.

Das Haus war nicht zu übersehen. Es war wesentlich größer als die meisten Häuser in dieser Siedlung, aber nicht nur die Größe ließ auf einen wohlhabenden Besitzer schließen. Die Gestaltung des ausgedehnten Grundstücks schien von einem talentierten Gartenexperten ausgeführt worden zu sein.

Da das Gartentor weit offen stand, begaben sie sich ohne zu läuten in den hinteren Teil des Anwesens. Es war Lukas, der die beiden als erster entdeckte und seinen Vater auf die ungebetenen Besucher aufmerksam machte. Erich erhob sich und ging ihnen ein paar Schritte entgegen. Innerlich kochte er vor Wut über das dreiste Eindringen der Kommissare, verzichtete aber auf eine belehrende Bemerkung.

»Entschuldigen Sie, Monsieur Mullier, aber das Gartentor stand weit auf. Ich bin Kommissar Engels und das ist mein Kollege, Kommissar Bär.«

Erich stellte klar, dass er nicht Monsieur Mullier sei, sondern Erich Stein, der Eigentümer dieses Grundstückes. Er bat die beiden um Verständnis dafür, dass er die Störung am heutigen Tag nicht akzeptieren könne. Da es sich ja wohl um eine aufschiebbare Befragung handele, mögen sie sich bitte bis morgen gedulden. »Und ich versichere Ihnen«, fügte er hinzu, »dass Monsieur Mullier am morgigen Tag vorstellig werden wird.«

Im selben Moment erschien Johannes, gefolgt von Pierre, wieder im Garten.

Noch bevor Erich es verhindern konnte, steuerte Gregor auf Johannes zu und fragte ihn, ob er Pierre Mullier sei.

Dieser schüttelte nur verneinend den Kopf und humpelte weiter.

»Das war mein Sohn Johannes«, meinte Erich erklären zu müssen, »und nun möchte ich Sie bitten zu gehen.«

Pierre beobachtete die Szenerie und ging auf Gregor zu, um sich ihm vorzustellen, aber Erich bremste ihn aus. In scharfem Ton meinte er zu ihm: »Es ist geklärt, Pierre, die Herren erwarten dich morgen im Dezernat. Heute gibt es keine Befragung.«

Pierre schluckte unwillkürlich seinen aufsteigenden Ärger hinunter. Diesen Befehlston wollte er sich vom Vater seines Lebensgefährten nicht bieten lassen. Aber das würde er später mit ihm klären.

»Gut, und wo befindet sich Ihre Dienststelle?« Fragend schaute er zu Engels und Gregor.

»In der Keithstraße.« Gregor zückte eine Visitenkarte und reichte sie an Pierre weiter. »Wir erwarten Sie morgen früh um neun.«

Beide warfen noch einen Blick in die Runde und verabschiedeten sich mit einem angedeuteten Kopfnicken.

Auf dem Weg zum Auto meinte Engels anerkennend: »Wow, der scheint seine Familie im Griff zu haben. Da saßen doch durchweg erwachsene Menschen. Aber wenn der Alte etwas anordnet, wird abgeduckt, das hat was.«

»Davon hast du immer geträumt, oder?«

»Du etwa nicht? Das ist doch der Traum aller Männer. Nur mir ist das nie gelungen. Irgendetwas habe ich offenbar immer falsch gemacht. Meine beiden Frauen taten nie das, was ich wollte. Sie haben mich irgendwann, so ›mir nichts, dir nichts‹, verlassen. Einfach so ›zack‹, und die Ehe war beendet.«

Gregor lachte nun schallend los, als er kopfschüttelnd anmerkte, dass er sich sehr gut an die Trennungsgründe erinnern konnte. »Du warst ein gnadenloser Egoist, Kollege. Oder hast du mir damals eine bunte Geschichte aufgetischt? Für dich existierte nur dein Beruf, und deine Alkoholphase war auch nicht lustig. Aber lassen wir die alten Geschichten. Wobei ich den Eindruck habe, dass auch deine Beziehung zu Blondy derzeit in die Schräglage geraten ist.«

»Hm«, knurrte Engels, »ist das schon so offensichtlich?«

»Natürlich, ich bemerke das schon eine ganze Weile – und wenn du mal jemand zum Reden brauchst, ich stehe zur Verfügung.«

»Danke fürs Angebot. Vielleicht komme ich irgendwann darauf zurück.«

Schweigend stiegen sie ins Auto, während Gregor seinen eigenen Gedanken nachhing. Er dachte an seine Ehe und musste sich eingestehen, dass es auch bei ihm seit einiger Zeit kriselte. Die ehemals perfekte Gesprächsebene sowie auch die verbindenden Momente des Schweigens – nichts, aber auch gar nichts war davon noch spürbar. Sie lagen sprachlos nebeneinander im Bett, berührten sich nicht mehr und stammelten allenfalls noch ein »Ich bin müde« in die Richtung des anderen. Schweigend drehten sie sich dann gegenseitig den Rücken zu. Er hatte das Gefühl, sie waren auf dem besten Weg sich zu verlieren. Oder hatten sie sich sogar schon verloren? Er wusste es nicht. Er wusste noch nicht einmal ansatzweise, worauf diese Entfremdung zurückzuführen war.

Er konnte zwar ganz klar definieren, was ihn störte. Sarahs Kümmergehabe zum Beispiel – und diese ständige Bevormundung: Zieh' nicht diese, sondern jene Jacke an – esse dies nicht, sondern jenes – denke an deinen Blutdruck usw. usw. Diese Liste hätte er ohne viel Mühe erweitern können. Das alles ging ihm verdammt auf den Zunder. Schon bei dem Gedanken daran sträubten sich bei ihm die Nackenhaare, und er fragte sich, warum ihn das ausgerechnet jetzt störte. Sarah war doch schon immer so gewesen. Früher hatte er es hingenommen und nicht weiter darüber nachgedacht. Er hatte es einfach genossen, verwöhnt zu werden, und jetzt nervte ihn das nur noch. Er fand keine Erklärung für dieses Desaster. Vielleicht lag es am Alter oder am täglichen Eheeinerlei?

Er erinnerte sich an ein, zwei Paare, mit denen er und Sarah befreundet gewesen waren. Bei deren Trennung fiel das Wort »Midlifecrisis«, und beide Paare definierten den Grund der Trennung ähnlich. Auch ihnen war es nicht gelungen, das Ruder herumzureißen und ihrem Eheleben neue Impulse zu verleihen. Deren lapidare Erklärung war, sie hätten sich auseinandergelebt, hätten unterschiedliche Interessen – und vor allem Angst, die noch verbleibende Lebenszeit in der Monotonie der Ehe zu versauern.

Und wenn da was dran war? Wenn die Midlifecrisis jetzt ihn und Sarah erwischt hatte? Aber das fängt man sich

Diego anwies, sich mit den momentanen und ehemaligen Geschäftspartnern des Opfers zu beschäftigen.

»Nimm seine Angestellten unter die Lupe. Auch jene, die von ihm entlassen wurden. Lieferanten und alle möglichen Gestalten, die Zugang zum Sporttempel hatten. Erkundige dich, wie er seine Freizeit verbrachte, welche Vorlieben er hatte. Das wäre in diesem Fall wesentlich sinnvoller. Den Mörder werden wir kaum im ehemaligen Kindergarten finden. Und noch eins, zum Mitschreiben, Kollege: In diesem Dezernat bin ich der erste Kriminalhauptkommissar, der die Verantwortung für jegliche Ermittlungsstrategie trägt. Ich bin es auch, der den Kopf hinhält, wenn der Laden nicht läuft. Also, an die Arbeit!«

Er blies lautstark die Luft durch seine Nüstern und dachte: *Dieser Diego ist ehrgeizig, verdammt ehrgeizig.* Ihm war längst klar, dass der Kollege ohne Probleme die Erfolgsleiter nach oben klettern würde. Manchmal hatte er den Eindruck, dass dieser »Möchtegern-Latino« nicht nur auf seinen Posten scharf war, sondern auch auf Blondy. Engels verstand sowieso nicht, weshalb sich die weiblichen Kollegen förmlich darum rissen, mit diesem Typen zusammenarbeiten zu dürfen.

Ohne Engels anzusehen, meinte Diego: »Ja, Chef, genau das hatte ich auch vor. Das erledige ich gleich morgen früh. Heute ist eigentlich mein freier Tag. Aber diese Sache hier wollte ich mit Blondy sofort erledigen.«

Um sich irgendwie abzureagieren, fischte Engels eine Cola aus dem Kühlschrank und trank die Dose leer, ohne sie einmal abzusetzen. Es ärgerte ihn maßlos, dass dieser neue Kollege Katja auch noch Blondy nannte. Es gab feste Regeln im Dezernat: Nur er und Gregor durften sie Blondy nennen. Die Kollegen, die schon länger im Dienst waren, nannten sie Katja und für die Neuankömmlinge war sie Frau Blondczycz. Und dieser Diego war ein Neuankömmling. Gut, er war jetzt etwas über ein Jahr, vielleicht auch zwei oder drei Jahre in seinem Team. Aber das war verdammt nochmal völlig egal, dieser eitle Fatzke mit seinem Dreitagebart, der ständig gebräunten Haut und seinem Zahnpasta-Reklamelächeln war eben »der Neue«.

Gregor verfolgte schweigend das Wortgefecht zwischen den beiden, und plötzlich begriff er, weshalb es in der Beziehung Engels/Blondy kriselte. Engels war eifersüchtig, eifersüchtig auf Diego.

In den folgenden Stunden sprach niemand ein Wort. Gregor und Engels erledigten still den liegengebliebenen Schriftkram. Nur Blondy und Diego sprachen leise miteinander. Hin und wieder hörte man einige Wortfetzen wie: »Das ist interessant – das sollte man im Auge behalten.«

Engels hob noch nicht einmal den Kopf, als Diego laut verkündete, dass er jetzt nachhause gehen werde. Er hing geschäftig über einer Akte und reagierte nicht. Gregor hob kurz die Hand und wünschte dem Kollegen noch einen schönen Feierabend.

Es war Blondy, die das weitere Schweigen beendete. »Kann ich dich einen Moment sprechen?«

Engels hob fragend – so, als wüsste er nicht, dass er gemeint war – den Kopf und stammelte überrascht wirkend: »Wie … äh … meinst du mich?«

Sie antwortete nicht, nickte nur kaum merklich und deutete auf die Tür zum Nebenraum. Ihr Blick und ihre Körperhaltung ließen nichts Gutes ahnen. Gregor, der alleine zurückblieb, hörte unfreiwillig Fragmente dieser unerfreulichen Auseinandersetzung. Blondy war außer sich. Sie fand Engels Benehmen Diego gegenüber unprofessionell. Dieses ständige Machogehabe von Engels ging ihr mächtig auf die Nerven. Gregor verstand nicht alles, was gesprochen wurde, aber der letzte Satz Blondys hatte es in sich: »Wenn du deine unbegründete Eifersucht nicht unter Kontrolle bekommst, lasse ich mich in ein anderes Dezernat versetzen!«

Dann riss sie die Tür auf, stürmte an Gregor vorbei, griff ihre Tasche und verließ das Büro.

Engels stand sprachlos im Türrahmen und starrte ihr hinterher. »Wir … äh … wir wollten heute Abend zusammen essen gehen … und so.«

Gregor nickte ihm verständnisvoll zu, erhob sich von seinem Stuhl und klopfte seinem Kollegen und Freund aufmunternd auf die Schulter.

»Tja, mein Lieber, da gibt's jetzt zwei Möglichkeiten. Entweder du gehst ihr hinterher und klärst die Situation, oder wir gehen später ein Bier trinken und du erzählst mir, was bei euch los ist.

8

Theo stand gedankenverloren unter der Dusche. Den Besuch der beiden Kommissare und die grausame Tatsache, dass man seinen Bruder regelrecht hingerichtet hatte, musste er erst einmal verdauen. In Kürze würde Ben bei ihm erscheinen. Er würde ihm das saumäßige Skript in die Hand drücken und ihn auffordern, es schnellstens noch einmal zu überarbeiten. Er hoffte nur, dass sich Ben an seine Änderungsvorschläge hielt. Ihm lief die Zeit davon. Er wusste jetzt schon nicht mehr, wo ihm der Kopf stand. Die Proben mussten bald beginnen, die Kulissen besprochen werden und vieles mehr. Er würde ihn heute schnell abfertigen. Er hatte weder Zeit noch Lust, mit ihm gemeinsam das Ganze durchzuarbeiten, das war schließlich Bens Aufgabe. Er musste zu Jakob fahren, denn es war zwingend notwendig, nochmal mit ihm zu reden.

Jakob und er waren die Einzigen, die wussten, weshalb Paul ermordet wurde. Der Kreidekreis ließ keinen Platz für weitere Spekulationen. Jakob war labil und geriet leicht in Panik, das war schon früher sein Schwachpunkt gewesen, und in der momentanen Situation war er ein Risikofaktor. Theo befürchtete, dass Jakob die Nerven verlieren und, um seinen Arsch zu retten, bei der Polizei die alte Geschichte ausplaudern könnte. Wobei Theo sich noch nicht einmal sicher war, ob ein Geständnis nach so langer Zeit noch rechtliche Schritte nach sich ziehen würde. Aber darum ging es auch gar nicht. Jakob könnte der Polizei Informationen geben, die sicher zur schnelleren Aufklärung führen würden – zumindest wäre dadurch der Kreis, der als Täter infrage kommenden Personen drastisch eingeschränkt. Aber er hatte eine ganz andere Idee. Einen Plan, den er unbedingt mit Jakob besprechen musste.

Theo schaute auf die Uhr und erschrak. Er war so mit seinen Gedanken beschäftigt gewesen, dass er Raum und Zeit vergessen hatte. In dreißig Minuten würde Ben erscheinen, und Ben kam nie zu spät. Im Eiltempo schlüpfte Theo in seine Klamotten und pünktlich auf die Minute stand Ben vor der Tür. Er läutete nie. Er wusste, wo sich der versteckte Knopf am Tor befand. Sobald dieser betätigt wurde, sprang die Tür auf. Zeitgleich ertönte im Haus ein dezenter Klingelton und wies den Bewohner darauf hin, dass sich jemand Einlass verschafft hatte.

Ben marschierte schnurstracks nach oben, lief zielstrebig in die Küche und breitete seine mitgebrachten Speisen und Getränke auf dem Tisch aus. Er ging davon aus, dass sich das Überarbeiten des Skripts hinziehen würde, und er musste zwischendurch immer etwas essen und seinen geliebten Scotch trinken, sonst konnte er sich nicht konzentrieren.

Aber es kam anders, als er erwartet hatte. Mit den Worten »Diesen Mist kann doch keiner inszenieren« drückte Theo ihm das Drehbuch in die Hand, und während er schon wieder im Begriff war, den Raum zu verlassen, zischte er ihm im Befehlston zu: »Halte dich strikt an meine Änderungsvorgaben. In zwei Tagen will ich das Ergebnis.« Grußlos verließ er den Raum und schlug geräuschvoll die Tür hinter sich zu.

Fassungslos schaute ihm Ben hinterher. Er verstaute schweigend seine mitgebrachten Utensilien sowie das kreuz und quer mit Änderungswünschen beschriebene Skript in seinem Rucksack. Kopfschüttelnd verließ er das Haus. Er war auf hundertachtzig. Jedes Mal, wenn Theo ihn derart respektlos abfertigte, verschlug es ihm die Sprache. Mehrmals hatte er sich vorgenommen, die Zusammenarbeit aufzukündigen, und jedes Mal verließ ihn der Mut. Auf dem Weg zu seinem Auto rollten ihm vor Entrüstung die Tränen über die Wangen. Er kannte Theo jetzt rund zwanzig Jahre – und manchmal hatte er das Gefühl, sie wären auch Freunde, aber vermutlich war das nur sein Wunschdenken. Im tiefsten Innern wusste er, dass Theo keine Freunde hatte. Er war schon immer ein gnadenloser Despot, genau wie sein Bruder Paul, dem man auf brutalste Weise das Leben genommen hatte. Beide duldeten im Grunde genommen nur Menschen um sich herum, die ihnen auch Nutzen brachten. Auch Theo war ein mieses Schwein, das über Leichen ging.

Ben nahm sich vor, dass dieses Theaterstück endgültig ihre letzte gemeinsame Arbeit sein würde. Danach würde er eiskalt die Zusammenarbeit mit ihm beenden. Er würde ihn anlächeln und ihm seine ganze Verachtung ins Gesicht schleudern. Oh ja, das würde er tun. Mit gestärktem Selbstbewusstsein startete Ben den Wagen und verließ den Parkplatz.

9

Nachdem die beiden Kommissare das Grundstück verlassen hatten, schloss Erich nachdenklich das Gartentor und begab sich, noch immer verärgert über diese Störung, zu seiner Familie. Die Stimmung war im Keller. Er vermutete, dass auch Merete und Johannes den Artikel in der Zeitung gelesen haben mussten. Nun stand er unschlüssig am reichhaltig gefüllten Büfett und konnte sich nicht entscheiden, was er sich auf seinen Teller tun sollte. Einige Wortfetzen drangen an sein Ohr. Johannes unterhielt sich im gedämpften Ton mit Lukas. Ungewollt hörte Erich einige Bruchstücke des Gespräches: »Du solltest … bald mit Vater« – den Rest verstand er nicht mehr. Dann sprach Lukas: »Ja, ich … passende Gelegenheit … in den nächsten Tagen …«

Er drehte sich zu seinen Söhnen um und fragte: »Was soll Lukas bald mit mir – und wozu brauchst du«, dabei schaute er mit ernstem Blick zu Lukas, »eine passende Gelegenheit?«

Lukas bekam einen hochroten Kopf und wusste momentan nicht, was er sagen sollte. Hilfesuchend schaute er zu Johannes. Dieser winkte nur ab und meinte: »Nun sage es ihm schon, er wird dir nicht den Kopf abreißen.«

Lukas schwieg.

Erich stand abwartend vor seinem Sohn. »Ich warte, Lukas, was ist los?«

Um die Situation zu entschärfen, mischte sich nun doch Johannes ein. »Er wird nicht weiter studieren. Er hat sein Studium geschmissen. Das war nicht das Richtige für ihn.«

Im Zeitlupentempo setzte sich Erich seinen Söhnen gegenüber. »Aha, und was ist das Richtige?«

Lukas atmete tief durch und schaute seinem Vater ins Gesicht. »Pferdewirt, irgendetwas mit Pferden. Ich weiß noch nicht genau, in welche Richtung ich konkret gehen möchte. Aber mein Entschluss steht fest.«

»Oh, interessant, vom Maschinenbau zum Pferdewirt. Etwas mit Pferden. Und wie kommst du auf diese Idee? Nur weil du in den Ferien auf irgendeinem Hof jobbst, schmeißt du dein Studium hin?«

Lukas fühlte sich gekränkt. Sein Vater schien ihn nicht im Geringsten ernst zu nehmen. Er schwieg und schaltete auf stur. Erst als Johannes ihn mit dem Ellenbogen in die Seite stieß und lachend meinte: »Nun sag ihm, weshalb du das unbedingt werden möchtest«, begann er zu erzählen.

Erst zaghaft – und dann immer euphorischer werdend, berichtete er von den Wochenenden, die er auf dem Pferdehof in der Nähe Münchens verbracht hatte. Dabei sei ihm klar geworden, dass sein zukünftiger Beruf unbedingt mit Pferden zu tun haben müsse.

»Ich machte mich sachkundig. Die Ausbildung zum Pferdewirt zum Beispiel kann man in fünf verschiedenen Fachrichtungen absolvieren: in der Klassischen Reitausbildung, im Bereich Pferdezucht, Pferdehaltung und Service. Ebenso möglich wäre das Fach Pferderennen und Spezialreitwesen. Dieser Lehrplan ist sehr umfangreich, und es würde zu weit führen, wenn ich das jetzt alles aufzähle. Ich weiß jetzt schon, dass ich später mein Augenmerk auf vermeintlich verhaltensauffällige Tiere werfen möchte. Vermeintlich deshalb, weil es meiner Ansicht nach nur verhaltensauffällige Pferdehalter gibt. Es ist jetzt schon so, dass ich mit Pferden zurechtkomme, die aus unterschiedlichen Gründen kaum jemand an sich heranlassen wollen.«

Bei seiner emotionalen Ansprache schaute er seinem Vater direkt in die Augen und sagte abschließend zu ihm: »Ich weiß, das kommt überraschend für dich. Aber ich werde mich von nichts und niemandem davon abbringen lassen.«

Als Lukas schwieg, bemerkte er die Stille um sich herum, die komplette Familie hatte seinen leidenschaftlichen Ausführungen gelauscht. Er schaute durchweg in wohlwollende Gesichter. Nicht nur Erich war tief beeindruckt. Er erhob sich, legte Lukas den Arm um die Schulter und forderte die Familie auf, das Glas zu erheben, um auf den zukünftigen Pferdewirt anzustoßen. Von diesem Moment an nahm die Familienfeier eine positive Wende. Jetzt stand Lukas im Mittelpunkt des Interesses. Niemand befasste sich momentan noch mit dem Mord im Sporttempel und dem Besuch der Kommissare. Aber es fragte auch niemand, auf welchem Pferdehof Lukas derzeit arbeitete.

10

Nervös schaute Jakob auf die Uhr und lief den Kiesweg hoch, um einen Blick auf die Straße zu werfen. Von Theos Wagen war weit und breit nichts zu sehen. Gerade als er wieder zurück ins Haus gehen wollte, hörte er das unverkennbare Motorengeräusch von Theos Sportwagen. Wie immer fuhr dieser mit überhöhter Geschwindigkeit in die Einfahrt, nur diesmal waren es nicht die Hühner, die panisch in alle Richtungen davonstoben, heute brachte sich Jakob selbst mit einem gekonnten Sprung zur Seite in Sicherheit.

»He, du Idiot, bist du verrückt? Du musst verrückt sein!« Theo grinste und zeigte ihm demonstrativ den Mittelfinger. »Mann, nun hab dich nicht so. Was soll passieren? Du hast doch genauso schnell reagiert wie deine Hühner.«

Jakob zog es vor, zu diesem Thema keinen Kommentar abzugeben. Theo war schon immer der Ansicht, dass er alles im Griff hatte. Kritik an seiner Person konnte er partout nicht ausstehen.

Sie setzten sich vor die kleine Hütte, die neben dem Geräteschuppen stand. Die Ställe sowie der Reitplatz waren am anderen Ende des Anwesens, folglich konnten sie davon ausgehen, ungestört reden zu können. Jakob stellte Theo ein Weizenbierglas und die geöffnete Bierflasche vor die Nase, und beide starrten schweigend vor sich hin.

Unvermittelt begann Theo das Gespräch: »Ich habe nachgedacht. Ich werde einen Privatdetektiv beauftragen und …«

Jakob unterbrach ihn. »Wozu? Was willst du mit einem Privatdetektiv?«

Theos Stimme wurde eisig, als er Jakob maßregelte. »Wenn du mich ausreden ließest, könnte ich dir das erklären. Nur du und ich wissen von der Bedeutung des Kreidekreises und wir werden die Klärung des Falles nicht der Polizei überlassen. Ein Privatdetektiv, den ich engagieren werde, wird die damals Beteiligten aufspüren und dann werde ich handeln.«

Jakob wurde zusehends blasser, als er kleinlaut fragte: »Ja und dann? Was hast du vor?«

»Das lass mal meine Sorge sein. Den Mörder meines Bruders werde ich finden – und dann wird er sich wünschen, niemals geboren worden zu sein.«

Jakob trommelte nervös mit den Fingern auf der Tischplatte herum und gab zu bedenken, dass man sie vielleicht nicht von heute auf morgen finden würde. »Es könnten Wochen oder Monate vergehen, Theo – und auch wenn sie gefunden werden, wie willst du wissen, wer es war?«

»Ja, da hast du recht, aber wir werden sie aufspüren und glaube mir: Den Mörder meines Bruders werde ich erkennen.«

Jakob sprang auf und lief aufgeregt hin und her. »Ja, Theo – aber der Täter könnte in der Zwischenzeit wieder zuschlagen. Ich bin der Ansicht, dass es wesentlich effektiver wäre, wenn wir zur Polizei gingen und ein Geständnis ablegen würden. Damals erstattete niemand Anzeige. Die alte Geschichte ist vermutlich verjährt. Und sieh mal, Theo, wir könnten ihnen die Namen der Beteiligten nennen. Die Polizei hat doch wesentlich mehr Möglichkeiten, die Personen zu finden. Wesentlich mehr als ein einzelner Privatdetektiv. Ich habe Angst, Theo, ich habe panische Angst. Verstehst du das? Es geht hier auch nicht nur um mich. Ich habe eine Familie. In zwei Tagen feiern wir das zehnjährige Bestehen unseres Gestüts. Wir haben vierzig Gäste geladen. Teilweise kommen sie aus dem Ausland angereist. Ich bin der Gastgeber, begreifst du das? Ich bin nur noch ein Nervenbündel.«

Theo zog Jakob zu sich auf die Bank, legte ihm freundschaftlich den Arm über die Schulter und redete mit Engelszungen auf ihn ein. Er beschwor ihn, Ruhe zu bewahren, und erinnerte ihn an frühere Situationen, in denen er sich doch auch immer auf ihn habe verlassen können. »Siehst du,

Jakob, da hat sich auch nichts geändert. Wenn Theo dir sagt, es wird alles gut, weil er die Situation im Griff hat, dann ist das so. Aber wenn du dich sicherer fühlst, werde ich bei eurem Jubiläum an deiner Seite sein. Dann bin ich da. Wir sind Freunde, Jakob, vergiss das nicht.«

Jakob schwieg und blickte skeptisch zu Theo.

Dieser buffte ihn kameradschaftlich in die Seite und forderte ihn auf, eine Flasche von seinem Obstler zu öffnen. »Lass uns unser Abkommen besiegeln«, meinte er zu ihm, »und ich hätte auch gerne einen Doppelten von deinem Selbstgebrannten.«

Es folgten noch ein paar Plattitüden, wie: »Wir werden das Kind schon schaukeln!« – »So jung kommen wir nie wieder zusammen!« – »Auf unsere Freundschaft!« – »Alles wird gut!« usw. Kaum hatte Jakob das Schnapsglas geleert, schenkte Theo nach und forderte ihn auf zu trinken.

Nach dem fünften oder sechsten Schnaps war auch Jakob der Ansicht, dass die Idee seines Freundes genial war. Das war dann der Moment, in dem Theo sicher war, dass er Jakob überzeugt hatte und ihn jetzt alleine lassen konnte.

Mental gestärkt und vom Alkohol beflügelt beschloss Jakob, mit Senta die abendliche Runde zu drehen. Die Labradorhündin sprang freudig an ihm hoch, lief einige Meter voraus, kam zurück und sprang wieder munter bellend auf ihn zu. Inzwischen war es für ihn zu einem liebgewonnenen Ritual geworden, morgens, wenn alle noch schliefen, mit Senta über die zum Teil morastigen Wiesen zu laufen, an den Pferdekoppeln vorbei bis hinunter zum Tegeler Fließ und in großem Bogen zurück. Auch abends genoss er den letzten Spaziergang mit seinem Hund. Heute allerdings, und das war dem Alkohol geschuldet, würde er die Runde verkürzen.

Theo hingegen fuhr nachdenklich über einen Schleichweg zurück nach Frohnau. Sieben, höchstens acht Kilometer lagen zwischen dem Pferdehof Jakobs und seinem Haus in der Welfenallee. Er dachte über Jakob nach und war froh, ihn einer Eingebung folgend aufgesucht zu haben. Jakob war nervlich am Ende, und Theo wurde klar, dass er sich in der nächsten Zeit engmaschiger um seinen Freund kümmern musste. Kümmern bedeutete für ihn, Jakob wieder in die Spur zu bringen. So wie früher, da akzeptierte Jakob voll und ganz Theos Entscheidungen.

Theo war stolz auf sich. Heute hatte er schon ein beachtliches Stück Vorarbeit geleistet. Menschen zu manipulieren war nur eins seiner Talente, und es würde nicht lange dauern, bis Jakob Wachs in seinen Händen sein würde. Er nahm sich vor, übermorgen an der Jubiläumsfeier teilzunehmen. Jakob brauchte momentan Unterstützung, und die konnte nur er ihm geben.

Dann dachte er an seinen Bruder. Wenn die gerichtsmedizinische Untersuchung abgeschlossen war, musste die Bestattung organisiert werden. Zeitgleich durfte er aber auch nicht den Theaterspielplan aus den Augen verlieren.

Schonungslos sprangen Theos Gedanken hin und her. Fluchend schlug er auf das Lenkrad und änderte abrupt seine Fahrtrichtung. Was er jetzt dringend benötigte, war Ablenkung und Entspannung. In der Innenstadt kannte er ein komfortables kleines Etablissement, und nicht nur das Etablissement, auch die Damen waren erstklassig: Jung, attraktiv und intelligent. Er wusste, dass sich die eine oder andere ihr Studium durch diese Nebentätigkeit finanzierte, und hoffte nun, dass seine Favoritin an diesem Abend noch nicht vergeben war.

11

Der Wecker hatte keine Chance, seiner Aufgabe gerecht zu werden. Starke Kopfschmerzen und ein mulmiges Gefühl in der Magengegend zwangen Pierre, das Bett früher als beabsichtigt zu verlassen. Er hatte das Gefühl, nicht eine Minute geschlafen zu haben.

Der gestrige Tag bei den Eltern von Johannes lag ihm schwer im Magen. Merete und Johannes hatten eng beieinander gestanden, als er aufgeregt mit der Zeitung auf sie zukam, Johannes leichenblass und Merete mit einem merkwürdigen Lächeln im Gesicht. Er selbst war so aufgeregt gewesen, dass ihm in diesem Moment gar nicht auffiel, dass keiner von beiden einen Kommentar zu dieser grässlichen Tat abgab. Aber Johannes, ja, Johannes grinste ihn nur an, als er den Zeitungsartikel erwähnte. Es war ein böses, ein zufriedenes Grinsen.

Pierre konnte sie beide bestens verstehen. Die Nachricht von der Ermordung Paul Kesslers musste ihnen ein befriedigendes Gefühl verschafft haben. Die geschäftliche Verbindung zu dem Opfer dürfte Johannes in diesem Moment ziemlich egal gewesen sein. Paul Kessler war zwar seit vielen Jahren ein solventer Kunde, und ohne Kesslers Promotion wäre die Cateringfirma von Pierre und Johannes nie so erfolgreich geworden. Aber Pierre wusste, dass Merete und Johannes ein folgenschweres Ereignis mit Kessler verband. Gestern hatte er die leise Hoffnung gehabt, dass Johannes ihm endlich die vollständige Geschichte anvertrauen würde. Aber er hatte es wieder nicht getan. Zum ersten Mal beschlich Pierre das Gefühl, in dieser Familie ein Außenseiter zu sein. Der Blickkontakt unter den einzelnen Familienmitgliedern, nachdem die Polizei gegangen war, vermittelte ihm den Eindruck, alle wüssten Bescheid, und er solle partout nicht eingeweiht werden. Er fühlte sich zutiefst verletzt. Seit zehn Jahren lebten er und Johannes nun schon als Paar zusammen. Unzählige Male hatte er gehofft, dass sein Partner sich ihm gegenüber öffnen würde, aber Johannes blieb bei der stereotypen Aussage: »Da war nichts. Das mit meiner Wirbelverletzung war ein Unfall und kein dritter war daran schuld.«

Pierre fragte sich manchmal, ob die Tatsache, dass ihm Johannes nicht alles erzählte, einer Lüge gleichkam, oder ob man als Lebenspartner das Recht für sich in Anspruch nehmen durfte, manche Dinge zu verschweigen. Aber ob Lüge oder nicht, mangelndes Vertrauen in einer Beziehung wog für Pierre gleichermaßen schwer. Spätestens gestern hätte Johannes sich ihm offenbaren müssen. Er hätte zugeben sollen, dass er diesen Paul Kessler persönlich kannte, und nicht nur Paul Kessler, sondern auch dessen Bruder Theo. Pierre wusste es schon seit geraumer Zeit, aber er wollte es von Johannes selbst hören.

Vor einigen Jahren, bei einer großen Veranstaltung in Paris, standen er und Johannes an einem der Stehtische. Sie plauderten mit den anderen Gästen, als sich unerwartet Paul Kessler dem Tisch näherte. Pierre war überrascht, Kessler hier anzutreffen, da er ihn zu jener Zeit in London vermutete. Als Johannes Kesslers Herannahen bemerkte, stellte er hastig sein Glas ab und verschwand fluchtartig in der Menge. Aber Kessler hatte längst bemerkt, dass sich jemand humpelnd vom Tisch entfernte. Amüsiert begrüßte er Pierre und wollte von ihm wissen, wer die Person war, die eben noch an diesem Tisch gestanden hatte.

Pierre zauderte einen kleinen Moment bevor er antwortete. »Johannes, das war Johannes. Warum fragen Sie?«

»Sie? Ich dachte, wir wären schon längst beim Du. Enge Geschäftspartner duzen sich im Allgemeinen.« Dabei klopfte er Pierre plump auf die Schulter.

»Irgendwie erinnerten mich die Gesichtszüge des Mannes, die lange Nase und die dichten schwarzen Haare, an jemand, den ich von früher aus Berlin kannte. Dieser Johannes kommt doch aus Berlin, oder?«

Pierre nickte zustimmend.

»Ja, aus Berlin – Johannes kommt tatsächlich aus Berlin.«

Süffisant lächelnd erwiderte Kessler: »Na, dann wird er das wohl gewesen sein. Johannes … äh … wie war doch gleich der Familienname von diesem Johannes? Er fällt mir partout nicht ein.«

Auf Hilfe hoffend schaute er zu Pierre. Dieser nahm, um Zeit zu gewinnen, einen Schluck aus seinem Glas, als Kessler plötzlich erleichtert kundtat: »Ah, jetzt habe ich es: Stein, Johannes Stein.«

Triumphierend, mit einem breiten Lächeln und eiskaltem Blick, fixierte er Pierre. Einen kurzen Moment überlegte dieser, ob er seinen größten Auftraggeber anlügen oder ihn mit der Wahrheit konfrontieren sollte. Weshalb er sich damals für die halbe Wahrheit entschied, hatte er sich selbst nicht erklären können. Die arrogante Körperhaltung, der lauernde Blick seines Gegenübers, ließen ihn vorsichtig werden.

»Mullier, Johannes Mullier, ist sein Name.«

Kessler grinste ihn an. »Aha, Mullier. Ein Verwandter von dir? Dann habe ich mich wohl geirrt.«

Damit war dieses Thema vom Tisch. Pierre wusste, dass Kessler sich nicht geirrt hatte, und Kessler wusste es auch. Danach hoffte Pierre, dass ihm Johannes erklären würde, weshalb er so plötzlich abgetaucht war. Aber er schwieg, wie immer.

Nach dieser Begebenheit tat Pierre etwas, das er eigentlich zutiefst verabscheute: Er durchstöberte die persönlichen Besitztümer seines Partners. Er wusste nicht genau, wonach er suchte. Eigentlich hatte er schon aufgeben wollen, als er bemerkte, dass die eine Schublade der kleinen Kommode innen wesentlich flacher war als die andere. Er hebelte den Boden heraus und fand ein kleines schwarzes Büchlein.

Die Wochen und Monate nach dieser Entdeckung waren für ihn die reinste Qual. Einerseits, weil er nun das streng gehütete Geheimnis seines Lebensgefährten kannte und sich schämte, diesen Vertrauensbruch begangen zu haben; andererseits auch deshalb, weil er ihn auf seine Entdeckung nicht ansprechen konnte. Johannes hatte das Geschehen von damals akribisch dokumentiert. So manche Seite wies Spuren einer getrockneten Flüssigkeit auf, die auf das Blatt getropft sein musste. Pierre vermutete, dass es Tränen gewesen waren. Die Tränen eines dreizehnjährigen Jungen, der seine ganze Qual diesem Büchlein anvertraut hatte.

Nachdem Pierre den dramatischen Sachverhalt kannte, konnte er keinen klaren Gedanken fassen. Er empfand nur noch Wut und Hass auf Kessler. Es dauerte lange, bis er diese emotionale Regung unter Kontrolle bekam. Damals wollte er spontan die geschäftliche Verbindung mit Kessler aufkündigen. Das allerdings hätte ihn und Johannes in den blanken Ruin getrieben. Sie hatten sich aufgrund der üppigen Auftragslage, die sie in erster Linie Kessler zu verdanken hatten, gnadenlos verschuldet. Er bekam so nach und nach seine Emotionen unter Kontrolle, arbeitete weiter mit Kessler und hoffte, so schnell wie möglich aus dieser Abhängigkeit herauszukommen.

Gedankenversunken stand Pierre am Küchenfenster, schlürfte seinen heißen Kaffee und fragte sich, wie das alles weitergehen soll.

»Guten Morgen, Frühaufsteher.«

Erschrocken zuckte er zusammen. Unbemerkt stand plötzlich Johannes neben ihm, drückte ihm einen Kuss auf die Wange und genehmigte sich ebenfalls eine Tasse Kaffee.

»Was ist los mit dir? Dein nachdenklicher Gesichtsausdruck gefällt mir gar nicht.«

»Nichts ist los. Ich fahre jetzt zur Kripo und beantworte deren Fragen, die ich gerne schon gestern beantwortet hätte.«

Etwas lauter als beabsichtigt stellte er die Tasse ab, griff sich den Autoschlüssel und verließ die Wohnung, ohne Johannes eines Blickes zu würdigen. Sein Auto stand ein paar Straßen weiter, und diesmal war er froh darüber, denn er brauchte etwas Bewegung, um einen klaren Kopf zu bekommen. Er schlenderte die Straße entlang, atmete die frische, noch nicht von Abgasen geschwängerte Morgenluft ein und versuchte den Fokus auf die bevorstehende Befragung zu richten. Er konnte nicht verhindern, dass er immer nervöser wurde, und er war sich nicht sicher, ob die angespannte Situation zwischen Johannes und ihm an seiner Nervosität schuld war oder der Termin bei der Polizei. Vielleicht von beidem etwas.

Inzwischen hatte er das Auto erreicht, schwang sich hinters Lenkrad und fuhr Richtung Keithstraße. Er parkte den Wagen am Lützowufer, stieg aus und schaute auf den still dahinfließenden Landwehrkanal, ohne ihn wirklich wahrzunehmen. Gedanklich landete er abermals bei Johannes und dessen Familie. Am gestrigen Tag hatte er sich auch über Erich geärgert. Er fand dessen rüden Ton unverschämt und grenzüberschreitend. Eigentlich mochte er den Vater von Johannes, er mochte dessen gradlinige Art. Erich war einer der wenigen Menschen, die Pierre kannte, auf deren Wort man sich hundertprozentig verlassen konnte. Aber gestern war er entschieden zu weit gegangen. Wie konnte er sich anmaßen, über seinen Kopf hinweg zu entscheiden, wann er der Kripo zur Verfügung zu stehen habe? Pierre nahm sich vor, diese Begebenheit in Kürze noch einmal anzusprechen.

Entschlossen kehrte er dem Kanal den Rücken und lief zügigen Schrittes zum LKA-Gebäude.

12

Jakob wurde mit dröhnenden Kopfschmerzen wach. Laute Stimmen, Motorengeräusche und das aufgeregte Wiehern der Pferde rissen ihn aus seiner viel zu kurzen Schlafphase. Die ersten Gäste waren bereits auf dem Hof, sie entluden ihre Tiere und brachten sie in die extra dafür vorbereiteten Boxen.

Er erhob sich schwankend und begab sich unter die Dusche. Der heiße Strahl des Wassers sorgte dafür, dass seine Lebensgeister langsam zurückkehrten. Als er aber an den gestrigen Abend mit Theo dachte, verstärkte sich sein flaues Gefühl in der Magengegend und sein Pulsschlag schien sich zu verdoppeln. Er konnte einfach nicht verstehen, weshalb Theo den Mörder seines Bruders auf eigene Faust suchen wollte. Andererseits war ihm auch klar, dass Theo sich niemals umstimmen lassen würde.

Jakob versuchte, diese belastenden Gedanken abzuschütteln; er musste sich, ob er wollte oder nicht, auf den heutigen Tag konzentrieren. Schon in zwei Stunden würden die Leute vom Cateringservice kommen, um die Tische aufzustellen und den Raum festlich zu dekorieren. Morgen Vormittag würde dann das Büfett geliefert.

Er schlüpfte in frische Klamotten und begab sich in die Küche. Was er jetzt dringend benötigte, war ein starker, heißer Kaffee. Fehlanzeige. In der Thermoskanne befand sich zwar ein starker, aber nur noch lauwarmer kleiner Rest. Angewidert schlürfte er die widerliche Plärre, goss den Rest ins Spülbecken und verließ das Haus.

Auf dem Hof war Dana in ihrem Element. Sie gab den Gästen Anweisung, wie und wo sie ihre Fahrzeuge abstellen sollten. Manch einer hatte Probleme zu rangieren, es wurde viel gelacht, und wenn es gar nicht klappte, parkte einer der Stallburschen das Gefährt.

Jakob schlug derweil den Weg zur Remise ein, um die landwirtschaftlichen Fahrzeuge ins Freie zu fahren. Den Platz würde man für den Aufbau der Tische, Bänke und des Büfetts benötigen. Als Senta ihr Herrchen erblickte, sprang sie freudig jaulend an ihm hoch, rannte einige Meter voraus und kehrte irritiert zu ihm zurück, als er nicht wie gewohnt zu den Koppeln abbog. Diesmal fiel der morgendliche Spaziergang aus. Mit hängender Rute stand sie neben Jakob, der sie liebevoll kraulte und ihr versprach, dass er abends die gewohnte Runde mit ihr gehen würde. Er musste lächeln. Als hätte sie ihn verstanden, drehte sie sich um und trottete zu den Stallungen.

Von weitem sah er, dass die großen Türen des Nobelschuppens weit offen standen, und war erstaunt, dass bereits alles erledigt war: Sämtliche Fahrzeuge standen im Freien, und die Fläche für Bänke und Tische war bereits blitzsauber gefegt worden. Dieses Gebäude stand erst seit zwei Jahren und war so konzipiert, dass man es mit wenig Aufwand für feierliche Anlässe nutzen konnte. Manchmal wurde es auch für Festlichkeiten vermietet. Letzten Endes war das alles Danas Idee gewesen, und eigentlich war sie es auch, die den Hof zu einem florierenden Unternehmen machte. Er musste sich wohl oder übel eingestehen, dass sie einen besseren Riecher für die geschäftlichen Dinge besaß als er. Allerdings ließ sie ihn das auch bei jeder sich bietenden Gelegenheit spüren. Aber im Grunde genommen war er froh, dass sie ihm alles vom Hals hielt.

Er ging langsam zum Haus zurück, beobachtete von der Küche aus das bunte Treiben auf seinem Hof und ertappte sich dabei, dass er jede Person ängstlich fixierte. Theos Vorschlag fiel ihm ein, ihn bei der morgen stattfindenden Feier zu unterstützen, und er fand diese Vorstellung nicht nur sehr verlockend, sondern hielt Theos Anwesenheit für zwingend notwendig. Er würde sich dadurch auf jeden Fall sicherer fühlen. Theo war schon immer stark, und vielleicht wäre es wirklich eine gute Idee, das Angebot anzunehmen. Jetzt musste er das nur noch Dana beibringen. Er würde ihr sagen, dass man Theo jetzt, da er seinen Bruder auf so tragische Weise verloren hatte, nicht ausschließen könne. Genau so würde er ihr das erklären. Erleichtert über seinen Entschluss griff er zum Telefon, rief Theo an und fragte ihn, ob sein Angebot, ihm bei der morgigen Feier behilflich zu sein, ernst gemeint war.

»Ja, sicher. Wann soll ich da sein?«

»So zwischen halb acht und acht, dachte ich. Da habe ich meine Runde mit Senta hinter mir und wir können noch in Ruhe einen Kaffee trinken. Oder ist dir das zu früh?«

Obwohl dieser Zeitpunkt Theo definitiv zu früh war und er wusste, dass der offizielle Teil erst um elf Uhr beginnen würde, versprach er, pünktlich vor Ort zu sein.

13

Er war früh dran. Eigentlich sollte er erst um neun Uhr im Dezernat erscheinen, und jetzt war es erst 8:30 Uhr. Pierre zögerte einen Moment und schaute auf das Schild, um sich zu vergewissern, dass er vor der richtigen Tür stand. Kurzentschlossen klopfte er an und war nicht sicher, ob er jetzt einfach eintreten oder auf eine Aufforderung warten sollte. Nichts rührte sich. Er klopfte noch einmal, diesmal etwas energischer, und wich erschrocken einen Schritt zurück, als die Tür ruckartig aufgerissen wurde.

»Ah, Monsieur Mullier, guten Morgen, treten Sie ein.«

Gregor stand breitbeinig mit einem großen Kaffeepott in der Hand vor ihm und bemerkte nicht, dass Pierre gar keine Chance hatte einzutreten, weil seine massige Statur ihm den Weg versperrte. Es dauerte ein paar Sekunden, bis er zur Seite trat und ihn aufforderte, am Schreibtisch Platz zu nehmen.

Pierre entschuldigte sich, weil er früher gekommen war, aber Gregor winkte ab und versicherte ihm, dass das kein Problem darstelle. »Sie hätten heute gar nicht kommen müssen, wenn wir das gestern erledigt hätten.«

Pierre war es peinlich, dass Gregor die Situation nochmal ansprach und betonte, dass ihm der gestrige Verlauf ebenfalls sehr unangenehm war.

»Okay, egal, jetzt sind Sie hier.«

Im selben Moment betrat Diego das Büro, begrüßte seinen Kollegen, nickte Pierre freundlich zu und begab sich schnurstracks zur Kaffeemaschine, die seit kurzem Geräusche von sich gab, die man beim Menschen als behandlungswürdigen Infekt diagnostiziert hätte. Danach platzierte er sich so, dass er beide im Blickfeld hatte, und lauschte aufmerksam der Anhörung.

Gregor setzte sich Pierre gegenüber, fischte eine dünne graue Mappe aus der Schublade und lächelte ihm aufmunternd zu. »Na, dann wollen wir mal.«

Gregor fragte, Pierre antwortete, und Gregor schrieb in Kürzeln, die wie Hieroglyphen aussahen, die Aussage mit. Anfangs war es für Blondy schier unmöglich gewesen, diese Krakelei zu entziffern und ein adäquates Protokoll zu tippen. Inzwischen war sie die Einzige im Büro, die jede Notiz von Gregor entziffern konnte.

Gregor wollte von Pierre wissen, was ihn und Paul Kessler verband, wann und wo sie sich kennengelernt hatten, ob es auch eine Beziehung zum Bruder des Opfers gibt oder gab, und wenn ja, welcher Art; inwieweit er mit dem privaten Umfeld des Ermordeten vertraut sei; ob er jemals eine Auseinandersetzung, in die das Opfer verwickelt gewesen war, mitbekommen habe oder über Dritte davon in Kenntnis gesetzt wurde; und, ob er persönlich jemals ein Problem mit dem Opfer gehabt hätte. Nachdem geklärt war, dass es sich um eine rein geschäftliche Verbindung zwischen Pierre und Kessler handelte, legte Gregor die Akte zur Seite.

In der Annahme, die Befragung sei beendet, erhob sich Pierre.

»Stopp, noch einen Moment.« Gregor gab ihm durch eine Handbewegung zu verstehen, dass er sich bitte noch einmal setzen möge.

»Monsieur Mullier, ich würde gerne noch von Ihnen wissen, welche Vereinbarungen für den Event im Sporttempel getroffen wurden.«

Pierre überlegte einen kurzen Moment. »Eigentlich wie immer. Büfett und Getränke bedurften keinerlei Konkretisierung, da Kessler fast immer die gleichen Speisen, Weinsorten und diverse andere Getränke bei solchen Anlässen bevorzugte. Was sich jeweils änderte, war die Anzahl der geladenen Gäste, die Räumlichkeiten und die Deko. Er nannte mir dann die jeweilige Bestellnummer aus meinem Katalog und das war's. Alles andere, die Besichtigung der jeweiligen Örtlichkeiten, in denen die Feierlichkeit stattfinden sollte, erledigte meistens mein Stellvertreter. Er verfügt über genügend Routine, um zu erkennen, wie und wo man ein Büfett am günstigsten platziert. Bei besonderen Events, bei denen Kessler auf exzellente Ausführung Wert legte, war ich natürlich der Frontmann. Das heißt jetzt nicht, dass die Eröffnung im Sporttempel nicht exzellent gewesen wäre, aber mitunter war sein Anliegen sehr speziell, und dann musste man das ›Unmögliche‹ möglich machen. Ob es um die Beschaffung einer exquisiten Weinsorte ging oder einer Spezialität aus dem asiatischen Raum – wir sahen das immer als persönliche Herausforderung und waren stolz darauf, die Aufträge stets zur vollen Zufriedenheit des Kunden erledigen zu können.«

Gregor folgte fasziniert den Ausführungen Pierres. Er spürte, wie dieser mit seinem Beruf verwachsen war, denn in jedem seiner Sätze schwang Leidenschaft mit.

»Monsieur Mullier, besitzen Sie einen Schlüssel zum Sporttempel? Als das Büfett geliefert wurde, war laut Angaben Ihres Personals die Tür unverschlossen. Wie war denn die Absprache mit Ihrem Auftraggeber?«

Pierre schaute Gregor verständnislos an. »Wieso sollte ich einen Schlüssel besitzen? Das Büfett wurde am frühen Nachmittag geliefert. Wir sind – da nichts anderes besprochen wurde – davon ausgegangen, dass Herr Kessler oder einer seiner Mitarbeiter vor Ort sein würde, um zu öffnen.«

Gregor nickte ihm verstehend zu. »Und wo waren Sie in der Zeit von Freitagnachmittag bis Samstagfrüh?«

Als hätte er diese Frage erwartet kam blitzschnell seine Antwort: »Freitag war ich bis 20:30 Uhr in meiner Firma. Das können Ihnen meine Angestellten bestätigen. Danach fuhr ich nachhause.«

»Und das kann auch jemand bestätigen?«

Pierre hatte Mühe dem forschenden Blick Gregors standzuhalten. »Ja natürlich.«

Er fühlte sich zunehmend unwohler und fragte Gregor, was das alles zu bedeuten habe.

»Routine, Monsieur Mullier, nur Routine. Wir ermitteln in einem Mordfall. Sie dürfen die Fragen nicht persönlich nehmen. Möchten Sie einen Kaffee trinken?«

Pierre lehnte dankend ab.

»Gut. Und wer kann Ihre Angaben bestätigen?«

»Mein Lebensgefährte.«

Jetzt wurde Gregor leicht ungeduldig und hakte nach. »Also Ihr Lebensgefährte. Hat dieser auch einen Namen?«

Pierre rutschte unsicher auf seinem Stuhl hin und her, denn so hatte er sich die Befragung nicht vorgestellt. Er wurde das Gefühl nicht los, dass man ihn mit dem Mordfall in Verbindung brachte.

»Mein Lebensgefährte heißt Johannes Mullier. Wir wohnen beide am Tegeler Weg.«

»Mullier? Johannes?« Gregor zog eine Augenbraue hoch. »Also der Sohn von Herrn Stein? Soweit ich mich erinnere, ist sein Name Johannes, oder? Sind Sie ... äh ... verheiratet, oder wie nennt man ... äh ... die Verbindung?«

»Eingetragene Lebenspartnerschaft nennt man das.«

Pierre meinte, im Ton Gregors so etwas wie Belustigung herausgehört zu haben und setzte sich demonstrativ in eine kerzengerade Position. Er schaute ihm direkt in die Augen und fragte ihn, ob das für ihn ein Problem darstelle.

Gregor schüttelte desinteressiert wirkend den Kopf. »Aber nein, wieso sollte es? Ihr Lebensgefährte ist demnach der Sohn von Erich Stein, bei dem gestern die Familienfeier stattfand?«

»Ja«, meinte Pierre, »aber so weit waren wir schon.«

Den leicht aggressiven Ton Pierres überhörte Gregor geflissentlich. »Hatte Ihr Lebensgefährte ebenfalls Kontakt zu Ihren Kunden?«

Inzwischen war es Pierre unmöglich, seine Nervosität unter Kontrolle zu bekommen. Niemals hätte er vermutet, dass man hier sein Privatleben mit hineinziehen würde.

»Ja, Johannes ist ebenfalls geschäftlich involviert. Er ist für die Weinauswahl zuständig. Sein Fachwissen und die erstklassigen Beziehungen zu den besten Weinlieferanten weltweit sind ein wesentlicher Teil unseres Erfolges. Allerdings agiert Johannes nur im Hintergrund. Den persönlichen Kontakt zu den Kunden überlässt er mir und meinem Stellvertreter.«

Gregor erhob sich, ging gemächlich zur Kaffeemaschine, die inzwischen röchelnd den Geist aufgegeben hatte, und füllte seinen Pott.

»Na, Monsieur Mullier, vielleicht jetzt doch einen Kaffee?«

Noch bevor dieser antworten konnte, stellte ihm Gregor einen Becher mit der dampfenden Flüssigkeit vor die Nase.

»Trinken sie, der ist wirklich gut. Übrigens besitzen die Eltern Ihres Lebensgefährten ein sehr schönes Grundstück. Direkt am Wald, das hat schon was. So ähnlich wohne ich auch. Mein Garten grenzt direkt ans Tegeler Fließtal. Besser geht's wirklich nicht, wenn man die Natur liebt. Für einen eingefleischten Stadtmenschen wäre diese Wohnsituation vermutlich eine Horrorvorstellung. Meine Frau und ich lieben es, so naturnah zu leben – wenn da nur die Viecher nicht wären.«

Pierre hob fragend die Schultern. »Viecher, was für Viecher?«

»Wildschweine, Monsieur Mullier, Wildschweine. Alle paar Jahre knacken sie den Zaun und pflügen meinen Garten um. Und ich kann Ihnen sagen, die leisten ganze Arbeit. Sicher können Ihre … äh …« Gregor suchte nach der richtigen Formulierung, da er nicht wusste, ob man in diesem Fall auch »Schwiegereltern« sagt, entschied sich aber blitzschnell, den Satz neu zu formulieren: »Die Eltern Ihres Lebensgefährten wurden bestimmt auch schon von diesen Schweinen heimgesucht, oder?«

Pierre schlürfte den heißen Kaffee und entspannte sich zusehends. »Ja, doch, dieses Problem kennen sie auch.«

Gregor ließ spielerisch seinen Kugelschreiber durch die Finger gleiten und fragte Pierre nebenbei: »Und wie wehren die sich gegen diese Schweineplage?«

Lachend erwiderte Pierre, dass es noch nicht allzu oft vorgekommen sei, da die Familie erst seit circa sechs Jahren in diesem Haus lebe.

Gregor schlug die Beine übereinander und nickte Pierre freundlich zu, bevor er beiläufig die nächste Frage stellte: »Das ist ja interessant. Wo lebten sie denn vorher?«

»In der Schweiz.«

»Gibt es außer Ihrem Lebensgefährten noch andere Familienmitglieder der Familie Stein, die in Ihren Betrieb involviert sind?«

»Nein, niemand, wieso?«

»Ach, da gibt es niemand mehr?«

Pierre verstand die Frage nicht und erklärte Gregor, dass es in der Familie Stein noch Merete, die Tochter, und Lukas, den jüngsten Sohn, gäbe. Aber niemand außer Johannes hätte mit seiner Firma zu tun.

Gregor trank seinen Kaffee, nickte Pierre verstehend zu und meinte dann zu ihm: »Ja, Monsieur Mullier, das war's dann fürs Erste. Wo erreichen wir heute Ihren Lebensgefährten?«

»Johannes ist momentan zuhause, was wollen Sie von ihm?«

»Routinebefragung, nichts weiter. Die Telefonnummer von Ihrem Partner hätte ich dann noch gerne.«

Gregor schob ihm lächelnd einen Zettel und eine Stift zu, dann bedankte er sich bei Monsieur Mullier und wünschte ihm noch einen schönen Tag.

Diego, der die Szenerie die ganze Zeit beobachtete und schon so mancher von Gregors Befragungen beigewohnt hatte, kam nicht umhin, ihn zu bewundern. Gregor verfügte über ein überdurchschnittliches Einfühlungsvermögen. Seine Methode, Zeugen oder Tatverdächtige zu verhören, war unkonventionell, aber sehr effektiv. Er wechselte während einer Befragung unverhofft das Thema, und Personen, die eben noch verkrampft auf dem Stuhl saßen, entspannten sich zusehends. Um das Gespräch aufzulockern, mussten diesmal die Wildschweine herhalten.

Nachdem Pierre den Raum verlassen hatte, meinte Diego zu Gregor: »Irgendetwas stört mich an dieser Geschichte.

Weshalb mischt dieser Johannes Stein oder Mullier nur im Hintergrund mit, ist das so üblich? Immerhin beliefert er die Kundschaft mit erlesenen Weinen, setzt das nicht auch den persönlichen Kontakt voraus?«

»Ja, das würde ich auch annehmen.« Zeitgleich griff Gregor zum Telefon und meinte zu Diego: »Dann werde ich den ›Weinlieferanten‹ mal bitten, uns einen Besuch abzustatten.«

14

Johannes betrat den Balkon und schaute beunruhigt Pierre hinterher. Noch nie hatte dieser die gemeinsame Wohnung verlassen, ohne sich von ihm zu verabschieden. Pierre stand immer auf dem Standpunkt, man sollte niemals im Streit auseinandergehen, denn man könne bei keinem Abschied wissen, ob man sich jemals wiedersehen würde. Aber heute ging er, ohne Johannes eines Blickes zu würdigen.

Er ahnte, weshalb sein Lebenspartner in dieser Stimmung war. Er kannte Pierre zu gut, und er war sich bewusst, dass er dessen Langmut reichlich überstrapaziert hatte. Während er nervös seine Unterlippe blutig biss, überlegte er, wie er die Situation wieder geradebügeln konnte. Er war hin- und hergerissen zwischen der Möglichkeit, Pierre endlich die ganze Tragödie zu erzählen und damit seine Beziehung zu ihm zu retten, oder weiterhin zu schweigen, um das Leben seiner Eltern nicht zu gefährden. Aber seine Entscheidung war längst gefallen. Die Vorstellung, von Pierre verlassen zu werden, war für Johannes unerträglich. Er war sicher: Die Trennung von Pierre würde er nicht überleben. Schon der Gedanke, dass dieser aus seinem Leben verschwinden könnte, verursachte ihm Übelkeit. Er hoffte, dass Pierre in Kenntnis der ganzen Wahrheit besonnen bleiben und nicht unbeherrscht agieren würde. Er kannte dessen Temperament zur Genüge, und einige Ausbrüche waren ihm in unangenehmer Erinnerung. Beschwingt von seiner Entscheidung, endlich reinen Tisch zu machen, beschloss er, ihn mit einem selbst zubereiteten Dinner zu überraschen.

Er war gerade dabei, den Einkauf zu tätigen, als sein Telefon klingelte. Umständlich kramte er das Handy aus seiner Hosentasche und nahm genervt den Anruf entgegen.

Die Straßengeräusche waren derartig laut, dass Johannes den Namen des Anrufers nicht verstand. Unwillig schrie er ins Telefon: »Wer sind Sie?«

»Gregor Bär, Kriminalhauptkommissar. Hören Sie mich jetzt?«

»Ja, was kann ich für Sie tun?« Johannes konnte nicht verhindern, dass ihm der Schweiß aus allen Poren kroch. Er stellte seine Einkaufstüten ab und lauschte dem Gesprächspartner.

Gregor forderte ihn auf, heute noch im Dezernat zu einer unumgänglichen Anhörung zu erscheinen. Beruhigend fügte er allerdings hinzu, dass es sich nur um eine Routinebefragung handeln würde.

Johannes zögerte. Er wollte das Dinner zubereiten. Wenn er jetzt dorthin fahren würde, war die aufwendige Aktion kaum zu schaffen.

Seine Nervosität überspielend, nahm er allen Mut zusammen und erwiderte schärfer als beabsichtigt: »Das geht heute nicht. Mein Terminplan ist randvoll.«

Gregor lehnte sich überrascht in seinem Stuhl zurück, atmete tief durch und erklärte ihm, dass das keine Bitte gewesen sei, sondern eine Anordnung.

»Wir ermitteln in einem Mordfall, Herr Mullier. Ich erwarte Sie bis spätestens 16 Uhr im Dezernat.« Dann gab er ihm die genaue Adresse, das Stockwerk und die Zimmernummer. »Soll ich die Adresse noch einmal wiederholen?«

Johannes stand erschöpft, umgeben von seinen Einkäufen, an einen Baum gelehnt. »Nein, ich habe alles verstanden. Ich werde da sein.«

Nachdem er das Handy verstaut hatte, schnappte er sich die Tüten und humpelte nachhause. Es ging ihm nicht gut. Der Rücken schmerzte, und die gespannte Situation zwischen ihm und Pierre belastete ihn zusätzlich. Wieder einmal wurde ihm bewusst, wie sehr er bis zum heutigen Tag unter seinem mangelnden Selbstvertrauen litt. In den folgenden Stunden gelang es ihm dann doch noch das Dinner so weit vorzubereiten, dass er es am Abend innerhalb weniger Minuten servieren konnte.

Kurz vor 16 Uhr betrat er das Landeskriminalamt in der Keithstraße. Zaghaft klopfte er an die Tür und trat ein.

»Hauptkommissar Bär wollte mich sprechen.« Johannes stand wie angewurzelt und schaute verunsichert.

Es war Diego, der sich erhob und ihn freundlich begrüßte. Gleichzeitig forderte er ihn auf, am Schreibtisch Platz zu nehmen. »Sie sind Herr Stein, Johannes Stein?«

»Nein, Mullier – Johannes Mullier. Ich habe den Namen meines Partners angenommen.«

Während Diego einen Blick in die Akte warf, in der sich das Anhörungsprotokoll von Pierre Mullier befand, nickte er nur und gab Johannes zu verstehen, dass ihm diese Information wohl entfallen sein musste. Was Johannes nicht wissen konnte: Diego vergaß nie. Er warf die Akte auf den Tisch und erklärte Johannes, dass sich Kommissar Bär momentan nicht im Haus befand.

»Sie werden mit mir vorliebnehmen müssen. Ich bin Kommissar Rochas, Diego Rochas.«

Johannes zweifelnder Blick, als er ihm seinen Namen nannte, blieb Diego nicht verborgen. Er konnte es sich nicht verkneifen, Johannes daraufhin anzusprechen: »Herr Mullier, ich versichere Ihnen, dass ich trotz meines fremdländischen Namens durchaus der deutschen Sprache mächtig bin.«

Johannes fühlte sich ertappt und versuchte peinlich berührt zu beschwichtigen, indem er übergangslos fragte: »Aber weshalb hat mich Ihr Kollege überhaupt hierher bestellt?«

»Routinebefragung, Herr Stein, äh – Mullier. Wir ermitteln im Mordfall Paul Kessler. Und da Sie geschäftlich mit ihm verbunden sind bzw. waren, gehören Sie zu dem Kreis derer, die uns vielleicht weiterhelfen können.«

»Das dürfte schwer werden, da ich mit Herrn Kessler nichts zu tun hatte.«

»Aha, aber Ihr Lebensgefährte erzählte uns, dass Sie für die Weinlieferungen zuständig waren.«

»Ja, das stimmt, aber ich hatte keinen persönlichen Kontakt zu Herrn Kessler.«

Diego lehnte sich entspannt zurück. Ihm entging nicht, dass Johannes' Mundwinkel unkontrolliert zuckten, sobald der Name Kessler erwähnt wurde.

»Und weshalb kam der Kontakt nie zustande?«, fragte er ihn weiter. »Sie betreiben beide eine große Cateringfirma, und da besteht seitens Ihrer Kunden nie der Wunsch, den Weinexperten hinzuzuziehen?«

Johannes rutschte nervös auf seinem Stuhl hin und her, bevor er antwortete.

»Doch, hin und wieder musste ich auch vor Ort anwesend sein. Manche Auftraggeber wünschten eine Weinverkostung, bevor sie sich für eine bestimmte Marke entschieden.

Aber die meisten Kunden besaßen einen erlesenen Weinge-
schmack und waren auf bestimmte Produkte festgelegt.«

»Kennen Sie Theo Kessler, den Bruder des Opfers? Gehört
er auch zu Ihrem Kundenstamm?«

Johannes räusperte sich geräuschvoll bevor er mit brüchi-
ger Stimme antwortete: »Ja, das heißt nein, ich kenne ihn
nicht. Aber er gehört zu unseren Auftraggebern.«

»Und bei den privaten Treffen waren Sie auch nie dabei?«

Jetzt schraubte sich Johannes umständlich aus seinem
Stuhl, entschuldigte sich, und erklärte, dass er wegen seines
Rückens nicht lange sitzen könne. Kleine Schweißperlen
wurden auf seiner Stirn sichtbar.

»Aber um Ihre Frage zu beantworten: Nein, ich war bei
diesen Anlässen nie dabei. Solche privaten Events sind sehr
selten und nichts für mich.«

»Was ist mit Ihrem Bein geschehen?«

Johannes zögerte einen Moment und erwiderte dann: »Ein
Unfall, aber das ist schon sehr lange her. Kann ich jetzt gehen?«

»Nein! Eine Frage noch: Wann genau kam Freitagabend
Ihr Lebensgefährte nachhause?«

»Das weiß ich nicht mehr so genau. Ich bin gegen 20 Uhr
ins Bett gegangen.«

»Aha, gehen Sie immer so früh schlafen?«

»Nein, ich hatte Schmerztabletten genommen und war
froh, endlich einschlafen zu können. Aber wieso fragen Sie
mich das?«

»Routinefrage, Herr Mullier, reine Routinefrage.«

»War's das jetzt?«

»Ja, sicher. Es scheint, als könnten Sie uns wirklich nicht
weiterhelfen. Sollten sich allerdings noch weitere Fragen
ergeben, hören Sie von uns.«

Mit einem leichten Kopfnicken verließ Johannes wortlos den Raum.

Blondy, die im Hintergrund den Dialog verfolgt hatte, schaute irritiert zur Tür, hinter der Johannes soeben verschwunden war. »Ein merkwürdiger Mensch, der sprach derart leise, dass ich kaum ein Wort verstanden habe.«

»Ja, allerdings, und er lügt. Die Fragen nach Kessler waren für ihn eine Tortur. Ich vermute, er kennt die Kessler-Brüder, aber weshalb gibt er das nicht zu? Er kann mir doch nicht erzählen, dass er denen noch nicht begegnet ist. Große Cateringfirma, erlesene Weine – hallo, da möchte man doch den Weinexperten kennenlernen. Immerhin geht's bei diesen Events nicht um Fastfood-Gerichte.«

»Na ja«, entgegnete Blondy, »er hat ja nicht behauptet, dass er *nie* vor Ort ist, nur eben bei den Kesslers nicht.«

Nachdenklich und verärgert begab sich Diego zu seinem Computer. »Johannes Mullier, ehemals Stein, der hat doch noch eine Schwester. Wie heißt sie doch gleich?« Er wollte gerade in der Akte nachsehen, da fiel es ihm wieder ein. »Merete, ja genau, Merete Stein …«

Inzwischen stand Blondy neben Diego und starrte ebenfalls auf den Bildschirm. »Was hoffst du zu finden?«

»Das weiß ich noch nicht. Aber die Kessler-Brüder gingen im Berliner Norden zur Schule. Das haben wir bei unserer gestrigen Recherche entdeckt. Die Familie Stein lebt ebenfalls im Norden Berlins. Also gingen dieser Johannes und seine Schwester vermutlich auch dort zur Schule, richtig? Jetzt besteht doch die Möglichkeit, dass es vielleicht in der Schulzeit der Kessler-Brüder und der Geschwister Stein eine Schnittstelle gibt.«

Blondy lachte lauthals los. »Engels bringt dich um. Recherche im Kindergarten – alles Zeitverschwendung. Außerdem hättest du diesen Johannes doch eben fragen können, wo er zur Schule gegangen ist.«

»Ja, aber das wollte ich nicht, noch nicht. Weißt du Blondy, ich hatte mal einen wunderbaren Lehrmeister auf der Polizeischule. Ein bestimmter Satz, den er immer wieder anführte geht mir nicht mehr aus dem Kopf: *Manchmal werden unwichtig erscheinende Arbeitsgänge völlig unterschätzt. Verlasst euch auf eure Intuition. Denn Intuition, die Fähigkeit querzudenken und dabei ungewöhnliche Wege zu gehen, ist genau das, was einen guten Ermittler auszeichnet.*«

»Ja, ja, dein supertoller Dozent. Den erwähnst du bei jeder Gelegenheit.« Blondy schüttelte zweifelnd den Kopf. »Aber jetzt mal ehrlich, Diego: Was soll dabei herauskommen? Außerdem lebt die Familie Stein erst seit circa sechs Jahren im Berliner Norden und davor in der Schweiz. Zumindest steht das so im Protokoll von diesem Pierre Mullier.«

»Ja, das ist mir bekannt. Darf ich trotzdem weiterarbeiten?«

Blondy musste unwillkürlich schmunzeln. Diego war genauso stur wie Engels, und genau deshalb gerieten die beiden Männer auch immer wieder aneinander.

»Diego, angenommen, sie waren wirklich auf derselben Schule – das würde voraussetzen, dass die Familie, bevor sie in die Schweiz übersiedelte, auch schon im Norden Berlins gelebt haben müsste. Findest du das nicht reichlich konstruiert? Und selbst wenn es so war: Was beweist das schon?«

»Das weiß ich noch nicht. Aber irgendwie lässt mich der Gedanke nicht los, dass es irgendwo eine Verbindung gibt. Und wenn nicht, habe ich es zumindest überprüft.«

15

Es grollte schon seit Stunden. Unzählige Blitze kreuzten jetzt den Nachthimmel und erhellten immer wieder Jakobs Schlafzimmer. Er stand am Fenster und beobachtete das Naturschauspiel. Leise zählte er, wie viel Sekunden vergingen, bis nach einem Blitz der Donner zu hören war – drei Sekunden, zwei Sekunden und manchmal fast zeitgleich. Sein Hof befand sich momentan im Zenit des Unwetters. Jakob wusste, dass es ihm heute nicht mehr gelingen würde, ein paar Stunden zu schlafen.

Es war kurz vor Mitternacht, als er beschloss, nach den Pferden zu sehen. Er griff sich seinen gelben Regenmantel und spurtete hinüber zum Stall. Von weitem hörte er das ängstliche Wiehern und Schnaufen der Pferde. Er drehte am Lichtschalter. Nichts passierte, es blieb dunkel. Jetzt lief er drei Schritte nach rechts und tastete nach der Öllampe und dem Feuerzeug, beides befand sich auf dem höher gelegenen Fensterbrett. Nach jedem Blitz und dem folgendem Donner reagierten die Pferde mit aufgeregtem Wiehern und Schnauben, und nur Prinz trat zusätzlich nervös gegen die Wand seiner Box. Mittendrin meinte er das klägliche Winseln seiner Hündin gehört zu haben. Erst jetzt wurde ihm bewusst, dass Senta ihn nicht wie sonst freudig begrüßte.

»Senta! Senta, komm her!« Das Winseln wurde lauter.

Jakobs Herzschlag beschleunigte sich, besorgt starrte er in die Dunkelheit und rief noch einmal nach seinem Hund. Das angsterfüllte Jaulen wurde schriller, und Jakob bewegte sich vorsichtig ein paar Schritte in die Richtung, in der er Senta vermutete. So langsam gewöhnten sich seine Augen an die Dunkelheit und er nahm schemenhaft die Umrisse der Pferdeboxen wahr. Hin und wieder erhellte ein greller

Blitz für den Bruchteil einer Sekunde den Raum, und obwohl er niemand sah, beschlich ihn das ungute Gefühl, dass sich noch jemand im Stall aufhielt. In dem Moment, als er mit zittrigen Fingern das Feuerzeug betätigen wollte, um die Lampe anzuzünden, wurde er brutal von hinten zu Boden gerissen. Innerhalb weniger Sekunden beförderte ihn die Schlinge um seinen Hals in eine tiefe Bewusstlosigkeit.

16

Eigentlich wollte ich mir Slovak in dem Moment schnappen, wenn er am Abend mit seinem Hund an dem kleinen Schuppen, an der entgegengesetzten Seite der Ställe, vorbeilaufen würde.

Ich hätte ihm das Rückgrat zertrümmert, ihn an die Schuppentür genagelt und seelenruhig einen weißen Kreidekreis um ihn herumgezogen. Bevor irgendjemand Jakob Slovak vermisst hätte, wäre ich bereits über alle Berge gewesen. Als es aber zu grollen und zu blitzen begann, zog ich es vor, im Trockenen das Gewitter abzuwarten. Zügig begab ich mich zum Pferdestall, denn inzwischen fielen schon die ersten schweren Tropfen.

Als ich an der Box von diesem offensichtlich irren Hengst vorbeischlich, stieg das verdammte Tier und trommelte mit seinen Hufen gegen die Stalltür. Erschrocken sprang ich zur Seite und mein Herz schlug bis zum Hals. Ich verfluchte dieses absonderliche Pferd. Zu allem Überfluss kam mir auch noch der Hund bellend entgegen. Aber das war das geringste Problem. Er wirkte eher ängstlich als aggressiv, und als er nicht aufhörte zu kläffen, band ich ihm die Schnauze zu, fesselte seine Läufe und legte ihn in eine Schubkarre. Durch das Unwetter musste ich blitzschnell meinen Plan ändern und verschob die Aktion auf den nächsten Abend. Aber Jakob Slovak lief mir früher als erwartet in die

Arme und starb daher auch anders als ursprünglich geplant. Das
verrückte Pferd, das ständig gegen seine Stallwände trat, würde
den Rest erledigen.

Um Slovak an der Innenseite der Pferdebox zu fixieren, musste
ich ihn oben über die Gitterstäbe hieven. Das war der schwie-
rigste Teil dieser Übung. Ein leises Stöhnen signalisierte mir,
dass er inzwischen das Bewusstsein wiedererlangt hatte. Wäh-
rend ich vor der Box auf der Leiter stand und seinen rechten
Arm an den Gitterstäben befestigte, rastete dieser Gaul total
aus. Er bäumte sich auf, und die ersten Tritte trafen bereits den
Körper Slovaks. Beinahe wäre ich selbst von der Leiter gestürzt,
und nur mit letzter Kraft gelang es mir, auch den linken Arm
an den Gitterstäben festzubinden.

Erschöpft ließ ich mich auf einem Strohballen nieder und be-
obachtete von dort aus das faszinierende, immer wieder für Se-
kunden von Blitzen erhellte Szenario: Das steigende Pferd, das
erbarmungslos mit seinen Hufen auf den bewegungsunfähigen
Slovak eintrommelte. Dann vollendete ich das Werk: Im Licht-
kegel meiner Taschenlampe zog ich von außen einen Kreidekreis
um die leblose Gestalt. Einen kurzen Moment überlegte ich noch,
ob ich den Hund aus seiner misslichen Lage befreien sollte, zog
es dann aber vor, mich zügig vom Tatort zu entfernen.

Entkräftet, aber zufrieden begab ich mich auf den Heimweg.

17

Das nächtliche Gewitter brachte endlich die ersehnte Ab-
kühlung und die Luft war klar und frisch. Gregor erschien
schon kurz nach fünf im Dezernat. Der gestrige Versuch,
mit Sarah ein klärendes Gespräch bezüglich ihres Ehele-
bens zu führen, war kläglich gescheitert. Schon nach den

ersten Sätzen eskalierte die Situation, jeder fühlte sich im Recht und schleuderte haltlose Schuldzuweisungen in die Richtung des anderen. Er mied in dieser Nacht das gemeinsame Schlafzimmer, und da er sowieso nicht schlafen konnte, beschloss er, zur Arbeit zu fahren. Unterwegs kaufte er sich beim Bäcker ein paar belegte Brötchen und freute sich jetzt auf einen frisch gebrühten Kaffee.

Gerade in dem Moment, als er sich mit den Brötchen und dem Kaffee an seinen Schreibtisch setzte, erschien Diego im Büro, dicht gefolgt von Engels.

»Was wollt ihr schon hier? Normale Menschen schlafen um diese Zeit«, knurrte Gregor in die Richtung seiner Kollegen.

»Das Gleiche können wir dich fragen«, meinte Engels. Er griff sich jetzt ebenfalls eine Tasse und blätterte, während er den Kaffee nippte, in der Kessler-Akte.

»Ich habe da gestern etwas interessantes entdeckt«, meinte Diego zu seinen beiden Kollegen. »Also, die Kessler-Brüder waren …«

Exakt in diesem Moment läutete das Telefon, und Gregor, der dem Apparat am nächsten saß, nahm das Gespräch entgegen. Er sprang auf, kippte dabei seine Tasse um, fluchte vor sich hin und blökte unfreundlicher, als es normalerweise seine Art war, ins Telefon: »Ich brauche Ihre Adresse … ja, ich kenne die Ecke, wir sind gleich da. Fassen Sie bitte nichts an und lassen Sie niemand in die Nähe des Opfers.«

Er stopfte sich den letzten Bissen zwischen die Zähne und forderte Diego mit einer Handbewegung auf, mitzukommen. Als Gregor Engels fragenden Blick sah, meinte er zu ihm: »Mord, ein Mord auf einem Pferdehof in Lübars. Sei bitte so freundlich und schicke die Spurensicherung zu dieser Adresse hier. Bis später.«

Gefolgt von Diego verließ er zügig das Büro und Engels blieb alleine zurück. Er ahnte, weshalb Gregor kurzentschlossen diesen Fall übernahm.

Nachdem Blondy am Sonntag wütend das Büro verlassen hatte, waren er und Gregor noch ein Bier trinken gegangen. Es wurde zwar wesentlich mehr als nur ein Bier, aber das Gespräch mit seinem Kollegen und Freund tat ihm gut. Je länger sie zusammensaßen, desto klarer sah Engels seine Beziehung zu Blondy. Seit er mit ihr liiert war – und das müssten jetzt bereits vier, eher fünf Jahre sein – fühlte er sich einfach nur rundum wohl, glücklich und verdammt lebendig. Er liebte es, wenn sie ihm eine Akte auf seinen Schreibtisch legte und ihn dabei voll beabsichtigt mit ihren Brüsten streifte, oder wenn sich ihre Augen zufällig über den Monitoren trafen und ihr Blick mehr offenbarte als tausend Worte. All das ging ihm durch den Kopf, als er mit Gregor am Tresen saß, und er ließ ihn prompt an seiner neuen Erkenntnis teilhaben. Im Brustton der Überzeugung, der klaren Aussprache nicht mehr ganz mächtig, dafür aber lauter als gewöhnlich, meinte er zu ihm: »Ich bin ein Idiot, Kollege, ein verdammter Idiot, ich muss etwas ändern, sonst zeigt sie mir wirklich die rote Karte – und das überlebe ich nicht, nein, das überlebe ich wirklich nicht …«

»Du bist auf dem richtigen Weg«, unterbrach Gregor ihn schmunzelnd, da bereits andere Gäste belustigt zu ihnen herüberschauten. »Und«, belehrte er Engels schulmeisterhaft weiter, »Einsicht ist der erste Weg zur Besserung. Nicht Blondy hat sich verändert, sondern du, lieber Freund. Seit Diego bei uns im Dezernat arbeitet, verhältst du dich – entschuldige, wenn ich es so drastisch ausdrücke – wie ein Vollidiot. Es gibt keinen Grund, auf ihn eifersüchtig zu sein. Gut, der Typ sieht gut aus, der sieht sogar umwerfend aus, und wenn ich eine Frau wäre, hätte er gute Karten bei mir. Also, was ich damit sagen wollte: Mutter Natur hat es mit ihm etwas besser gemeint als mit dir.«

Nach dieser Bemerkung Gregors mussten sie beide herzhaft lachen, und Gregor fuhr fort: »Diego ist nicht nur der Hübscheste von uns, sondern ein ebenso grandioser Ermittler wie wir. Ja, schau nicht so skeptisch – wir sind brillant und er passt ins Team wie kein anderer. Und obwohl er so perfekt ist, steht Blondy nun mal auf dich und nicht auf ihn. Kapier das endlich!«

Nachdem sie dieses Thema immer und immer wieder durchgekaut hatten, brachte Gregor Engels nachhause und empfahl ihm, sich am nächsten Tag eine Auszeit zu gönnen. Dieser Empfehlung Gregors musste er, ob er wollte oder nicht, Folge leisten. Er konnte sich nicht daran erinnern, wann er das letzte Mal derart besoffen gewesen war.

Nun saß er am Schreibtisch und wartete darauf, dass Blondy bald käme, dann wären sie für kurze Zeit alleine im Büro. Er würde sich für sein Benehmen vom Sonntag nochmals entschuldigen – nochmals deshalb, weil er bereits ihren Anrufbeantworter vollgelabert hatte, da sie partout nicht ans Telefon gegangen war. Aber wenn sie jetzt im Büro erscheint, würde er sie in die Arme nehmen und hoffen, dass er nochmal eine Chance bekäme.

18

Eine halbe Stunde nachdem Gregor den Anruf entgegen genommen hatte, erreichten sie den Pferdehof. Sie waren erstaunt, wie viele Menschen um diese Zeit bereits auf den Beinen waren. Ein junger Mann kam zielsicher auf sie zu und bat sie, ihm zu den Stallungen zu folgen. Während er geschickt die kleinen und großen Pfützen umschiffte, meinte er offenbar, die beiden Kommissare auf den grausamen Anblick vorbereiten zu müssen: »Also, dieser Anblick des Toten ist alles andere als schön, das kann ich Ihnen sagen, ich habe noch nie eine Leiche gesehen, die derart zugerichtet war …«

»Wie viel Leichen haben Sie denn schon gesehen?« fragte ihn Diego und hatte Mühe, sich das Lachen zu verkneifen.

»Na ja«, entgegnete Lukas, während er weiterhin im Zickzackkurs vor ihnen herlief, »eigentlich nur einen Schulfreund, der vor unseren Augen vom Auto erfasst wurde, und die im Fernsehen, aber da weiß man ja nie, ob die Bilder echt sind.«

Plötzlich stutzte Gregor und sagte mehr zu sich selbst: »Den habe ich doch schon mal gesehen …«

»Wie bitte? Wen hast du schon mal gesehen?«

»Na, den jungen Mann vor uns«, erklärte ihm Gregor, »als ich mit Engels bei der Familie Stein war, um Monsieur Mullier zu befragen. Ich bin ich mir ganz sicher, dass ich ihn dort gesehen habe. Gesichter kann ich mir sehr gut merken. Wer er ist, weiß ich allerdings nicht, er schien jedenfalls zur Familie zu gehören.«

»Aha«, meinte Diego und fragte nun seinerseits den jungen Mann nach seinem Namen und für welche Arbeiten er auf dem Hof zuständig sei.

»Ich bin Lukas, Lukas Stein, und bin in erster Linie für alles zuständig, was die Pferde betrifft.« Während er antwortete, führte er die beiden Kriminalbeamten in den Stall und zeigte mit dem Finger auf eine im hinteren Trakt gelegene Pferdebox. »Es ist der vorletzte Stall«, meinte er erklärend und ließ die beiden alleine weitergehen.

Diego bat ihn zu warten, da sie später noch seine Aussage benötigen würden. Zuvor wollten sie sich aber ein Bild vom Tatort machen.

Schon beim Herannahen sahen sie die Stricke, mit denen die Arme des Opfers an den Metallstreben festgezurrt waren. Allerdings hing der Leichnam nicht außerhalb der Pferdebox, sondern innen. Außen an der Tür befand sich ein Kreidekreis, aber nicht nur auf dem hölzernen, unteren Bereich der Tür; der Täter hatte den Kreis geschlossen, indem er auch die oben vorhandenen Gitterstäbe rund um das Opfer mit Kreide bemalt hatte. Im Rachen des Toten steckte eine Mullwindel.

Der Anblick, der sich Diego und Gregor bot, als sie die Boxentür öffneten, ließ auch die beiden erfahrenen Beamten schaudern: Der Unterleib des Opfers war entblößt, das ehemals hellblaue Hemd hing in Fetzen und blutdurchtränkt an seinen Gliedmaßen und der Körper des Mannes war eine einzige große Wunde.

»Nein, Sie dürfen hier nicht durch.«

Lukas Stein, der sie zum Tatort geführt hatte, sorgte unnachgiebig dafür, dass kein Schaulustiger die Arbeit der Kommissare störte. Allerdings war es in diesem Fall die Spurensicherung die an ihm vorbeiwollte.

Gregor ging auf die Kollegen zu, die ihm lächeln entgegenkamen, und wies sie darauf hin, dass es sich um den gleichen Täter wie im Sporttempel handeln könnte: gleiches Muster, weiße Windel und der Kreidekreis.

Einer der Ältesten im »Spusiteam«, den Gregor schon seit fast zwanzig Jahren kannte, schüttelte nur den Kopf, als er das Opfer sah.

»Unglaublich, oder?« meinte er zu Gregor, »wir sind ja schon einiges gewöhnt, aber es gibt immer wieder Überraschungen. Mullwindel und Kreidekreis, das hatten wir noch nicht. Ich frage mich, was uns der Täter damit sagen möchte.«

Er zeigte mit dem Finger auf den Kreidekreis. »Schau mal, Gregor, der Mörder muss sich eine Leiter besorgt haben, um oben an den Gitterstäben den Kreis zu schließen – aber warum? Ich denke, Kollege, dieser Fall wird euch noch eine Weile beschäftigen. Dabei fällt mir der Typ von damals ein, der den Frauen rätselhafte Zeichen in die Haut ritzte und ihnen jeweils ein Körperteil entfernte. Oh Mann, damals dachte ich, der Fall sei unlösbar. Wie lange ist das eigentlich schon her? Drei oder vier Jahre?«

Nach kurzem Überlegen meinte Gregor: »Ich denke, vier Jahre. Das war doch der verrückte Fall mit den griechischen Zwillingen, die niemand auseinanderhalten konnte. Der eine war Künstler und der andere Chirurg. Wow, das war damals eine harte Nummer. Aber lass uns weitermachen, wir können uns ja mal wieder auf ein Bier treffen. Ich rufe dich an, okay?«

Der Kollege fand die Idee klasse, hob zum Gruß kurz die Hand und widmete sich seiner Arbeit. Gregor und Diego indes, begaben sich zu Lukas Stein, der die Sache offenbar interessiert zu beobachten schien.

»Können wir uns hier irgendwo ungestört unterhalten?«

Lukas überlegte einen kurzen Moment und schlug dann die Remise vor. »Da sollte heute eigentlich das Fest stattfinden«, erklärte er, »zehnjähriges Jubiläum vom Pferdehof. Die wollten das ganz groß feiern, deshalb sind auch so viele Gäste auf dem Hof.«

Inzwischen hatten sie den Nobelschuppen erreicht und setzten sich an einen der bereits aufwendig geschmückten Tische. Ohne Überleitung kam Gregor zur Sache. Er fragte den jungen Mann, ob er den Toten kenne und wer ihn gefunden habe.

»Ja, sicher kenne ich ihn: Das ist Jakob Slovak. Er war mein Chef, und ich habe ihn in der Box gefunden. Wegen dieser Feier war ich heute früher hier als sonst. Die Pferde mussten versorgt werden, und schon als ich auf den Stall zuging, ahnte ich, dass irgendetwas nicht in Ordnung war.«

Gregor unterbrach ihn: »Was war denn anders als sonst?«

»Die Pferde waren sehr unruhig, und ich hörte Prinz aufgeregt wiehern und mit den Hufen gegen seine Boxenwand treten.«

Diego schaute Lukas fragend an. »Aha, und wer ist Prinz?«

»Das ist der Hengst von Frau Slovak. Ein Englisches Vollblut, ein großartiges Pferd. Aber es lässt niemanden an sich heran, außer meine Chefin und mich. Na ja, jedenfalls bin ich rein und dann sah ich ihn. Ich habe sofort Prinz aus der Box geholt und ihn in eine andere gebracht.«

Diego schaute ungläubig zu Lukas. »Warum denn das? Wäre es nicht sinnvoller gewesen, zuerst die Polizei anzurufen, statt sich um das Pferd zu kümmern?«

»Nein, um Gottes willen, nein.« Lukas fuchtelte wild mit den Armen. »Prinz hätte so lange ausgekeilt, bis nichts mehr von meinem Chef übrig geblieben wäre.«

Gregor dachte, er habe sich verhört. »Habe ich das richtig verstanden, Herr Stein? Dieses Pferd war in der Box, als Sie Slovak fanden? Und Sie sagen gerade, dieser Gaul hat ihn so zugerichtet?«

»Ja, das will ich damit sagen. Prinz ist ein traumatisiertes Pferd, er reagiert panisch auf jeden Fremden, der ihm zu nahe kommt.«

Gregor schüttelte verständnislos den Kopf und wollte nun von ihm wissen, wo er das Pferd hingebracht habe, da es durchaus möglich wäre, dass die Spurensicherung das wissen möchte.

»Es steht abseits in einer separaten Box. Prinz muss sich beruhigen. Wenn nötig, werde ich Ihre Kollegen dort hinführen.«

Diego verdrehte genervt die Augen und schlussfolgerte: »Und erst nachdem Sie den Gaul weggebracht hatten, verständigten Sie uns?«

»Ja, so ungefähr, aber vorher befreite ich noch Senta. Jemand hatte dem Hund die Schnauze zu- und die Pfoten zusammengebunden und sie in die Schubkarre gelegt. Dann rief ich Sie an und weckte anschließend Frau Slovak.«

»Ist Ihnen jemand am oder im Stall aufgefallen, der dort eigentlich nichts zu suchen hatte?«

Lukas überlegte kurz und meinte dann: »Nein, da war niemand. Als ich kam, schienen alle noch zu schlafen.«

»Gut, das war's dann fürs Erste, aber Sie halten sich bitte weiterhin zu unserer Verfügung. Und wo finden wir Frau Slovak?«

»Sie ist im Haus. Wenn Sie möchten, bringe ich Sie hin.«

Gregor lehnte dankend ab.

»Ach ja, noch eine Frage: Gestern habe ich Sie im Garten der Familie Stein gesehen. In welchem Verwandtschaftsverhältnis stehen Sie zu Erich Stein?«

»Er ist mein Vater. Warum wollen Sie das wissen?«

Gregor ignorierte die Gegenfrage. »Demnach sind Sie und Johannes Mullier Brüder?«

Lukas entgegnete etwas irritiert: »Ja, wir sind Brüder, wozu ist das wichtig?«

»Ich bin Polizist, Herr Stein, und berufsbedingt sehr neugierig.« Dabei nickte Gregor ihm freundlich zu und begab sich mit Diego zum Haupthaus.

Inzwischen wimmelte es auf dem Hof von Polizisten. Der Zugang zum Stall war großräumig abgesperrt worden. Einige der Gäste, die am Vortag angereist waren und jetzt schnellstens wieder heimfahren wollten, wurden zurückgehalten. Sie könnten den Hof erst verlassen, sobald die Kripo mit ihnen gesprochen habe, wurde ihnen von den Polizeibeamten erklärt.

Als Diego dieses Chaos auf dem Hof sah, meinte er zu seinem Kollegen: »Ich beginne schon mal mit der Befragung der Gäste und nehme die Personalien auf, dann können die Leute endlich nachhause fahren. Wenn du mit Frau Slovak gesprochen hast, treffen wir uns in der Remise.«

»Ja, das ist eine gute Idee«, erwiderte Gregor. »Und sag der Spurensicherung noch, dass zur Tatzeit ein irres Pferd in der Box stand, das laut Aussage des Stallburschen das Opfer mit den Hufen bearbeitet hat. Wenn sie wissen wollen, welcher Gaul, sollen sie sich an den jungen Mann wenden, der das Opfer gefunden hat.«

Er nickte Diego zu und verschwand kurz darauf im Haus der Slovaks. Linker Hand führte eine Treppe nach oben. Er aber bewegte sich nach rechts auf eine kunstvoll geschnitzte Tür zu und betätigte den Klingelknopf. Da sich nach mehrmaligem Läuten niemand rührte, betrat er den geräumigen Flur und rief nach Frau Slovak. Die Küchentür öffnete sich einen Spalt und eine befehlsgewohnte Stimme fragte ihn, wer er sei.

»Ich bin Hauptkommissar Gregor Bär, und ich …«

Sie ließ ihn gar nicht erst ausreden, sondern bat ihn einzutreten. Der Stimme nach zu urteilen vermutete er eine robuste, eher maskuline Person anzutreffen, aber das genaue Gegenteil war der Fall. Ihm stand eine schlanke, attraktive Frau gegenüber. Die langen, blonden Haare hatte sie im

Nacken zu einem Zopf gebunden, ihre hohen Wangenknochen und die etwas schräg gestellten Augen ließen vermuten, dass sie slawischer Abstammung war.

»Kaffee? Möchten Sie einen Kaffee, oder lieber Tee?«

Er zauderte einen Moment, denn sein Magen reagierte seit einiger Zeit überempfindlich auf Kaffee. Eine oder zwei Tassen am Tag genehmigte er sich trotzdem. Sobald er dieses Maß aber überschritt, zogen sich seine Eingeweide schmerzhaft zusammen; bereits zweimal musste er sich danach übergeben. »Nein, danke. Wenn es keine Umstände bereitet, würde ich gerne Tee trinken.«

»Schwarz oder Kräuter?«

»Kräuter, hört sich gesund an.«

Während sie ihm den Tee zubereitete, wanderte sein Blick durch die geräumige Wohnküche, die absolut nach seinem Geschmack eingerichtet war. Auf der einen Seite stand eine rustikale Eckbank, so wie er sie oftmals in der ländlichen Gegend Bayerns oder in Österreich gesehen hatte. In der anderen Ecke der Küche stand ein alter, kleiner Kochherd, der früher mit Holz und Kohle beheizt worden war.

Gregor erinnerte sich daran, dass seine Oma so einen Herd gehabt hatte und darauf immer das Essen zubereitete, während im unteren Teil des Ofens der Kuchen langsam eine goldbraune Farbe annahm. Er saß dann meist mit seinen Buntstiften an dem kleinen Küchentisch und malte mit Begeisterung Polizeiautos, Pistolen und Ganoven in quergestreifter Kleidung. Sogar den besonderen Geruch in der Küche seiner Oma konnte er sich noch ins Gedächtnis rufen.

In Frau Slovaks Küche allerdings war dieser Herd nur als Deko gedacht. Sein Blick verweilte kurz auf einem Foto, das ein junges Mädchen auf einem Pferd zeigte.

»Ist das Ihre Tochter?«

Ohne sich zu ihm umzudrehen, bejahte sie seine Frage. »Nelly war damals zwölf, jetzt ist sie vierzehn. Mögen Sie Zucker?«

»Ohne alles, danke!«

Dana Slovak setze sich zu ihm an den Küchentisch. Nichts in ihrem Gesicht ließ auf irgendeine Gefühlsregung schließen, ihre Mimik war unbewegt und ihre Augen wirkten ausdruckslos.

Gregor dachte: Entweder steht sie unter Schock oder sie ist kalt wie eine Hundeschnauze.

»Was wollen Sie wissen?«

Er bekam gar keine Chance, eine Frage loszuwerden. Dana Slovak sprach einfach weiter. So erfuhr Gregor, dass sie und Jakob seit fünfzehn Jahren verheiratet waren. Dass es vor zehn Jahren ihre Idee gewesen sei, aus dem ehemals landwirtschaftlichen Betrieb einen Pferdehof zu machen.

»Wir beherbergen momentan acht Einstellpferde. Es gibt eine ellenlange Warteliste. Unsere Konditionen sind gut, und die Pferdebesitzer wissen, dass die Tiere optimal betreut werden. So was spricht sich rum. Hinzu kommen unsere eigenen Pferde. Wir haben auch schon lukrative Zuchterfolge verbuchen können, bei uns wird Reitunterricht angeboten und zweimal im Jahr veranstalten wir ein privates Reitturnier.«

Fasziniert lauschte Gregor ihren Worten und dachte: Was erzählt sie mir da eigentlich? Ihr Mann ist ermordet worden und sie spult eine Werbekampagne für ihren Hof ab.

»Entschuldigen Sie, Frau Slovak. Mich würde interessieren, weshalb Ihr Mann heute Nacht im Stall war.«

Sie schaute mit leerem Blick zu Gregor und sprach so leise, dass er Mühe hatte, sie zu verstehen.

»Ach so, ja, das weiß ich auch nicht. Er geht früh immer mit Senta eine große Runde. Allerdings, bei dem Unwetter wird ihn ein anderer Grund zum Stall getrieben haben. Vielleicht wollte er einfach nur nach den Pferden sehen.«

Gregor hakte nach. »Sie haben also nicht mitbekommen, wann Ihr Mann das Haus verlassen hat?«

»Nein, wir schlafen getrennt.«

Getrennt schlafen – viele Paare schlafen getrennt, dachte er. Für ihn und Sarah war das nie vorstellbar gewesen und nun schliefen sie auch getrennt. Zwar noch nicht lange und noch nicht kontinuierlich, aber …

»Frau Slovak, wurde Ihr Mann bedroht? Hatte er Feinde? Gab es mit irgendjemand einen heftigen Streit? Denken Sie nach. Jede Kleinigkeit ist wichtig.«

Sie schüttelte nachdenklich den Kopf. »Nein, mit Jakob konnte man gar nicht streiten. Jakob war ein guter Mann. Ja, ein guter Mann. In den letzten Tagen war er allerdings sehr unausgeglichen. Ich glaube, der Tod seines Freundes beschäftigte ihn mehr, als er zugeben wollte.«

»Von welchem Freund sprechen Sie?«

»Kessler, Paul Kessler. Ich mochte ihn nicht. Ich mag auch seinen Bruder nicht. Unangenehme Menschen, sehr unangenehm. Aber es waren Jakobs Freunde, sie waren schon seit der Kindergartenzeit zusammen.« Während sie sprach, zog sie resignierend die Schultern hoch.

»Wie gut kannten Sie diesen Paul Kessler, Frau Slovak?« Da Gregor keine Antwort bekam, wiederholte er die Frage noch einmal.

»Ich muss Nelly wecken. Oh Gott, mein armes Kind, wie soll sie verstehen, dass es ihren Vater nicht mehr gibt?«

Plötzlich erhob sie sich und verließ die Küche, ohne Gregor noch eines Blickes zu würdigen.

Ihm wurde klar, dass er zu diesem Zeitpunkt keine brauchbaren Informationen mehr von ihr erhalten würde. Seines Erachtens stand sie unter Schock und benötigte dringend ärztliche Hilfe. Er würde, wenn nötig, zu einem späteren Zeitpunkt auf die Verbindung Kessler/Slovak zurückkommen müssen.

Als er über den Hof ging, hörte er eine lautstarke Auseinandersetzung. Am Eingangstor versuchte sich eine männliche Gestalt lautstark und gewaltsam Einlass zu verschaffen. Zwei Polizisten hatten Mühe, ihn zurückzuhalten. Als Gregor näher kam, traute er seinen Augen nicht: Der Typ, der sich mit seinen beiden Kollegen anlegte, war kein anderer als Theo Kessler.

»Lassen Sie ihn durch!«

Die beiden Polizisten zögerten einen kleinen Moment und schauten fragend zu Gregor, ob er die Anweisung auch wirklich ernst gemeint habe.

»Ja, ja, lassen Sie ihn durch!«

Kessler, schaute nun nicht minder überrascht zu Gregor. Man sah ihm an, dass er jetzt gerne den Rückzug antreten würde. Aber dafür war es zu spät.

»Na, das ist ja eine Überraschung, Herr Kessler. Was verschafft uns die Ehre Ihres Besuchs?«

Theo zupfte, um Zeit zu gewinnen, seine Kleidung wieder in Form. »Ich bin mit meinem Freund verabredet. Aber weshalb steht das Grundstück unter polizeilicher Bewachung? Befindet sich unter Jakobs Gästen Scheich Schlagmichtot?«

Während er die spöttisch gemeinte Frage stellte, beschlich ihn jäh eine äußerst unangenehme Erkenntnis. Das Polizeiaufgebot war nicht für den Schutz eines Gastes zuständig. Hier ging es um mehr. Er verbot sich, diesen Gedanken zu Ende zu denken, denn seine aufsteigende Panikattacke bekam er kaum noch unter Kontrolle. Mit leicht krächzender Stimme, die seiner Aufregung geschuldet war, meinte er zu Gregor: »Danke, dass Sie mich durchgelassen haben, aber jetzt entschuldigen Sie mich bitte, Jakob erwartet mich.«

Gregor hielt ihn am Ärmel fest und erklärte ihm, dass das leider nicht mehr möglich wäre.

»Wie... wieso ›nicht mehr‹?« Gleichzeitig hatte er das Gefühl, man würde ihm den Boden unter den Füßen weg ziehen.

»Ihr Freund wurde heute Nacht ermordet.«

Besorgt schaute Gregor jetzt zu Kessler, der plötzlich, als würde er das Gleichgewicht verlieren, neben ihm hin und her wankte.

»Ist Ihnen nicht gut?« Er griff ihm unter die Arme und führte ihn zu einer verrotteten Bank, die offensichtlich als Dekoration gedacht war, weil einige blühende Pflanzen auf ihr standen. Blitzschnell entfernte er die Töpfe und forderte ihn auf, sich einen Moment zu setzen. »Soll ich Ihnen ein Glas Wasser besorgen?«

Theo schüttelte verneinend den Kopf. »Das geht schon, es ist gleich wieder gut.« Er schloss die Augen und versuchte seine wirren Gedanken zu ordnen. Er sah Jakob vor sich – hörte dessen ängstlich flehende Stimme: *Theo – aber der Täter könnte in der Zwischenzeit wieder zuschlagen. Ich bin der Ansicht, dass es wesentlich effektiver wäre, wenn wir zur Polizei gehen würden ... ich habe Angst, Theo, scheißende Angst ...*

Gregor sprach ihn jetzt auch nicht an, sondern beobachtete das Treiben auf dem Hof. Einige der Gäste, deren Personalien bereits aufgenommen worden waren, verließen mit ihrem Gefährt den Hof. Ein großer Lieferwagen hingegen wollte gerade auf das Grundstück fahren und wurde von den Polizisten, die an der Auffahrt standen, daran gehindert.

Schnellen Schrittes ging Gregor auf einen seiner Kollegen zu und fragte ihn, was die Firma zu liefern beabsichtigte.

»Essen, ja, und Getränke – hier soll heute eine Feier stattfinden. Aber wir dürfen ja niemand aufs Gelände lassen – hier wird noch ermittelt.«

Der Tonfall des Kollegen sowie dessen äußerst dämliche Ausdrucksweise ließen Gregor unwillkürlich schaudern. Er hatte das Gefühl, sein Ex-Kollege Schlüter, den sie damals viel zu lange im Dezernat erdulden mussten, stünde vor ihm. Seit der »Schlüter-Ära« konnte er derart einfältige Menschen partout nicht mehr ertragen. Ihm war schleierhaft, wie es solchen Gestalten gelang, bei der Polizei zu landen.

Genervt drehte er sich um und schritt auf den Lieferwagen zu. Dem Fahrer gab er durch Handzeichen zu verstehen, dass er bitte aussteigen möge.

Dieser räsonierte in einer Tour: Er müsse das Büfett arrangieren – es sei sonst nicht mehr pünktlich zu schaffen – das Fest soll um elf Uhr beginnen, und weshalb man ihn nicht seine Arbeit erledigen ließe …?

Jetzt entdeckte Gregor auch den schwungvollen Namenszug der Cateringfirma an der Seite des Fahrzeugs: *P. & J. Mullier.*

»Ja«, meinte Gregor bedauernd zu ihm, »das tut mir leid für Sie. Ich denke, Sie können das alles wieder mitnehmen. Heute findet hier keine Feier statt. Zumindest solange nicht, wie die Ermittlungen laufen.« Gregor zog bei seinen Worten mitfühlend die Schultern hoch und ließ den verdutzten Mann stehen.

»Halt, Sie können mich doch nicht einfach so stehen lassen. Was soll ich denn Monsieur Mullier berichten?«

Gregor drehte sich noch einmal zu ihm um: »Sagen Sie Monsieur Mullier, wir ermitteln in einem neuerlichen Mordfall.«

Zügigen Schrittes lief er nun zurück zur Bank, auf der er Theo Kessler zurückgelassen hatte. Die Bank war leer. Von Kessler war weit und breit nichts zu sehen. Leise vor sich hinfluchend stapfte er zur Remise.

Diego gab ihm durch eine Handbewegung zu verstehen, dass er gleich fertig sei. Die meisten Gäste des Reiterhofs waren inzwischen von ihm befragt worden und niemand hatte etwas gesehen oder gehört. Die Aussage der meisten Besucher war identisch, sämtliche Geräusche wurden vom Gewitter der letzten Nacht geschluckt. Nachdem die Personalien auch des letzten Gastes notiert worden waren, verließen die Kommissare gemeinsam den Schuppen.

»Er ist mir entwischt.«

Diego schaute fragend zu Gregor.

»Wie jetzt, wer ist dir entwischt?«

»Typischer Anfängerfehler. Ich dachte, dem geht's nicht gut, habe ihn auf der Bank sitzen lassen und mich um den Lieferwagen gekümmert, und als ich zurückkam, war er weg.«

»Wie bitte?« Jetzt blieb Diego stehen und entgegnete, dass er nur Bahnhof verstünde.

Zerknirscht klärte Gregor seinen Kollegen auf: »Dieser Theo Kessler war hier. Ich dachte der kippt neben mir um, als ich ihm sagte, dass sein Freund tot sei. Und ich Idiot lasse ihn laufen. So was Dämliches ist mir seit langem nicht passiert. Aber was soll's, wir wissen ja, wo der Herr zu finden ist.«

19

Er hätte nicht sagen können, was ihm am heftigsten zusetzte: Pierres Abwesenheit, seine Migräne oder seine Rückenschmerzen. Vermutlich war es von jedem etwas. Seit einer Stunde lag Johannes in der Badewanne, aber das erhoffte Wohlbefinden stellte sich nicht ein. Verschiedene Badezusätze, die Entspannung versprachen, verfehlten ihre Wirkung. Zu guter Letzt zog er resignierend den Stöpsel, und leise gurgelnd leerte sich die Wanne. Seine Augenlider waren geschwollen, und man sah ihm an, dass er geweint hatte. Nicht nur das nächtliche Gewitter raubte ihm den Schlaf, alle zehn Minuten starrte er auf sein Handy, immer in der Hoffnung, eine Nachricht von Pierre vorzufinden. Inzwischen war es acht Uhr morgens und das als Versöhnung gedachte Dinner stand unberührt in der Küche.

Gestern Morgen hatte Pierre die Wohnung verlassen, um bei der Polizei seine Aussage zu machen, und seitdem war er verschwunden. Mehrmals hatte Johannes versucht, ihn auf seinem Telefon zu erreichen, und hatte ihm unzählige SMS geschrieben, immer mit der Bitte, sich doch zurückzumelden, aber Pierre antwortete nicht.

Johannes fühlte sich elend. Schuldgefühle plagten ihn und er verstand sich selbst nicht mehr. Warum nur hatte er Pierre so lange belogen? Er räumte nachdenklich den Tisch ab und überlegte, wie es weitergehen sollte. Fast im Minutentakt blickte er auf die Uhr, inzwischen war es kurz nach elf. Er schlürfte einen Beruhigungstee, starrte aus dem Fenster, und als das Telefon läutete, zuckte er erschrocken zusammen. Aber es war nicht wie erhofft Pierre, sondern seine Schwester Merete, die ohne Umschweife zur Sache kam.

»Johannes, kannst du kommen? Ich bin bei den Eltern, Vater geht's nicht gut.«

»Nicht gut? Was hat er denn?«

»Keine Ahnung. Ich finde, er sieht fast wie immer aus, vielleicht ein bisschen blass um die Nase, aber Mutter meint, es ginge ihm schlecht und du solltest auch herkommen, um dir ein Bild zu machen. Vater möchte partout nicht, dass ein Arzt hinzugezogen wird.«

Er atmete erleichtert auf und versprach, umgehend zu erscheinen. Es dauerte allerdings doch noch eine volle Stunde, da er auf öffentliche Verkehrsmittel angewiesen war. Pierre und er besaßen nur ein Auto – und mit dem war Pierre unterwegs. Als er das Haus betrat, fing sein Vater lautstark an zu zetern: »Eure Mutter übertreibt maßlos, mir war nur schwindlig und ich musste mich am Türrahmen festhalten, aber jetzt ist alles wieder okay.«

Niemand, außer Erich, bemerkte den sorgenvollen Blick, mit dem ihn Elisabeth musterte. Er war stocksauer auf sie, weil sie diesen Alarm ausgelöst und die Kinder herbeordert hatte.

Besorgt beugte sich Merete zu ihrem Vater, und während sie ihn umarmte fragte sie ihn: »Es stimmt doch, was Mama sagt, oder? Sie meinte, du seist gestürzt und sie hatte Mühe, dich wieder auf die Beine zu bekommen. Dad, man fällt nicht grundlos einfach so um. Ich bin auch der Ansicht, dass du einen Arzt konsultieren solltest.«

Er streichelte beschwichtigend den Arm seiner Tochter. »Mir geht's gut, mein Mädchen, es ist alles in Ordnung und jetzt möchte ich endlich was essen.«

Das Frühstück stand noch unberührt auf dem Tisch. Der Kaffee war inzwischen kalt, und außer Erich schien niemand Appetit zu haben. Als er über den Tisch nach dem Brotkorb griff, verzog er schmerzhaft sein Gesicht und kleine Schweißperlen bildeten sich auf seiner Stirn. Besorgt beobachteten Merete und Johannes ihren Vater. Ihn jetzt zu fragen, ob er Schmerzen habe, konnte man sich verkneifen, er würde sowieso lügen. Merete hatte Mühe ihre Tränen zurückzuhalten. Es passte nicht in ihr Weltbild, ihren großen, stattlichen Vater, den nichts und niemand bisher in die Knie zwingen konnte, derart angeschlagen zu sehen.

Das sorgenvolle Schweigen wurde durch Lukas unterbrochen. Stürmisch riss er die Haustür auf und stand plötzlich mitten im Raum. Niemand hatte um diese Uhrzeit mit ihm gerechnet und alle schauten fragend in seine Richtung. Lukas allerdings war ebenso verblüfft, seine komplette Familie zu diesem Zeitpunkt in der Küche vorzufinden.

»Ist jemand gestorben oder weshalb sitzt ihr so deprimiert herum?«

Merete rutschte auf der Bank ein Stück zur Seite und forderte Lukas auf, sich neben sie zu setzen. »Vater geht's, oder besser gesagt, ihm ging es nicht gut«, meinte sie, »aber wie du siehst, scheint inzwischen alles wieder im Lot zu sein.«

Sie legte die Betonung auf »scheint« und schaute Erich dabei skeptisch an.

»Ja doch, Tochter«, entgegnete Erich, »nun mach doch aus einer Mücke keinen Elefanten. Morgen werde ich wieder Bäume ausreißen können.« Dann schaute er skeptisch zu Lukas und fragte: »Weshalb bist du schon zuhause?«

Lukas hob theatralisch wirkend beide Arme hoch und erwiderte: »Oh, das ist eine lange Geschichte. Mein Chef, der Jakob Slovak, wurde heute Nacht ermordet, und ich habe ihn gefunden. Das war ein Anblick, den wünscht man niemandem. Prinz, also dieses vermeintlich komplizierte Pferd, hat ihn übel zugerichtet.«

Nun schilderte er der Familie haarklein, wie dieser Vormittag abgelaufen war.

»Ich muss übrigens heute nochmal hin, die Pferde müssen versorgt werden.«

Während er von dem aufregenden Vormittag berichtete, entging ihm, wie entsetzt seine Familie reagierte, als er den Namen Slovak erwähnte.

Johannes war es, der jetzt nachhakte.

»Was sagtest du da? Wie war der Name deines Arbeitgebers?«

»Slovak, Jakob Slovak. Weshalb fragst du, kanntest du ihn?«

Merete schloss kurz die Augen. Ihr Herzschlag beschleunigte sich, und sie hatte Mühe, ihren Gemütszustand zu verbergen. Auch Elisabeth, die eben im Begriff war, für Lukas ein Gedeck aus dem Schrank zu nehmen, verharrte in ihrer Bewegung und lauschte den Worten ihrer Söhne.

Johannes zögerte einen kleinen Moment, bevor er antwortete. »Nein, den kannte ich nicht, aber ich meine, den Namen Slovak schon einmal gehört zu haben. Allerdings bringe ich ihn mit einem landwirtschaftlichen Betrieb in Verbindung.«

»Ja, ja, das ist richtig«, erwiderte Lukas, »früher war das tatsächlich ein bäuerlicher Betrieb, aber seit zehn Jahren betreiben sie – so wurde es mir zumindest erzählt – diesen Pferdehof. Und genau heute wollten sie das zehnjährige Bestehen feiern.«

Erichs dröhnende Stimme ließ augenblicklich alle aufhorchen. »Und weshalb erfahre ich erst jetzt, wo du in den Ferien arbeitest?«

Irritierte schaute Lukas zu seinem Vater. Er verstand weder die Frage noch konnte er sich einen Reim darauf machen, weshalb Erich derart aggressiv war. »Na entschuldige, Vater, ich habe euch allen gesagt, dass ich auf einem Pferdehof hier im Norden Berlins jobbe.«

»Ja, das hast du. Aber du hast nie erzählt, bei wem.«

Lukas sprang auf. Er war stinksauer, weil ihn sein Vater grundlos anmachte, und antwortete nun ebenfalls etwas lauter. »Also, erstens hat mich nie jemand danach gefragt, wo genau ich arbeite, und zweitens kann dir das vollkommen egal sein.«

»Stopp – stopp, hört auf.« Merete, die in diesem Moment mitbekam, dass Erich tief Luft holte, um loszuwettern, mischte sich jetzt ein. An ihren Vater gerichtet meinte sie, dass Lukas durchaus recht habe. »Keiner von uns hat ihn jemals gefragt, wo genau er arbeitet. Außerdem ist er erwachsen und kann eigene Entscheidungen treffen. Und jetzt ist Schluss mit dieser Debatte.«

Es war jetzt absolut still im Raum. In diesem Ton durfte außer Merete niemand mit Erich sprechen. In ihrer sanften, ruhigen Art war es ihr schon früher immer gelungen, ihren aufbrausenden Vater im Handumdrehen zu besänftigen.

Erich atmete hörbar aus und schwieg. Sie sah aus dem Augenwinkel, dass er mehrere Tabletten in seiner Handfläche zu verbergen suchte. Blitzschnell fuhr die Hand zum Mund und er schluckte sie alle auf einmal.

Mit zittriger Hand griff sie ihre Tasse, umklammerte sie, so als würde ihr das schmale Gefäß den Halt geben, den sie momentan benötigte, trank bedächtig ihren Tee, und schaute über den Tassenrand hinweg abwechselnd zu ihrem Vater und zu Johannes. Blass und mit einem undefinierbaren Gesichtsausdruck hielt Johannes ihrem Blick stand. Sie war sicher, dass er das Gleiche dachte wie sie: Der Rachefeldzug wird erst enden, wenn auch Theo Kessler tot ist.

Es war für Theo ein Leichtes, das Grundstück zu verlassen. Er kannte sich auf Jakobs Pferdehof bestens aus. Nachdem er einige Koppeln durchquert hatte, erreichte er kurz darauf die Straße, in der auch sein Auto geparkt war. Er wollte nur noch weg. Jakob war tot, und er würde der Nächste auf der Liste des Mörders sein. Vielleicht hätte er doch auf ihn hören und, nachdem Paul ermordet worden war, die Polizei einschalten sollen. Möglicherweise könnte die den Täter eher aufspüren, wenn er den Kommissaren Namen und Fakten liefern würde. Das vergrößerte für ihn vielleicht die Chance, am Leben zu bleiben.

»Nein, nein, nein! Niemals!« Er schlug wütend auf das Lenkrad, und ihm wurde bewusst, dass er diese Worte laut herausschrie. Niemals würde er der Polizei Informationen geben, niemals … Er selbst – ER – Theo Kessler – wollte den Mörder seines Bruders und seines Freundes ausfindig machen. Oh ja – und dann Gnade ihm Gott. Ein Theo Kessler regelt das auf seine Art. Er würde heute noch einen der besten Privatdetektive engagieren und zum Schutz seiner Privatsphäre einen Wachdienst verpflichten. Niemand würde dann mehr unentdeckt sein Grundstück betreten können. Geld spielte in diesem Fall keine Rolle. Er bog jetzt in die Welfenallee ein und ließ seinen Wagen entgegen seiner sonstigen Gewohnheit nicht auf der Straße stehen, sondern fuhr ihn in die Garage. Als er auf sein Haus zuging, beschleunigte er seine Schritte, und gleichzeitig schien sich sein Herzschlag zu verdoppeln. Er verriegelte von innen die Tür und lehnte sich erschöpft dagegen. Leise flüsterte er vor sich hin: »Ich – Theo – Kessler – werde – dich – finden – du – entkommst – mir –nicht – ich werde dich finden …«

Gregor und Diego begaben sich schweigend zu ihrem Dienstfahrzeug, während einige Kollegen weiterhin den Eingang zum Pferdehof sicherten. Das Fahrzeug der Spurensicherung stand noch immer vor den Stallungen, und vor dem Wohnhaus der Slovaks parkte ein blauer Mercedes. Hinter der Windschutzscheibe prangte ein Schild mit der Aufschrift *Arzt.*

»Also doch. Nur gut, dass sich jetzt jemand um die Frau kümmert.«

»Du meinst Frau Slovak? Was ist mit ihr?« Diego schaute fragend zu Gregor.

»Na ja, ich denke, sie steht unter Schock. Ihr merkwürdiges Verhalten heute Morgen konnte ich mir nur so erklären. Sie war völlig von der Rolle. Zuerst dachte ich, sie ist kalt wie eine Hundeschnauze. Einer Gebetstrommel gleich spulte sie unaufgefordert eine Werbekampagne für ihren Hof ab. Und dann sprang sie plötzlich auf und wollte ihre Tochter wecken. Sie ließ mich einfach sitzen, so als wäre ich gar nicht mehr existent.«

Inzwischen fuhren beide langsam durch das dörfliche Lübars und bogen in den Zabel-Krüger-Damm ein.

»Ich weiß nicht wie es dir geht, aber ich könnte jetzt eine warme Mahlzeit vertragen.« Gregor schaute hoffnungsvoll zu seinem Kollegen, der glücklicherweise diesem Vorschlag mit Begeisterung zustimmte.

»Gute Idee. Kennst du hier ein anständiges Restaurant?«

»Ja, meinen Lieblingsitaliener, gleich hier um die Ecke.«

Kurz darauf bogen sie in die Oranienburger Straße ein und fuhren ein paar hundert Meter weiter auf den gut frequentierten Parkplatz der Gaststätte.

Gregor atmete erleichtert auf, da sein bevorzugter Tisch, der separat in einer Ecke stand, noch frei war. Zielgerichtet steuerte er darauf zu. Hier würden sie sich ungestört unterhalten können. Während sie auf das Essen warteten, ließen sie den heutigen Vormittag Revue passieren.

»Eins scheint klar zu sein«, meinte Diego. »Bei dem Täter muss es sich um ein und dieselbe Person handeln. Mullwindel, Kreidekreis – und dem Mörder scheint es wichtig zu sein, seine Opfer leiden zu sehen.«

Gregor zog nachdenklich die Stirn kraus. »Ja, aber wir sollten die Möglichkeit in Betracht ziehen, dass es bei dem Mord im Pferdestall auch zwei Täter gewesen sein könnten. Wenn es nur einer war, müsste er sehr gut trainiert und kräftig sein.«

Diego schaute fragend zu Gregor. »Du denkst, dass es einer Person kaum möglich wäre, einen erwachsenen Mann, ob nun bewusstlos oder tot, über die hohe Stalltür zu heben und ihn dann auch noch mit Stricken zu fixieren? Da könntest du richtig liegen. Und laut Aussage von diesem Lukas Stein konnte keiner außer ihm und seiner Chefin die Pferdebox betreten. Also musste der – oder mussten die – Täter das Opfer von außen über die Stalltür hieven. Aber weshalb diese ganze Mühe? Warum ist es so wichtig, dass das Opfer langsam und qualvoll stirbt? Einen spirituellen Hintergrund würde ich inzwischen ausschließen. Vielleicht handelt es sich um einen Rachefeldzug? Wir wissen, dass sich die Opfer kannten, und wir wissen, dass sie befreundet waren. Aber irgendetwas muss sie außerdem verbinden.«

Dann berichtete Diego Gregor von seiner gestrigen Recherche. »Du kannst dich doch erinnern, dass ich mir vor ein paar Tagen die Vergangenheit der Kessler-Brüder genauer angeschaut habe?«

Gregor nickte und fragte ihn, was er herausgefunden habe.

»Eigentlich nichts Auffälliges. Die beiden gingen im Berliner Norden in die Grundschule und später in Tegel auf das Gymnasium. Gute Schüler, die sich den einen oder anderen Verweis einhandelten, weil sie Mitschüler mobbten oder auf dem Schulhof handgreiflich wurden. So weit, so gut. Das würde ich jetzt nicht als bedeutungsvoll ansehen. Beide Eltern besaßen eine gutgehende Zahnarztpraxis, und auch in deren Lebenslauf fand ich nichts Besonderes, außer, dass sie aktiv in einer sehr rechts ausgerichteten Partei tätig waren. Okay, das macht sie mir jetzt nicht wirklich sympathisch, aber letzten Endes kann mir das egal sein. Damit war die Recherche für mich erst mal abgehakt. Ein paar Stunden Arbeit, die offensichtlich ins Nichts führten. Allerdings änderte ich meine Meinung, nachdem dieser Johannes Stein, bzw. Mullier, im Dezernat war. Du hättest ihn sehen sollen: Sobald meine Fragen Paul oder Theo Kessler betrafen, fing er an zu schwitzen, und seine Stimme versagte fast ihren Dienst. Vehement blieb er bei der Aussage, dass er weder Paul noch Theo Kessler jemals persönlich kennengelernt habe. Ich war sicher, dass er mich anlog, und fragte mich, weshalb er das tut. Dann hatte ich die Idee, mir seinen sowie den schulischen Verlauf seiner Schwester anzuschauen. Und siehe da, ich wurde fündig: Beide besuchten – und jetzt halte dich fest – dieselbe Grundschule und auch dasselbe Gymnasium wie die Kessler-Brüder!«

Gregor schüttelte skeptisch den Kopf. »Selbst wenn sie sich damals begegnet wären, was soll das beweisen?«

Inzwischen wurde das Essen serviert. Gregor bestellte noch ein alkoholfreies Bier, während Diego bereits seine gebratene Forelle filetierte.

»Vermutlich gar nichts, aber ich bin ja noch nicht fertig«, entgegnete Diego. »Die Steins wohnten schräg gegenüber der Kessler-Familie – schräg gegenüber, das musst du dir mal auf der Zunge zergehen lassen. Hallo, da kennt man sich doch. Zumindest Kinder haben schnell Kontakt zu anderen Kindern in der Nachbarschaft, und ich bin verdammt nochmal sicher, dass dieser Johannes lügt. Aber gut, Kollege, du hast recht, letzen Endes beweist das gar nichts. Es ist einfach ein undefinierbares Gefühl, das mich antreibt, weiterzubohren. Die Geschwister Stein waren auch nur ein Jahr auf diesem Gymnasium. Nach den großen Ferien 1991 – ich glaube, es war '91 – erschienen beide nicht mehr dort. In der Schulakte befindet sich ein Vermerk, dass Johannes Stein aufgrund eines Unfalls nicht am Unterricht teilnehmen konnte. Seine Schwester Merete wurde ebenfalls durch ein ärztliches Attest entschuldigt, da sie sich in psychotherapeutischer Behandlung befand. Ende September wurden beide gänzlich abgemeldet, weil die Familie ins Ausland ging. Also, beide Kinder waren für ungefähr acht bis neun Wochen krank gemeldet, das Haus wurde verkauft und die Familie verschwand aus Berlin. Das kann natürlich Zufall sein. Vielleicht habe ich mich da in eine Spur verbissen, die gar keine ist. Aber findest du das nicht auch merkwürdig, dass beim ersten Mord ein Mitglied der Familie Stein in unseren Fokus rutscht – als Randfigur im Cateringservice – und auf dem Pferdehof findet ausgerechnet dieser Lukas Stein die Leiche?«

Gregor schob sich gerade ein großes Stück Steak zwischen die Zähne und konnte deshalb nicht antworten. Somit ließ ihn Diego an seinen weiteren Gedanken teilhaben, indem er ihm mitteilte, dass ihn jetzt noch interessieren würde, wo die Familie damals abgeblieben sei.

Inzwischen hatte Gregor den Bissen runtergeschluckt und pflichtete Diego bei. Er fand es auch eigenartig, dass bei jedem Kreidekreis-Mord die Steins in Erscheinung traten.

Nachdem Diego sich noch ein Glas von dem Weißwein bestellt hatte, fragte er Gregor, ob er nicht auch der Auffassung sei, dass dieser Lukas etwas aus der Art schlug.

Diesem Gedankensprung Diegos konnte Gregor nicht sogleich folgen; er fragte ihn stirnrunzelnd, wie er das gemeint habe.

»Na ja, diese Brüder sind äußerlich sehr unterschiedlich. Dieser Johannes misst gerade mal 1,65 Meter – oder eher weniger. Und dann die rabenschwarze Haare. Lukas Stein müsste fast zwei Meter groß sein und ist blond. Da würde man nie ein verwandtschaftliches Verhältnis vermuten.«

»Doch, doch«, meinte Gregor. »Der Vater der beiden ist ähnlich groß wie dieser Lukas und die kohleschwarzen Augen haben beide Söhne von ihm. Die Tochter, wenn es auf der Familienfeier auch die Tochter gewesen war, habe ich leider nur von weitem gesehen. Jedenfalls hatte sie rotbraune Haare. Aber das hat ja dank der Chemie nichts mehr zu bedeuten. Wie auch immer, wir sollten langsam zahlen und uns ins Dezernat begeben.«

»Geht nicht, ich habe mir eben einen Wein bestellt.«

22

In der Zwischenzeit telefonierte Theo Kessler gereizt mit Marc Adler, einem Privatdetektiv, den er bereits am Vortag kontaktiert hatte. Endlich erklärte sich dieser bereit, ihn unverzüglich persönlich aufzusuchen. Diese Dringlichkeit hatte ihren Preis. Er hätte eine andere Detektei verpflichten können, aber er wollte nur diesen Marc Adler. Er war einer der Besten seines Fachs und für Theo gerade gut genug. Ebenso gelang es ihm innerhalb kürzester Zeit, einen der renommiertesten Wachdienste zu verpflichten. Ab sofort würde niemand unentdeckt sein Grundstück betreten können.

Entspannt lehnte er sich in seinem Sessel zurück und überlegte, ob er dem Detektiv auch keine Informationen vorenthalten hatte. Alles, woran er sich erinnern konnte, hatte er ihm mitgeteilt: den früheren Wohnort der Steins, auf welche Grundschule und auf welches Gymnasium sie alle gemeinsam gegangen waren; ihm war auch noch der eine oder andere Name von Kindern aus der Nachbarschaft eingefallen. Es war alles verdammt lange her, und die Vornamen der Geschwister waren komplett aus seinem Gedächtnis gelöscht. Den Namen Stein allerdings hatte er nie vergessen. Die Familie wohnte in der Villa schräg gegenüber. Seine Eltern mochten diese Familie nicht und ließen keine Gelegenheit aus, über die Steins herzuziehen.

»Das sind Juden. Das sieht man schon an der Nase. Die ganze Physiognomie deutet darauf hin. Unangenehme Zeitgenossen.«

Der Auslöser für diese Antipathie, der das Fass zum überlaufen brachte, war aus der heutigen Sicht banal. Eigentlich ging es um einen Streit unter Kindern. Er und Paul hatten Spaß daran, auf dem Schulweg die Mädchen zu ärgern. Die Tochter der Steins verletzte sich dabei an einem Stacheldrahtzaun, worauf sich ihr jüngerer Bruder blitzschnell erst auf Paul und dann auch auf ihn stürzte, um seine Schwester zu rächen. Letztlich endete es in einer wüsten Rauferei, bei der keiner unbeschadet davonkam. Theo musste grinsen, als er daran dachte. Er fand es schon damals erstaunlich, mit welchem Elan sich ihr Bruder auf Paul und ihn gestürzt hatte.

Allerdings fand sein Vater die damalige Begebenheit gar nicht lustig. Die Tatsache, dass ein Mitglied der »Krummnasen-Familie« (so wurden sie von seinen Eltern betitelt) seine Söhne verprügelt hatte, konnte er nicht hinnehmen. Für ihn war das ein persönlicher Affront. Nun endlich hatte er einen Grund, dem verhassten Nachbarn seine Meinung zu sagen. Wutentbrannt marschierte er schnurstracks zu den Steins. Hinter der Gardine stehend beobachteten er und Paul ihren Vater und waren gespannt auf den Ausgang des verbalen Duells.

Der alte Stein stand hinter seinem Gartenzaun und schaute amüsiert wirkend auf seinen wesentlich kleineren Nachbarn hinunter. Er schien ihn nicht im Entferntesten ernst zu nehmen, und sobald er einen Schritt auf den Zaun und damit auf Kessler zuging, trat dieser zwei Schritte zurück. Paul und er konnten nicht verstehen, was gesprochen wurde. Sie sahen zwar ihren Vater wild gestikulieren und die geballte Faust erheben, merkten aber auch, dass er offensichtlich Angst vor seinem Gegenüber hatte. Der alte Stein winkte immer wieder gelangweilt wirkend ab, drehte sich schließlich um und ließ Kessler ungerührt vor dem Gartenzaun stehen. Diese Begebenheit lag jetzt Jahrzehnte zurück.

Von dem Moment an durften er und Paul, sobald sie die Geschwister Stein attackierten, mit der vollen Unterstützung ihres Vaters rechnen. Jahrelang blieb es dann bei den üblichen, unspektakulären Attacken. Es wurde gestritten und sich wieder vertragen.

Erst als sie alle gemeinsam das Gymnasium besuchten, überspannten sie den Bogen gewaltig. Paul lieferte die Idee dazu, und er sowie Jakob waren Feuer und Flamme. Eines Tages nahmen sie sich die Geschwister Stein vor. Die Aktion lief aus dem Ruder und Paul verdonnerte die Geschwister zum Schweigen. Er zog den Kopf des Mädchens an den Haaren nach hinten und zischte ihr ins Ohr: »*Hör zu, du kleine Judenschlampe: Wenn ihr jemals – mit wem auch immer – darüber plaudert, werden wir uns eure Eltern vornehmen. Und das wird alles andere als lustig. Ist das angekommen?*«

Bei den letzten Worten zog er ihren Kopf nochmals ruckartig nach hinten. Sie schrie schmerzgepeinigt auf und versprach, von Weinkrämpfen geschüttelt, niemals darüber zu sprechen. Ebenso brutal nötigten sie auch ihren Bruder, diesen Schwur zu leisten. Trotz der Erpressung rechneten sie täglich damit, dass die Polizei vor dem Haus erscheinen würde. Aber nichts geschah. Die Geschwister Stein nahmen die Drohung offensichtlich ernst und schwiegen. Niemand wurde zur Rechenschaft gezogen. Die Steins kamen nach den großen Ferien nicht mehr zur Schule und waren schnell vergessen. Eine Tatsache die er, Paul und Jakob mit Erleichterung registrierten.

Allerdings konnte sich Theo beim besten Willen keinen Reim darauf machen, wieso jetzt, nach so vielen Jahren, jemand daran gelegen war, den Racheengel zu spielen. Wobei dies unverkennbar alles andere als ein Spiel war. Bei dem Gedanken daran blieb ihm die Luft weg. Er sprang auf, goss sich einen doppelten Whisky in sein Glas und fummelte mit zittrigen Fingern eine Zigarette aus der Packung. Gierig zog er den Rauch in seine Lungen und starrte vor sich hin.

Das Klingeln seines Telefons riss ihn aus seinen Gedanken. Es war Ben, der ihm mitteilte, dass er das Skript überarbeitet hatte. »Es kann losgehen, Theo. Wann treffen wir uns?«

Er überlegte kurz und bestellte ihn für den morgigen Tag Punkt neun Uhr ins Theater. Danach informierte er die Schauspieler, den Bühnenbildner und den verantwortlichen Techniker. Er gab Order, ebenfalls pünktlich um neun zu erscheinen. Die Zeit wurde knapp, das Stück musste besprochen und mit den Proben schnellstens begonnen werden.

23

Es war bereits früher Nachmittag, als Gregor und Diego ihr Büro betraten. Normalerweise gönnte sich niemand im Dezernat eine derart ausgedehnte Mittagspause. Meistens schob man sich während der Arbeit eine Kleinigkeit zwischen die Zähne – und das war es dann.

Engels schaute überrascht hoch, als seine Kollegen das Büro betraten. »He, wo kommt ihr denn her? Inzwischen hat sich sogar schon die Spurensicherung gemeldet.«

Gregor grinste. »Dienstbesprechung – beim Italiener. Sollten wir öfter machen.«

Dann berichtete er Engels und Blondy von den Geschehnissen auf dem Pferdehof und meinte: »Nun hört euch mal an, was Diego für eine Theorie zu bieten hat.«

Nachdem dieser nun auch Engels und Blondy an seinen Überlegungen hatte teilhaben lassen, herrschte absolutes Schweigen im Raum.

Engels Gesichtsausdruck sprach Bände. Normalerweise hätte er jetzt eine unmissverständliche Ansage bezüglich Diegos Recherche gemacht, allerdings war Blondys warnender Blick auf ihn gerichtet, und er wusste genau, was sie jetzt von ihm erwartete. »Okay, Kollege, Sie kennen meine

Einstellung, Recherche im Kindergarten betreffend, aber wenn Sie sich davon etwas versprechen – bitte, nur zu.«

Blondys wohlwollendes Kopfnicken ließ ihn erleichtert aufatmen, und seine Gesichtszüge entspannten sich augenblicklich.

»Wo ist der vorläufige Bericht von der Spusi?« Gregor schaute dabei fragend zu Engels.

»Na, so schnell sind sie nun auch wieder nicht. Wir haben bisher nur telefoniert. Nach Einschätzung der Spurensicherung könnte das Opfer tatsächlich von diesem Pferd getötet worden sein. Die Abdrücke der Hufe und die Art der Verletzungen deuten darauf hin. Allerdings wurden auch Strangulierungsmerkmale festgestellt. Momentan befindet sich der Leichnam in der Gerichtsmedizin. Als man ihn fand, war er maximal fünf bis sechs Stunden tot. Den detaillierten Bericht bekommen wir morgen.«

»Okay, dann würde ich vorschlagen, wir statten diesem Kessler einen Besuch ab. Dieser Typ hat sich doch tatsächlich klammheimlich vom Pferdehof verkrümelt.« Gregor griff zum Telefon und wählte dessen Nummer. Erwartungsgemäß ging wieder keiner ans Telefon.

»Na gut, wenn der Prophet nicht zum Berg kommt, geht der Berg eben zum Propheten.« Er schnappte sich den Autoschlüssel und schaute auffordernd zu Engels und Diego. Diego saß bereits am Computer, um seine Recherche fortzusetzen und reagierte gar nicht auf den Appell.

Somit fuhren, wie schon beim letzten Mal, Engels und Gregor nach Frohnau. Der Stadtring war dicht und Gregor nahm den Schleichweg durch Siemensstadt. Aber schneller ging es trotzdem nicht. Die Strecke war mit Baustellen gespickt, und Gregor, den selten etwas aus der Ruhe brachte, fluchte laut vor sich hin. Er schlug immer wieder wütend auf das Lenkrad und bedachte die anderen Verkehrsteilnehmer mit den übelsten Schimpfworten.

Engels saß schweigend neben ihm und schüttelte nur hin und wieder verständnislos den Kopf. Diese Fahrweise seines Kollegen war ihm neu.

Nachdem Gregor das Schweigen seines Kollegen bewusst wurde, fragte er ihn: »Was hast du? So ruhig kenne ich dich gar nicht. Konntest du dich inzwischen mit Blondy aussprechen?«

Engels zuckte mit den Schultern. »Oh, ich bin nicht ruhig, das täuscht. Ich bin eher konzentriert, sehr konzentriert. Auf dem kurzen Stück, das wir bis jetzt zurückgelegt haben, begegneten uns zwei Hornochsen, eine blöde Kuh und ein Vollidiot. Was ist los mit dir? Deine Fahrweise ist heute sehr speziell. Hast du Probleme?«

Ohne Gregors Antwort abzuwarten, fuhr Engels fort: »Aber um deine Frage Blondy betreffend zu beantworten: Ja, ich denke das bekommen wir wieder hin. Wir essen heute Abend in unserem Lieblingsrestaurant und dann schaun wir mal weiter. Aber ich habe gerade über etwas anderes nachgedacht: Unser eitler Möchtegern-Latino hat doch herausgefunden, dass die Kessler-Brüder und die Geschwister Stein nicht nur auf ein und derselben Grundschule waren, sondern auch kurze Zeit auf demselben Gymnasium. Ich denke, wir sollten Kessler damit konfrontieren. Ich bin gespannt, wie er reagiert.«

Gregor musterte Engels mit einem kritischen Blick. »Du meinst, Diego hat das recherchiert! Mach endlich deinen Frieden mit unserem Kollegen. Nenne ihn nicht immer Möchtegern-Latino. Der ist in Ordnung und ziemlich ausgeschlafen, und als eitel empfinde ich ihn auch nicht. Dass er der bestaussehendste Kollege der ganzen Dienststelle zu sein scheint, dafür kann er nichts. Nicht jeder kann eine brasilianische Mutter und einen französischen Vater vorweisen, oder war es umgekehrt? Egal, jedenfalls ist er nicht nur bei den weiblichen Kollegen sehr beliebt. Ich denke, das liegt auch an seinem zuvorkommenden Wesen.«

Engels hörte den Ausführungen seines Kollegen und Freundes zu, verzichtete aber auf einen Kommentar. Gregor hatte ja recht mit seiner Einschätzung von Diego: Einen fähigeren Kollegen als ihn hatten sie – zumindest seit er erster Hauptkommissar im Dezernat war – noch nie gehabt.

Sie parkten diesmal genau vor Kesslers Einfahrt, und kaum hatte Gregor den Klingelknopf betätigt, stand wie aus dem Nichts ein Mann vor ihm.

»Wer sind Sie?«

Gregor war so überrascht, dass es einen Moment dauerte, bis er antworten konnte.

»Bär, Kommissar Bär, und das ist mein Kollege, Hauptkommissar Engels.«

Obwohl Gregor selbst die Rangstufe des zweiten Hauptkommissars aufweisen konnte, verzichtete er meistens darauf, dieses zu erwähnen. Engels war der »erste« und er der »zweite«, was allerdings bei ihren gemeinsamen Ermittlungen nur eine untergeordnete Rolle spielte.

»Wir müssen unverzüglich mit Herrn Kessler sprechen.« Gleichzeitig zeigte er dem Unbekannten seine Dienstmarke, die dieser genau in Augenschein nahm.

»Und wer sind Sie, wenn ich fragen darf?«

Statt die Frage Gregors zu beantworten, bat der Unbekannte sie, sich einen Moment zu gedulden, er würde Herrn Kessler informieren. Dann verschwand er im Haus.

Während die Kommissare wie Bittsteller vor dem großen Tor warteten, bemerkten sie einen weiteren Mann, der sich im hinteren Teil des Grundstücks befand und interessiert in ihre Richtung schaute.

Im Flüsterton meinte Engels zu Gregor: »Das glaube ich jetzt nicht, der hat einen Wachschutz geordert.«

»Ja, sieht ganz danach aus. Kessler hat Muffensausen.«

»Der hat was?« Fragend schaute Engels zu seinem Kollegen.

»Na ja, Muffensausen, Angst eben, kennst du das Wort nicht? Erst wird sein Bruder ermordet, dann sein Freund. Womöglich befürchtet er, der Nächste auf der Liste des Mörders zu sein. Und wenn dem so ist, wird er auch wissen, weswegen – und deshalb geht ihm die Muffe.«

»Okay, okay, ich habe es verstanden und bin dankbar, dass du meinen Horizont erweitert hast.«

»Bitte, immer wieder gerne«, entgegnete Gregor lachend.

Theo indes stand oben am Fenster und beobachtete die beiden Kommissare. Er war unentschlossen. Er wusste, wenn er sich jetzt verleugnen ließe, würden sie wiederkommen. Vermutlich würden sie ihn dann zwangsweise zum Verhör abholen. Möglicherweise gerade dann, wenn er mitten in der Theaterprobe steckte. Er musste sie wohl oder übel jetzt empfangen. Er hatte sich nichts zu Schulden kommen lassen, er würde ihre Fragen beantworten und hoffte, dass sie ihn danach endlich in Ruhe ließen.

»Führen Sie die Herren in den Wintergarten.«

Schweigend öffnete der Wachmann das Tor und gab Gregor und Engels durch ein Handzeichen zu verstehen, ihm zu folgen.

Wie schon beim ersten Besuch gingen sie in den Wintergarten, diesmal zügigen Schrittes. Der schweigende junge Mann vor ihnen gab das Tempo vor, und diesmal ließ auch Kessler nicht auf sich warten. Im Gegenteil, er erschien fast zeitgleich und entschuldigte sich sogar dafür, dass er sich vom Pferdehof seines Freundes entfernt hatte.

»Allerdings«, jetzt wurde sein Ton schneidend, »verstehe ich nicht, was Sie schon wieder von mir wollen. Ich werde Ihnen nicht weiterhelfen können.«

Gregor blieb gelassen. »Wir machen es kurz, Herr Kessler.«

Lapidar beantwortete Theo ihnen alle Fragen: Nein, er könne sich nicht vorstellen, weshalb man seinen besten Freund ermordet habe; nein, er wüsste nicht, warum es einen Zusammenhang mit dem Mord an seinem Bruder geben sollte; nein, es gab seines Wissens auch bei Jakob keine Morddrohung.

»Kennen Sie Johannes Stein?«

Es war Engels, der diese Frage wie einen Schuss abfeuerte.

Augenblicklich wurde Kessler kreidebleich. Er zögerte einen Moment, um dann mit belegter Stimme zu antworten: »Nein, sollte ich ihn kennen?«

»Er ist Ihr Weinlieferant.«

»Ich bestelle bei keinem Johannes Stein meinen Wein.«

»Monsieur Mullier ist Ihnen aber ein Begriff? Sie selbst erzählten uns, dass Sie sämtliche Events von ihm ausrichten lassen.«

Theo fing an zu schwitzen, sein Puls beschleunigte sich, und seine Stimme versagte. Nur krächzend und kaum verständlich konnte er die Frage beantworten. »Ja, Mullier ist für die Events zuständig und von ihm beziehe ich auch die entsprechenden Getränke – also auch den Wein.«

Jetzt stand Gregor ganz dicht vor Kessler und schaute auf ihn hinunter. »Sehen Sie, Herr Kessler: Dieser Johannes Stein – bzw. Mullier, er trägt den Namen seines Lebensgefährten –, er ist der Weinexperte in der Firma Mullier. Ist

Ihnen noch nie das Firmenlogo aufgefallen? *P. & J. Mullier*, das ›J‹ steht für Johannes.«

Innerlich triumphierte Engels. Jetzt hatten sie ihn an einer wunden Stelle erwischt.

Kessler setzte sich, fingerte langsam die letzte Zigarette aus der Packung und legte sie neben den Aschenbecher. Er wollte Zeit gewinnen. Er konnte nicht abschätzen, was die Frage nach Stein bedeutete. Ein enger Ring schien sich um seinen Brustkorb zu legen, und er hatte das Gefühl, keine Luft zu bekommen.

»Ich kenne diesen Weinexperten nicht. Mullier erfüllt unsere Wünsche, und von wem er die Getränke bezieht, ist mir persönlich egal. Haben Sie sonst noch Fragen?«

»Ja, haben wir. Sie sind doch hier in diesem Haus aufgewachsen, richtig? Das große Haus, schräg gegenüber an der Ecke, gehörte früher einer Familie Stein. Sie und die Geschwister Stein besuchten nicht nur ein und dieselbe Grundschule, sondern gingen auch auf dasselbe Gymnasium in Tegel. Und da wollen Sie mir weismachen, Sie kennen keinen Johannes Stein?«

»Keine Ahnung. Möglich, dass wir uns früher über den Weg gelaufen sind. Aber erinnern Sie sich noch an die Kinder aus Ihrer Nachbarschaft? Ich nicht.«

»Herr Kessler, wovor fürchten Sie sich, was verschweigen Sie? Weshalb weigern Sie sich, mit uns zu kooperieren? Sie haben einen persönlichen Wachschutz engagiert, dafür kann es nur einen Grund geben: Sie haben Angst. Ich denke sogar, dass Sie wissen – oder ahnen –, wer Ihren Bruder und Ihren Freund ermordet hat – und dass Sie befürchten, nun der Nächste auf der Liste des Täters zu sein. Aber warum? Was ist geschehen?«

»Nichts. Nichts ist geschehen.«

Theo erhob sich von seinem Stuhl, bewegte sich langsam zum Fenster und starrte hinaus. Sein Herz hämmerte gegen den Brustkorb und das Rauschen in seinen Ohren wurde unerträglich. »Was soll die Fragerei bezüglich der Familie Stein? Was hat das mit dem Verbrechen an meinem Bruder und Jakob Slovak zu tun?« Abgehackt und krächzend kam diese Frage über seine Lippen.

Engels stellte sich nun ganz dicht zu ihm, schaute ihm in die Augen und sagte, jedes Wort betonend: »Genau – das – Herr Kessler – werden – wir – herausfinden.«

Unvermittelt gingen Gregor und Engels dem Ausgang zu und Gregor hob zum Gruß seinen Mittel- und Zeigefinger an die Schläfe: »Wir sehen uns wieder, Herr Kessler. Sollten Sie doch noch kooperieren wollen, rufen Sie uns an.«

Gemächlichen Schrittes begaben sie sich zum Auto und Engels nuschelte unentwegt vor sich hin.

»Was sagst du? Ich verstehe kein Wort.«

»Ich sagte: Super, wir werfen ihm einen Brocken hin und haben nichts, aber auch gar nichts in der Hand. Er hat ja recht, wenn er fragt, was die eventuelle Bekanntschaft mit den Steins mit dem Mord an seinem Bruder oder Slovak zu tun haben soll. Auch wenn er die Steins kennt, was soll das verdammt nochmal beweisen?«

Gregor hingegen blieb gelassen und meinte, er sei inzwischen ebenso wie Diego der Ansicht, dass sich der Schlüssel zur Klärung der Fälle irgendwo in der Vergangenheit beider Familien befinden muss.

Engels blies laut die Luft durch die Nase und erwiderte hoffnungsvoll: »Dein Wort in Gottes – oder in wessen Ohr auch immer. Momentan sehe ich kein Licht am Horizont. Aber auch wenn du recht haben solltest: Kessler wird nie und nimmer mit uns zusammenarbeiten.«

»Nein, wahrscheinlich nicht«, vermutete Gregor, »aber nach wie vor stellt sich die Frage, warum er nicht will. Er weiß, dass wir ihm helfen könnten – aber er zieht es vor zu schweigen. Probt er den Alleingang? Vielleicht denkt er, es ohne Hilfe regeln zu können.«

Als sie im Auto saßen fiel Engels ein, dass Sarah mittags angerufen hatte und Gregor sprechen wollte. »Sorry, Kollege, ich hab's verschwitzt. Sie bat um zügigen Rückruf, aber irgendwie war Sarah sehr kurz angebunden. So kenne ich sie gar nicht, sonst wechselt sie immer ein paar Sätze mit mir. Ist alles okay bei euch?«

Gregors Mine verdüsterte sich. »Nein, bei uns ist nichts mehr okay. Wir können nicht mehr miteinander reden. Egal, um was es geht, wir streiten nur noch. Aber lass uns das Thema wechseln.«

Engels schielte zu Gregor hinüber, um ihn nach einigen Schweigeminuten an seiner eben gewonnenen Erkenntnis teilhaben zu lassen: »Okay, jetzt verstehe ich auch deine aggressive Fahrweise. Wenn du reden möchtest, ich bin da, jederzeit, das weißt du!«

»Ja, danke, ich werde sicher demnächst auf dein Angebot zurückkommen.«

Jetzt lehnte sich Engels entspannt im Auto zurück und dachte voller Vorfreude an den heutigen Abend mit Blondy. Er wusste, dass er sich manchmal wie ein Idiot verhielt. Eifersucht am Arbeitsplatz war alles andere als dienlich. Die Ermittlungsarbeit litt darunter, und das war das Letzte, was das Team gebrauchen konnte. Und was Diego betraf, so musste er zähneknirschend zugeben, dass dieser wirklich gute Arbeit leistete. Dessen Recherche war genial. Ihm war das schon lange klar. Aber er wollte es sich bisher partout nicht eingestehen. Die Idee, die Vergangenheit der Kessler-

Brüder zu durchleuchten, hätte von ihm selbst stammen können. Sein kriminalistischer Spürsinn signalisierte ihm längst, dass die Lösung der Mordfälle in der gemeinsamen Vergangenheit der Kesslers, der Steins und Slovak zu finden sein würde. Aber es war Diego, der sofort eigenständig mit der Nachforschung begann. Ihm wäre es bedeutend lieber gewesen, er hätte ihn damit beauftragt.

»Mist, es ist schon so spät, in einer halben Stunde bin ich mit Blondy verabredet. Könntest du über Moabit fahren und mich bei meiner Wohnung absetzen?«

Gregor grinste. »Kein Problem, Kollege, dann werde ich mal auf die Tube drücken.«

24

»Bingo, Johannes Stein.« Leise flüsterte er dessen Namen vor sich hin. Er konnte nicht glauben, dass jener die ganze Zeit in seiner unmittelbaren Nähe war. Jetzt war ihm klar weshalb »Stein« niemals bei den Events in Erscheinung trat. Im Gegensatz zu ihm wusste dieser Johannes, mit wem er es zu tun hatte, und ging ihnen gezielt aus dem Weg. Theo griff zum Telefon und gab dem Privatdetektiv die entsprechende Information.

»Sein Name ist Johannes – und er ist, so wie ich es verstanden habe, der Weinexperte beim Cateringservice Mullier, Pierre Mullier. Besorgen Sie mir die private Adresse und schicken Sie mir ein Foto von ihm. Wenn Sie das heute noch hinbekommen, gibt es einen Extrabonus.« Theo war in Hochform. Alles lief bestens und schneller als erwartet. Wer hätte gedacht, dass ihm die Polizei den entscheidenden Hinweis geben würde. Heute war sein Glückstag.

25

Die Stimmung im Hause Stein war angespannt. Nachdem Erich seine Tabletten geschluckt hatte, schlürfte er geräuschvoll den bereits kalt gewordenen Kaffee, belegte sich ein Brötchen mit Wurst und Käse, biss einmal ab und schob den Teller angewidert zur Seite. Ihm war plötzlich der Appetit vergangen. Er fühlte sich müde und angeschlagen, versuchte aber zwanghaft, seinen Zustand vor der Familie zu verbergen. Merete, seine Tochter, war offensichtlich die Einzige, der er nichts vormachen konnte. Sie war, so empfand es zumindest Erich, aus dem gleichen Holz geschnitzt wie er. Sie war stark, sie konnte sich durchsetzen und sie ging auf die Barrikaden, wenn es um Gerechtigkeit ging. Schon als Sechsjährige hatte sie sich empört vor ihm aufgebaut, wenn sie der Ansicht war, er hätte Johannes nicht fair behandelt. Unwillkürlich musste er bei diesem Gedanken lächeln.

Merete und Johannes indes verfolgten jede seiner Bewegungen. Als sich Erich leicht schwankend erhob, sprangen sie beide auf, um ihm zu helfen.

»Was soll das? Ich bin nicht krank, ich möchte mich nur kurz hinlegen. Das schaffe ich auch ohne eure Hilfe.«

»Kann sein«, entgegnete Merete und ließ sich nicht abschütteln. Sie ergriff seinen Arm und bestand darauf, ihn die paar Meter bis zu seinem Schlafzimmer zu begleiten.

Erich gab auf. »Du bist derart stur, Tochter, da ist wohl jegliche Gegenwehr zwecklos, oder?«

»Allerdings, und einmal darfst du raten, von wem ich das habe.«

Dabei lächelte sie ihn verschmitzt an und Erich verdrehte mit gespieltem Entsetzen die Augen.

Es dauerte dann fast drei Stunden, bis er wieder auf der Bildfläche erschien. Der Schlaf hatte ihm gutgetan, er sah frisch und erholt aus, und seine Bewegungen wirkten wieder kraftvoll und sicher.

»Du siehst munter aus«, meinte Merete zu ihm, »dann können wir dich ja jetzt mit Mutter alleine lassen.«

»Ja sicher«, meinte er, und während sich Johannes und Merete von ihrer Mutter verabschiedeten, schlüpfte Erich in seine Schuhe und begleitete beide zum Gartentor.

»Ach ja, Dad«, meinte Merete, »und bitte lass die Diskussion mit Lukas. Ich verstehe sowieso nicht, weshalb du dich so aufregst, weil er bei diesem Slovak arbeitet. Wir wussten alle, dass er auf einem Pferdehof jobbt – aber keiner von uns hat ihn je gefragt, bei wem. Außerdem ist das auch völlig unwichtig. Überdies ist Lukas erwachsen und kann eigene Entscheidungen treffen.«

Aber eigentlich ging Merete ein ganz anderer Gedanke durch den Kopf, als sie ihren Vater aufforderte, Lukas in Ruhe zu lassen: Ironie des Schicksals, dachte sie, dass Lukas ausgerechnet bei Slovak gelandet ist. Ich verstehe auch nicht, wer außer Johannes und mir noch Kenntnis vom damaligen Geschehen haben könnte? Wir haben nie mit jemand darüber gesprochen. Wer also außer uns kennt die Bedeutung des Kreidekreises, und vor allem: Wer könnte nach so langer Zeit ein Interesse daran haben, unerbittlich diese Männer zu töten? Ich habe mir jahrelang gewünscht, dass Johannes und mir Gerechtigkeit widerfahren würde, und dass sie alle drei einen grausamen Tod sterben würden. Schon die Ermordung Pauls hätte mich mit Zufriedenheit erfüllen müssen, aber das tat es nur für einen kurzen Moment. Zwischen dem Wunsch und der Realität besteht eben doch ein großer Unterschied. Mord ist keine Lösung –

oder doch? … Oder doch? … Ich bin Richterin, so etwas … oder doch … darf ich noch nicht einmal ansatzweise denken …

»Merete, wo bist du mit deinen Gedanken?« Es war Erich, der sie in die Realität zurückholte. »Du musst dich nicht weiterhin um mich sorgen, ich werde zum Arzt gehen, ihr habt beide mein Wort – und was Lukas betrifft, es tut mir leid, dass ich ihn so angefahren habe. Er ist ein guter Junge und ich werde mich bei ihm entschuldigen, versprochen!«

»Schon gut Vater.« Lächelnd streichelte sie seinen Arm. »Wir gehen jetzt, ich rufe dich morgen an.«

Während Erich Johannes und Merete hinterherschaute, näherte sich ihm ein Unbekannter und sprach ihn an: »Entschuldigung, sind Sie Herr Stein?«

Erich bejahte die Frage und musterte den Fremden abwartend.

»Lutz Breme – mein Name ist Lutz Breme. Ihr Sohn Johannes und ich waren Klassenkameraden in der Grundschule in Frohnau …«

»Ja, und?«, unterbrach ihn Erich schroff, »kommen Sie zur Sache, was wollen Sie von Johannes?«

Marc Adler war routiniert und blieb gelassen.

»Ich plane ein Klassentreffen, aber leider wird es immer schwieriger, noch einige Mitschüler aus Frohnau zu finden. Es war schon schwer genug, Ihren Wohnort hier in Tegel Süd aufzuspüren«, meinte er lachend, »aber wie Sie sehen, ist es mir gelungen. Na ja – und mit Johannes wären wir inzwischen sechs ehemalige Klassenkameraden. Die anderen wollten eventuell noch ihre Geschwister mitbringen, die ebenfalls auf diese Schule gingen. Ich mache es kurz: Es wäre nett von Ihnen, wenn Sie mir die Adresse oder wenigstens die Telefonnummer von Johannes geben könnten.

Vielleicht möchte er ja auch mit seiner Schwester kommen.«

Jetzt legte Marc Adler eine kurze Pause ein und lächelte Erich freundlich an, bevor er fortfuhr: »Ich überlege schon die ganze Zeit, wie ihr Vorname war – der Vorname Ihrer Tochter, meine ich. Ich sehe sie noch genau vor mir, wie heißt sie doch gleich? Zu dumm, mir fällt tatsächlich der Name nicht mehr ein. Ich glaube, ich werde langsam alt.«

Bei dieser Bemerkung lachte er schallend los, so als hätte er einen großartigen Witz gemacht. Erich hingegen taxierte kritisch sein Gegenüber und unterbrach ihn abrupt bei der Namensfindung: »Geben Sie mir Ihre Telefonnummer, ich werde sie an meinen Sohn weiterleiten.«

Marc Adler, alias Lutz Breme, war einiges gewöhnt. Dieser Erich Stein, so stellte er sehr schnell fest, gehörte zu jenen Menschen, die auf Plattitüden und Geschwafel niemals hereinfielen. Schon die gerade Körperhaltung dieses Mannes, der längst das Rentenalter erreicht haben musste, strahlte Stärke und Autorität aus. Ihm war klar, dass er bei diesem Mann kein Stück weiterkommen würde. Jetzt galt es nur noch, professionell den Abgang einzuläuten.

»Ja, selbstverständlich, Herr Stein, so können wir das natürlich auch machen. Hier ist meine Karte. Es wäre schön, wenn er sich bald bei mir melden würde, damit wir einen Termin absprechen können, oder wenn er mir wenigstens zeitnah mitteilt, ob seinerseits überhaupt ein Interesse besteht. Er kann auch gerne auf den Anrufbeantworter sprechen. Danke – und grüßen Sie Johannes von mir.«

Er nickte Erich freundlich zu, verschwand um die nächste Ecke, setzte sich in sein Auto und überlegte wie er jetzt weiter vorgehen würde. Eigentlich wollte er den alten Stein noch fragen, ob das eben sein Sohn und seine Tochter gewesen waren, die sich von ihm verabschiedet hatten. Intuitiv hatte er sich die Frage verkniffen. Der alte Mann war ausgeschlafen. Bei dem standen alle Antennen in Alarmbereitschaft. Noch nicht einmal den Namen seiner Tochter hatte er spontan ausgespuckt. Egal, auch er, Marc Adler, war nicht von vorgestern. Als die Dreiergruppe plaudernd am Gartentor stand, hatte er mit dem Teleobjektiv einige Aufnahmen geschossen. Er schaute sich die Fotos an, startete den Motor und verließ zufrieden lächelnd die Siedlung in Tegel Süd.

Erich hingegen stand noch immer am Gartentor und schaute dem davonfahrenden Fremden argwöhnisch hinterher. Sein Bauchgefühl sagte ihm, dass hier etwas faul war. Misstrauisch starrte er auf die Visitenkarte in seiner Hand, betrachtete die Schriftzüge und stellte sich dabei die Frage: »Lutz Breme – wer bist du? Und was willst du wirklich …?«

»Wer war das?«

Elisabeth stand plötzlich neben ihrem Mann und schaute fragend zu ihm auf. Er drückte ihr nur die Visitenkarte in die Hand und schwieg.

»Lutz Breme«, las Elisabeth laut und wollte nun von ihrem Mann wissen, wer das sei und was er wollte.

Erich schwieg und bedachte seine Frau mit einem undefinierbaren Blick aus Verachtung, Bitternis und tiefer Traurigkeit. Ohne zu antworten drehte er sich um und ging davon.

»Erich!« Elisabeths Stimme klang belegt, als sie ihm hinterherrief, er möge endlich mit ihr sprechen.

Er reagierte nicht auf ihren weinerlich klingenden Zuruf, sondern verschwand im Haus.

Eigentlich war sie von Natur aus nervenstark und verfügte schon immer über eine immense Durchsetzungskraft.

Allerdings war davon nichts mehr übriggeblieben. Sie war diesen Duellen des Schweigens nicht mehr gewachsen und im Grunde genommen war sie das nie gewesen. Erich ging, ebenso wie früher, als er die Sprache noch als Waffe einsetzte, immer als Sieger hervor. Er bezichtigte sie weiterhin vehement der Lüge und unterstellte ihr, dass sie gewusst hatte, was damals wirklich geschehen war. Aber das stimmte nicht. Auch sie war seinerzeit von Merete belogen worden. Was Elisabeth am meisten verletzte, war seine Nichtachtung ihr gegenüber. Sie sah, dass es ihm körperlich nicht gut ging, aber jegliche Hilfe, die sie ihm anbot, lehnte er rigoros ab. Auf Fragen reagierte er schroff und empfahl ihr, ihm aus dem Weg zu gehen. Sie hatte das Gefühl, dass er sie bereits aus seinem Leben gestrichen hatte.

Die kalte Schnauze des auch schon in die Jahre gekommenen Schäferhundes, drückte sich tröstend in ihre Handfläche. Sie strich ihm liebevoll über den Kopf und schlug mit ihm den Weg in den hinteren Trakt des Gartens ein.

26

In der Zwischenzeit hatten die Geschwister fast Meretes Auto erreicht.

»Wo steht dein Wagen?«

»Wie? Was steht wo?« Johannes hob abwesend wirkend den Kopf. Die Frage seiner Schwester riss ihn aus seinen trüben Gedanken.

»Dein Auto, wo steht dein Auto?«

»Ach so, das hat Pierre. Ich hoffte, du würdest mich ein Stück mitnehmen.«

»Na klar, aber was ist los mit dir? Was bedrückt dich, worüber denkst du nach?«

Inzwischen hatten sie Meretes Auto erreicht und Johannes ließ sich schwerfällig auf den Beifahrersitz fallen. Seine Mundwinkel zuckten verdächtig, und es gelang ihm nur mühsam, seine Tränen zurückzuhalten. Während er sprach, schaute er mit starrem Blick aus dem Fenster.

»Pierre ist heute Nacht nicht nachhause gekommen, er geht nicht an sein Telefon und antwortet auf keine SMS.«

Merete, die den Motor bereits gestartet hatte, zog kurzentschlossenden den Zündschlüssel wieder ab. Für einen Moment war es vollkommen still im Wagen. Johannes knetete unentwegt seine Finger und schwieg.

»Hattet ihr Streit? Was ist geschehen?« Abwartend schaute sie zu ihrem Bruder.

Er atmete tief durch und berichtete ihr stockend, immer wieder nach den passenden Worten suchend, von den Ereignissen des letzten Tages: von dem Morgen, als Pierre aufgebracht die Wohnung verließ, um seine Aussage bei der Polizei zu machen; von seiner eigenen Vorladung ins Dezernat, von den bohrenden Fragen des Kommissars, die Kessler-Brüder betreffend; und von dem Dinner, dass er extra für Pierre zubereitet hatte.

»Ich verstehe dich nicht, Johannes. Weshalb hast du bei der Polizei nicht zugegeben, dass du die Kessler-Brüder kennst?«

»Nein, Merete, nein, das wollte ich nicht. Ich wollte verhindern, dass man mir weitere Fragen stellt. Meine Nerven liegen blank. Der Kommissar sprach mich schon auf meine Behinderung an, und er wollte wissen, was mit meinem Bein geschehen ist. Ich bin dem Ganzen nicht mehr gewachsen. Verstehst du das?«

»Ja, ja, Johannes, ja, ich verstehe dich. Es wird alles gut, du wirst sehen, alles wird gut.«

Sie sprach mit ihm wie mit einem Kleinkind. Er war sechsunddreißig Jahre alt, nur eineinhalb Jahre jünger als sie selbst. Sein Kopf lehnte an ihrer Schulter, er schloss die Augen und sie wiegte ihn hin und her, so wie sie es immer getan hatte, wenn er Trost brauchte.

Mitfühlend schaute sie zu ihrem Bruder und wünschte sich, auch einmal schwach sein zu dürfen. Sie wünschte sich, dass sie jemand tröstend in den Arm nehmen würde. Ihre Mutter tat das nie. Früher nicht und heute nicht. Damals, als ihr Vater beruflich ständig unterwegs gewesen war, bestimmte ihre Mutter unnachgiebig über das vermeintliche Wohl ihrer Kinder. Vater war abwesend und wurde erst im Nachhinein mit den unabänderlichen Tatsachen konfrontiert.

Erst als er beruflich kürzer trat, wendete sich das Blatt. Er war es dann, zu dem die Kinder mit all ihrem Kummer gehen konnten. Und er war es, der ihnen zuhörte, mit ihnen gemeinsam eine Lösung für anstehende Probleme suchte und sie tröstend in die Arme nahm. Jetzt war es umgekehrt. Sein momentaner Gesundheitszustand schien alles andere als stabil zu sein, und sie überlegte, wie sie ihrem Vater auf lange Sicht helfen könnte.

»Du meinst wirklich, es wird alles gut, Merete?«

»Ja, Johannes, alles wird gut. Übrigens, hast du eine Idee, weshalb Pierre abgetaucht sein könnte?«

»Ich weiß nicht so recht, ich vermute, dass er weiß, was damals geschah. Vielleicht hat er irgendwann meine alten Aufzeichnungen entdeckt und darin gelesen. Er war manchmal so seltsam, stellte hartnäckig immer wieder die gleichen Fragen und sah mich dabei so merkwürdig an. Und weißt du, was ich tat, Merete? Ich log ihn an, immer und immer wieder log ich ihn an. Das gestrige Dinner hatte ich extra für ihn zubereitet. Ich wollte mich bei ihm entschuldigen, wollte ihm sagen, dass es unverzeihlich von mir war, ihm nie davon erzählt zu haben. Ich … ich … ich habe Angst, Merete. Angst, dass ich ihn endgültig verloren habe. Und Angst …« Unvermittelt hörte er auf zu sprechen.

Jetzt schaute sie ihrem Bruder abwartend ins Gesicht, während sie langsam seine letzten Worte wiederholte: »Angst, Johannes, Angst wovor?«

Flüsternd, kaum hörbar vollendete er seinen Satz: »Angst, dass Pierre vielleicht mit den Morden zu tun haben könnte.«

»Aber nein, Johannes, hör auf, so etwas darfst du noch nicht einmal ansatzweise denken. Versuche dich zu beruhigen, Pierre hat damit sicher nichts zu tun – ganz sicher nicht. Und er wird eine plausible Erklärung für sein Wegbleiben haben.«

Sie startete den Motor erneut und fuhr langsam aus der Parklücke. *Pierre, ein Mörder … Pierre, ein Mörder …* Zeckengleich bohrte sich dieser Satz in ihr Unterbewusstsein.

27

Es war ruhig im Dezernat. Hin und wieder war das Läuten eines Telefons aus dem Nebenbüro zu hören und durch das geöffnete Fenster die gedämpften Stimmen einiger Nachtschwärmer. Gregor löffelte einen probiotischen Joghurt, in der Hoffnung, seinem angeschlagenen Magen-Darmtrakt etwas Gesundes zukommen zu lassen, und Diego schob sich genüsslich ein Gummibärchen nach dem anderen in den Mund.

In den letzten Stunden waren sie mit den bereits vorliegenden Ermittlungsdaten beschäftigt gewesen. Sie verglichen Aussagen, zogen Verbindungslinien und beschlossen, morgen Merete Stein und ihre Eltern zu befragen. Gregor war müde und wollte nur noch in sein Bett.

Mehrmals hatte er heute versucht, seine Frau telefonisch zu erreichen. Sie war offensichtlich nicht zuhause und an ihr Handy ging sie auch nicht. Vielleicht übernachtete sie bei ihrer Freundin Ellen. Kurz spielte er mit dem Gedanken dort anzurufen, verwarf diese Idee aber wieder, da er keine Lust verspürte, sich Ellens gutgemeinte Ratschläge bezüglich seiner Ehe anzuhören. Vielleicht war Sarah aber auch in irgendeiner kleinen Pension untergetaucht und wollte dem häuslichen Stress für kurze Zeit aus dem Weg gehen. Vielleicht war sie auch zuhause und wollte nur nicht mit ihm telefonieren. Viele »Vielleichts«, und eigentlich war er viel zu müde, um sich jetzt Gedanken darüber zu machen.

Die Vorstellung, eventuell ein leeres Haus vorzufinden, fand er zumindest gegenwärtig nicht im Geringsten beunruhigend. Ganz im Gegenteil. Er wünschte sich einfach nur Ruhe. Keine Diskussionen und kein vorwurfsvolles Schweigen. Endlich wieder ungestört schlafen zu können, erschien ihm sehr verlockend. Die letzte Nacht war kurz gewesen, und inzwischen war es auch schon wieder fast Mitternacht.

»Ich denke, so langsam werde ich mich auf die Socken machen. Kommst du auch gleich mit?«

Wortlos erhob sich Diego und meinte zu Gregor: »Na klar, lass uns gehen.«

28

Der Wecker klingelte kurz vor sechs. Mit stechenden Kopfschmerzen schleppte sich Theo Kessler unter die Dusche. Eine katastrophale Nacht lag hinter ihm, und er hatte das Gefühl, kein Auge zugetan zu haben.

Wirre, wahllos aneinandergereihte Bilder hatten ihm den Schlaf geraubt: Er sah seinen Bruder Paul, hörte dessen Hilferufe, mittendrin erklang Jakobs jammernde, flehende Stimme, die ihn bat, die Polizei einzuschalten. Dann wieder befand er sich in dem kleinen Häuschen seiner Großmutter. Dort am Fenster stehend schaute er zur Tegeler Hafenbrücke hoch. Er sah, wie Jakob und Paul auf dem Geländer der Brücke entlangbalancierten. Plötzlich tauchten die Geschwister Stein auf und stießen Jakob und Paul laut kreischend von der Brücke. Er wollte schreien, aber seine Stimmbänder versagten.

Er wurde wach, rang nach Luft und versuchte, die quälenden Bilder zu verscheuchen. Es gelang ihm nicht. Zermürbt begab er sich unter die Dusche. Der heiße Strahl des Wassers tat ihm gut, seine verkrampfen Muskeln entspannten sich, und die wüsten Spots der Nacht verblassten.

Eine halbe Stunde später stand er am Fenster und stellte zufrieden fest, dass der Wachschutz zuverlässig seinen Dienst versah.

Er trank starken, schwarzen Kaffee, rauchte die erste Zigarette des Tages und beschloss, jetzt sofort ins Theater zu fahren. So wäre er früher als die anderen vor Ort und könnte in Ruhe einige Dinge überprüfen. Obwohl die technische Anlage turnusmäßig gewartet wurde, konnte eine zusätzliche Kontrolle nicht schaden. Die Bühnenbilder waren längst fertiggestellt worden. Vermutlich würden, so wie es meistens der Fall war, noch einige kleine Änderungen vonnöten sein, aber das war sein geringstes Problem.

Nach der heutigen Besprechung müssten die Proben unbedingt zügig anlaufen. Jegliche Störung im organisatorischen Bereich wäre fatal und würde den Spielplan ernsthaft gefährden. Er hoffte inständig, dass sich alle Beteiligten pünktlich zur heutigen Besprechung einfinden würden.

Auf der Stadtautobahn in Richtung Charlottenburg kam er flott voran. Eine oder zwei Stunden später würde er erfahrungsgemäß im dicken Berufsverkehr stecken. Er parkte sein Auto auf dem Gelände des Theaters und ging auf den Hintereingang zu: eine schmale Tür, zu der nur er, zwei seiner engsten Mitarbeiter und der Hausmeister einen Schlüssel besaßen.

Die Tür war unverschlossen. Misstrauisch betrat er das Gebäude und lief die Treppe nach unten. Er durchquerte die Requisitenabteilung, die kleine Kostümschneiderei und die angrenzenden Büroräume. Niemand war zu sehen und zu hören. Er klopfte an die Bürotür des Hausmeisters, aber auch dieser schien sich momentan nicht im Gebäude aufzuhalten. Auch auf sein lautes Rufen bekam er keine Antwort. Das Einzige, was er hörte, war sein eigener dumpfer Herzschlag. Auf seiner Stirn bildete sich ein dünner Schweißfilm und er rief nochmals etwas lauter in die für ihn bedrohlich wirkende Stille: »Verdammt nochmal, ist hier jemand?«

Forschen Schrittes, seine aufkeimende Panikattacke unterdrückend, lief er zum Schaltraum und betätigte mehrere Hebel, um die Bühne zu beleuchten. Alle Scheinwerfer funktionierten. Die hochfahrbaren Motorpodeste, die man normalerweise nur in größeren Theatern vorfand, reagierten, sobald er den dafür verantwortlichen Knopf drückte. Die technische Anlage in diesem Theater war exquisit und teuer. Er kochte vor Wut, weil Dominique, der Hausmeister, offensichtlich vergessen hatte, die Tür abzuschließen. Ein für ihn unentschuldbares Versäumnis, denn jeder hätte ungesehen hereinspazieren können, um seelenruhig die teuren Computer sowie die technische Anlage abzutransportieren. Das würde ein Nachspiel haben.

Inzwischen hatte er die hell erleuchtete Bühne erreicht und blieb wie angewurzelt stehen. Jemand hatte mit weißer Kreide drei nebeneinanderliegende Kreise auf das Podium gemalt. Theo strauchelte rückwärts, hielt sich am Bühnenvorhang fest und rang nach Luft. Er hörte Schritte, die näher kamen, hörte, dass jemand seinen Namen rief, und war unfähig zu antworten. Seine Beine versagten ihren Dienst und er glitt langsam zu Boden.

»Ach, hier bist du! Die Tür war auf, ich habe nach dir gerufen, warum antwortest …« Erst jetzt überblickte Ben die Situation, sah die Kreidekreise und schaute in die weit aufgerissenen Augen Theos. »Theo, ich bin es. Ich, Ben. Was ist geschehen? Wer war das? Was hat das zu bedeuten?«

Er bückte sich zu seinem zitternden Freund hinunter, der nur krächzende, unverständliche Laute von sich gab, half ihm auf die Beine und führte ihn ins Freie. Ben setzte sich neben ihn auf einen schmalen Mauervorsprung, schwieg und wartete.

Langsam normalisierte sich Theos Atmung und flüsternd meinte er: »Er war hier, er beobachtet mich …«

»Theo, wer beobachtet dich? Und warum die Kreidekreise? Dein Bruder lag in so einem Kreis. Ich verstehe das alles nicht. Du musst die Polizei informieren.«

»Nein, Ben, nein! Da erlaubt sich jemand einen bösen Scherz. Wir werden die Kreide wegwischen – jetzt sofort –

bevor die anderen kommen. Das muss weg. Und, Ben, du sprichst mit niemand darüber, hast du mich verstanden? Mit niemandem!«

Ben schüttelte den Kopf und versuchte nochmals, Theo davon zu überzeugen, dass es besser wäre, die Polizei einzuschalten. »Du sagtest doch eben selbst, dass dich jemand beobachtet.«

»Nein, Ben. Vergiss das Ganze – und zu keinem ein Wort.«

Ben nickte ergeben und dachte: Da war er wieder, der alte Theo, von einem Schwächeanfall war nichts mehr zu spüren, und befehlsgewohnt wie immer, forderte er Ben auf, ihm zu helfen, die Kreide zu entfernen.

Sie waren gerade damit fertig geworden, als die ersten Schauspieler das Gebäude betraten.

29

Gregor fuhr wie von der Tarantel gestochen hoch. Es dauerte einen Moment, bis er das nerventötende Geräusch einordnen konnte, das ihn aus dem Tiefschlaf gezerrt hatte. Er war es nicht gewohnt, von einem Wecker aus dem Schlaf gerissen zu werden. Seit er mit Sarah verheiratet war, wurde er von ihr geweckt. Und sie tat das sanft und nie laut. Aber Sarah war nicht da.

Als er gestern Abend nachhause kam, war es im Haus totenstill gewesen. In der Küche lag ein kleiner, unscheinbarer Zettel, auf dem Sarah ihm mitteilte, dass sie Abstand benötigte, um über ihre Ehe nachzudenken. Keine Anrede, kein Gruß, und er wusste noch nicht einmal, wo sie zum Nachdenken hingegangen war. Er zog sich die Decke über den Kopf und spielte einen Moment lang mit dem Gedanken, einfach liegen zu bleiben. Sein ganzes Leben schien aus den Fugen geraten zu sein, und er hatte das Gefühl, nichts dagegen tun zu können.

Er lag noch einige Minuten unter der schutzbietenden Hülle der Daunendecke und wünschte sich nichts mehr, als dass dieser Alptraum endlich ein Ende fände. Wobei ihm immer klarer wurde, dass er ganz alleine an dieser Misere schuld war. Nicht Sarah hatte sich verändert, sondern er. Wäre er im letzten Jahr nicht zu diesem Seminar nach Hannover gefahren, hätte er auch Regina nicht kennengelernt. Wie selbstverständlich saßen sie während der Fortbildung nebeneinander, nahmen gemeinsam die Mahlzeiten ein und schlenderten abends Arm in Arm durch die Stadt. Sie schliefen miteinander und genossen diese gemeinsame Zeit in vollen Zügen.

Nach einer Woche war das Seminar beendet, und jeder kehrte in sein Leben zurück. Sie tauschten keine Telefonnummern aus, wollten keinen weiteren Kontakt halten und nahmen sich vor, dass diese Affäre ihr Geheimnis bleiben würde. Auch Regina war verheiratet und war ebenso wie Gregor überzeugt, dass ein Geständnis den Ehepartner unnötig verletzen würde.

Was Gregor allerdings nicht voraussehen konnte: Er bekam Regina nicht aus dem Kopf. Die Woche, die er mit ihr verbracht hatte, bescherte ihm eine Lebensenergie, die ihm im Zusammenleben mit Sarah abhanden gekommen war. Regina war emanzipiert, leidenschaftlich und außergewöhnlich attraktiv. In ihrer Nähe fühlte er sich dynamisch und um Jahre jünger. Die Nächte mit ihr waren eine einzige Herausforderung, und er war überrascht, mit welcher Intensität und Ausdauer er zu lieben imstande war. Er vermisste Regina, er vermisste ihre rauchige Stimme, ihr Lachen und ihre Zärtlichkeit. Als sie damals auseinandergingen, sich zum letzten Mal umarmten und sie ihm lächelnd zuwinkte, bevor sie in ihr Auto stieg, hatte sie Tränen in den Augen.

Laut aufstöhnend schraubte er sich aus dem Bett und begab sich schwerfällig ins Bad. Unter der Dusche fragte er sich zum zigsten Mal, wie er reagieren würde, wenn sie plötzlich vor ihm stünde – oder wenn sie ihn anrufen würde. Die Telefonnummer seines Dezernats könnte sie mit Leichtigkeit herausfinden. Aber das würde sie niemals tun, sie hatten ja beide eine Abmachung getroffen.

Als er jetzt die Küche betrat, überkam ihn ein Gefühl der Hilflosigkeit. Er wusste beim besten Willen nicht, wie es weitergehen sollte. Mechanisch öffnete er einige Schranktüren, bis er endlich den Instandkaffee fand. Eigentlich mochte er dieses Zeug nicht, aber er hatte auch keine Ahnung, wie man die moderne Kaffeemaschine bediente. Angewidert schlürfte er die heiße Plärre, ignorierte den stechenden Schmerz in der Magengegend und versuchte, sich auf die vor ihm liegende Ermittlungsarbeit zu konzentrieren.

Es gelang ihm nicht. Die Stille in seinem Haus fand er bedrückend. Er dachte an Sarah: Ohne sie war es kalt im Haus. Er fror, obwohl die Junisonne bereits zaghaft ihre ersten warmen Sonnenstrahlen durch das Fenster schickte. Die Magenschmerzen wurden heftiger, und er schüttete den restlichen Kaffee in den Ausguss. Fast fluchtartig verließ er das Haus und fuhr zur Arbeit.

Als er das Büro betrat, stellte er überrascht fest, dass das Team bereits vollzählig vor Ort war. Das war selten der Fall. Manchmal wurde bis Mitternacht und länger gearbeitet, aber danach rückte man nicht unbedingt schon morgens kurz vor sieben an. Es roch nach frisch gebrühtem Kaffee und zu Gregors Überraschung bot ihm Blondy belegte Brötchen an. »Greif zu, Gregor, es ist reichlich da.«

»Wie jetzt? Habe ich etwas verpasst?«

»Das ist meine Geburtstagslage – und vielen Dank für den Einkaufsgutschein, damit habt ihr mir wirklich eine große Freude bereitet.«

Er schlug sich mit der flachen Hand gegen die Stirn und stammelte schuldbewusst: »Oh nein, Blondy, liebste Kollegin, das darf nicht wahr sein, ich hab's verschwitzt.«

Jetzt fiel ihm ein, dass Engels kürzlich bei den Kollegen Geld für ein Geburtstagsgeschenk gesammelt hatte.

»Das ist unentschuldbar, Katja Blondczycz«, stammelte er reumütig, »komm her, lass dich umarmen.«

Lachend wand sie sich kurz darauf aus seiner Umklammerung, was bei ihm aufgrund seiner bärenhaften Statur gar nicht so einfach war.

Engels hingegen kommentierte laut den inzwischen vorliegenden forensischen Bericht, während er schmatzend sein Brötchen verspeiste.

»Die Strangulierungsmerkmale am Hals waren nicht die Todesursache. Er lebte noch, als ihn die Hufe des Pferdes trafen. Jakob Slovak wurde tatsächlich von diesem Gaul getötet. Der Knebel, der in seinem Rachen steckte, besteht aus dem gleichen Material wie bei unserem ersten Opfer. Auch die Kreide ist identisch. Hut ab vor unseren Kollegen: Für sie ist weiße Kreide eben nicht nur weiße Kreide. So weit, so gut. Fassen wir mal zusammen: Also, wir wissen, dass sich beide Kreidekreis-Opfer Paul Kessler und Jakob Slovak kannten und vor über zwanzig Jahren auf derselben Schule waren, richtig? Und wir wissen, dass Johannes Stein und seine Schwester Merete ebenfalls diese Schule besucht haben. Johannes Stein behauptet, die Kessler-Brüder nicht zu kennen. Ebenso beteuert Theo Kessler, die Geschwister Stein noch nie gesehen zu haben. Theo Kessler sowie Johannes Stein bekommen aber Schweißausbrüche, wenn man sie jeweils auf die andere Familie anspricht. Warum zum Teufel können oder wollen sie sich nicht erinnern?«

Diego, der Engels aufmerksam zugehört hatte, ergänzte dessen Ausführungen: »Das ist richtig, Kollege, und mein Gefühl sagt mir, dass wir dort bei der Familie Stein die Lösung finden werden. Deshalb wäre ich dafür, dass wir ihnen einen Besuch abstatten. Ich würde vorschlagen, wir fahren zuerst zu den alten Steins und besuchen danach deren Tochter Merete. Mal schauen, ob sie ähnliche Erinnerungslücken hat wie ihr Bruder.«

Gregor, dem heute aufgrund seiner Magenschmerzen so gar nicht nach Außendienst war, schlug vor, dass Engels mit Diego zu den Steins fahren könnte. »Sorry, ich hatte keine entspannte Nacht und wäre euch dankbar, wenn ihr das zusammen erledigen würdet«, fügte er als Begründung hinzu. Seine Schmerzattacken erwähnte er mit keinem Wort. Den verblüfften, leicht vorwurfsvollen Blick von Engels übersah er geflissentlich.

Blondy hingegen zwinkerte ihm verschwörerisch zu, sie fand den Vorschlag brillant, da Engels es bis dato immer vermieden hatte, mit Diego außerhalb des Dezernats zusammenzuarbeiten. Jetzt musste er wohl oder übel in den sauren Apfel beißen. Eine ablehnende Haltung seinerseits würde das Arbeitsklima garantiert nicht verbessern.

»Das ist eine gute Idee«, meinte Diego, griff zum Telefon und wählte bereits die Nummer von Erich Stein. Am anderen Ende meldete sich Elisabeth. »Landeskriminalamt, Kommissar Diego Rochas am Apparat. Frau Stein, wir ermitteln im Mordfall Jakob Slovak, bei dem Ihr Sohn Lukas beschäftigt war. Diesbezüglich haben wir noch einige Fragen.«

»Landeskriminalamt? Was wollen Sie denn von meinem Sohn?« Das Zittern in Elisabeths Stimme war unüberhörbar.

»Routinebefragung, Frau Stein, es dauert nicht lange. Wir werden in einer halben Stunde bei Ihnen sein.«

»Ja, aber geht es nicht etwas später? Mein Mann schläft noch und Lukas habe ich auch noch nicht gesehen.«

Diego blieb freundlich aber bestimmt, als er bedauernd meinte, dass diese Angelegenheit leider keinen Aufschub dulde.

»Na gut, wenn Sie meinen«, lenkte Elisabeth ein, »dann werde ich jetzt meinen Mann wecken müssen, aber erfreut wird er darüber nicht sein.«

Diego hatte Mitleid mit der Frau. Wer wird schon gerne von der Kripo angerufen und dann noch so früh am Tag? Er schnappte sich die Autoschlüssel und schaute erwartungsvoll zu Engels, dessen Mimik Bände sprach.

Engels fühlte sich von Gregors Vorschlag überrollt, besser gesagt, genötigt. Jener kannte doch seine Einstellung zu Rochas. Gut, er hätte den Vorschlag Gregors abschmettern können, schließlich war immer noch er der erste Hauptkommissar. Aber er kannte Gregor lange genug, um zu erkennen, dass dieser hoffte, er würde endlich seinen Frieden mit Diego schließen. Was Engels nicht ahnen konnte: Gregor ging es wirklich sehr schlecht. Sein Magen bereitete ihm seit längerem ernsthafte Probleme, und die Tabletten, die er sich rezeptfrei in der Apotheke besorgt hatte, halfen einfach nicht. Sie waren schlichtweg für die Katz.

»Na dann wollen wir mal«, blaffte Engels im mürrischen Ton und begab sich zügig zur Tür.

Diegos Gesichtsausdruck wirkte völlig entspannt, obwohl ihm der aggressive Ton Engels nicht entgangen sein konnte. Blondy meinte sogar, ein unterschwelliges Lächeln erkannt zu haben. Er passte sich der schnellen Gangart seines Vorgesetzten an und fragte ihn, ob er selbst fahren möchte.

»Nein, fahr du, ich sage dir, wo es langgeht«, erwiderte Engels in gereiztem Ton.

Blondy schaute den beiden skeptisch hinterher. »Ob das gut geht? Wenn Engels seine unfreundliche Art nicht unter Kontrolle bekommt, sehe ich schwarz.«

Gregor hingegen zog nur gelangweilt die Schultern nach oben und erwiderte: »Was soll schon passieren? Sie sind Profis, und für persönliche Animositäten ist bei der Ermittlungsarbeit kein Platz. Das wissen beide und deshalb wird es gut laufen.«

Zwanzig Minuten später parkte Diego den Wagen vor dem Haus der Steins.

Schon nach dem ersten Klingelton ertönte der Summer. Elisabeth kam ihnen entgegen und führte sie in die geräumige Küche. Dort wurden sie bereits von Lukas und Erich erwartet. Lukas stand mit dem Rücken zum Fenster und nickte den Kommissaren freundlich zu. Erich hingegen saß an der Stirnseite des Tisches und verzog keine Miene. Die Physiognomie dieses Mannes strahlte Dominanz und Stärke aus. Erich blieb sitzen, nickte ihnen nur zu und fragte, was sie von seinem Sohn wollten.

Freundlich erwiderte Diego, dass sie das mit seinem Sohn, der ja offensichtlich volljährig sei, alleine besprechen würden.

Erich schwieg, schaute zu Lukas und gab ihm durch eine Handbewegung zu verstehen, dass er den Nebenraum nutzen konnte.

Die Befragung von Lukas gestaltete sich unergiebig. Er kannte weder die Kessler-Brüder persönlich noch konnte er Angaben zu irgendwelchen Auffälligkeiten auf dem Pferdehof machen. Er sei erst seit Ferienbeginn auf dem Hof und sehe die Arbeit dort als Vorbereitung für seinen späteren Berufsweg.

»Und wie war das Verhältnis zu ihrem Arbeitgeber?«, fragte ihn Diego.

»Gut, problemlos. Jakob Slovak war ein sehr freundlicher Mann. Letztendlich hatte ich mit ihm nicht allzu viel zu tun, da mich Frau Slovak eingestellt hat.«

Der Vollständigkeit halber fragte ihn Diego nach seinen persönlichen Daten.

»Geboren am 20. März 1992, in Tansania.«

»In Tansania?«, wiederholte Diego erstaunt. Lukas lächelte und meinte: »Ja, ja, Sie sind nicht der Erste, den das überrascht. Mein Vater war damals für einen großen Schweizer Pharmakonzern unterwegs – und zur Zeit meiner Geburt waren wir eben in Afrika.«

»Aha, und dort sind Sie aufgewachsen?«

»Nein. Wir führten ein regelrechtes Zigeunerleben. Ein Jahr hier, ein paar Monate dort. Aber ich fand das normal. Ab meinem siebten Lebensjahr blieben wir dann endgültig in der Schweiz. Dort befand sich der Hauptsitz der pharmazeutischen Firma, für die mein Vater tätig war – und dort ging ich dann auch ganz regulär zur Schule.«

»Na, da sind Sie ja viel herumgekommen.«

»Ja, allerdings, aber kann ich jetzt langsam gehen? Ich müsste zur Arbeit.«

»Ja, nur zu, wir sind fertig – aber stopp, eine Frage hätte ich doch noch: Wo waren Sie in der Nacht, als Jakob Slovak ermordet wurde?«

Lukas schaute, verunsichert wirkend, zu Diego. »Wo ich war, wollen Sie wissen? Na hier, ich habe geschlafen und bin dann früher als sonst zum Pferdehof rausgefahren. Früher deshalb, weil die Jubiläumsfeier stattfinden sollte – und ich mich nach dem Unwetter vergewissern wollte, ob alles in Ordnung ist.«

»Okay, Herr Stein, danke erst mal, Sie können dann gehen!«

Lukas war erleichtert, dass die Befragung beendet war, somit würde er noch pünktlich auf dem Hof erscheinen. Seit dem Tod von Jakob Slovak ging dort alles drunter und drüber.

Entgegen ihrer Behauptung ging es Engels und Diego nicht wirklich um Lukas. Sie wollten in erster Linie mit Erich Stein sprechen.

Als sie in die Küche zurückkamen, saß Erich noch immer kerzengerade auf seinem Stuhl und fragte im befehlsgewohntem Ton: »Sind Sie fertig? Meine Frau bringt Sie raus.«

»Nein, das sind wir nicht. Wir würden uns jetzt gerne mit Ihnen unterhalten.«

»Mit mir? Wie kann ich Ihnen schon weiterhelfen? Das ist Zeitverschwendung. Sie vergeuden meine und Ihre Zeit.«

»Herr Stein«, richtete Diego das Wort an ihn, »Sie können sicher sein, dass wir weder Ihre noch unsere Zeit verschwenden.«

»Was wollen Sie wissen?«

Da ihnen weder Erich noch Elisabeth eine Sitzmöglichkeit angeboten hatten, nahm Diego auf dem vor ihm stehenden Stuhl Platz. Engels bevorzugte es weiterhin stehen zu bleiben und dem Vorgang aus dieser Perspektive zu folgen.

Diego zog einen dünnen Ordner aus der Tasche, warf einen Blick hinein und schaute dann zu Erich. »Ist es richtig, Herr Stein, dass Sie und Ihre Familie bis 1991 in der Welfenallee wohnten?«

»Ja, aber was soll diese Frage?«

Diego überhörte die Gegenfrage. »Im November '91 haben Sie dieses Haus verkauft, ist das korrekt?«

»Nein, der Kaufvertrag wurde Anfang Oktober, mit Wirkung zu Mitte November unterzeichnet.«

»Wurde das Haus noch bis November von Ihnen bewohnt?«

»Was soll das? Ich sehe keinen Sinn darin, Ihnen diesen Stuss zu beantworten.«

»Ja oder nein?« Diego schaute ihm nun auffordern in die Augen.

»Nein. Ich beschloss, mit meiner Familie ins Ausland zu gehen.«

»Gab es dafür einen bestimmten Grund?«

Erich zog genervt wirkend eine Augenbraue hoch und erklärte den beiden, dass er für seine Firma ständig im Ausland unterwegs sein musste und deshalb beschloss, seine Familie mitzunehmen.

Diego lehnte sich entspannt zurück, schwieg einen Moment und fragte Erich, weshalb er gerade zu diesem Zeitpunkt seine Familie mitnahm. »Das hätten Sie in den Jahren davor auch schon tun können.«

»Ja, das stimmt, das hätte ich tun können, aber diesmal war von der Geschäftsleitung ein längerer Aufenthalt im Ausland angedacht – und ich wollte meine Familie bei mir haben.« Dass Elisabeth ihn damals vehement dahingehend bearbeitet und darum gebeten hatte, ebenfalls mit den Kindern mitkommen zu dürfen, verschwieg er dem Kommissar.

Inzwischen meinte Erich zu wissen, weshalb es ihr damals so wichtig gewesen war, dass die komplette Familie ins Ausland ging.

»Wann genau verließen Sie Berlin?«

»Mitte Oktober 1991. Möchten Sie auch wissen, mit welcher Fluggesellschaft ich das Land verlassen habe?«

Diego ignorierte den zynischen Unterton seines Gegenübers und fragte ihn, ob seine Kinder dort die Möglichkeit bekamen, regelmäßig eine Schule zu besuchen.

»Aber ja, Herr Kommissar.« Mit einem spöttischen Lächeln im Gesicht erklärte er Diego, das ihm immer daran gelegen war, seinen Kindern eine exzellente Ausbildung angedeihen zu lassen. »Das funktioniert übrigens in Afrika, Asien oder in Lateinamerika ebenso perfekt wie in China und den Europäischen Staaten. Man sollte allerdings über das entsprechende ›Kleingeld‹ verfügen. Gute Privatlehrer sind teuer.«

Was Erich Stein nicht wissen konnte, war, dass Kommissar Diego Rochas in einer Diplomatenfamilie aufwuchs und auch *seine* Eltern ihm die beste Ausbildung angedeihen ließen, egal auf welchem Erdteil sie sich gerade befanden.

Unbeeindruckt von Erich Steins überheblichem Getue arbeitete Diego seine Frageliste ab. Er schrieb in Kürzeln die Antworten mit und registrierte nebenbei, wie Elisabeth Stein ihren Mann musterte. Sie knetete unaufhörlich ihre Finger, zupfte an ihrer Kleidung herum oder tupfte sich mit einem Taschentuch den Schweiß von der Stirn. Seit Beginn der Befragung, stand sie wie angewurzelt am selben Fleck. Die Atmosphäre im Raum war explosiv. Der alte Stein fixierte seine Frau und umgekehrt.

Diego war zufrieden. Seine Fragen sorgten für Aufregung, und weshalb das so war, würde er herausfinden.

»Herr Stein, im Sommer '91, nach den großen Ferien, erschien Ihr Sohn Johannes nicht mehr zum Unterricht. In der Schulakte von damals fanden wir den Vermerk, dass er nach einem Unfall im Krankenhaus lag. Was war das für ein Unfall?«

»Es reicht, Herr Kommissar«, erwiderte Erich Stein mit hochrotem Kopf, »was sollen diese hirnrissigen Fragen? Ich dachte, Sie ermitteln in einem Mordfall – ich denke, wir beenden jetzt diesen Unsinn.«

Engels, der die ganze Zeit nur als Zuhörer und Beobachter fungiert hatte, ging nun auf Elisabeth zu und forderte sie freundlich auf, sich doch ebenfalls an den Tisch zu setzen. »Vielleicht können auch Sie Ihren Beitrag leisten. Wenn Sie beide allerdings der Ansicht sind, dass wir die Befragung in Ihren Privaträumen beenden sollten, können wir das gerne tun. Allerdings erwarte ich Sie dann zeitnah im Dezernat. Sie haben die Wahl.«

Erich atmete lautstark durch die Nase und meinte dann mit gepresster Stimme: »Mein Gott – dann stellen Sie Ihre sinnlosen Fragen.«

»Der Unfall, Herr Stein, der Unfall Ihres Sohnes, was ist damals geschehen?«

»Er stürzte eine Treppe hinunter. Wenn Sie es genau wissen wollen, die Treppe der Hafenbrücke in Tegel.«

Oh ja, die kenne ich, nennt man die nicht auch Sechserbrücke? Wie ist das passiert?«

»Na wie schon, fehlgetreten und das war's.«

»Fehlgetreten? War jemand dabei?«

»Ja, seine Schwester. Passanten riefen die Feuerwehr und er wurde ins Krankenhaus gebracht. Komplizierter Bruch des rechten Beines, Wirbelfraktur, lange Zeit im Gipskorsett, das rechte Bein blieb kürzer und Johannes hörte auf zu wachsen. Eine gesicherte, medizinische Erklärung gab es dafür allerdings nicht.«

Während Erich von dem Unfall sprach, verlor sein Körper die Spannung. Die Schultern senkten sich nach vorne und sein Blick war starr auf den Tisch gerichtet. Man sah ihm an, dass es ihm viel abverlangte, über dieses Drama zu sprechen. Elisabeth, die der Aufforderung Engels, Platz zu nehmen, widerstandslos gefolgt war, saß jetzt sprach- und bewegungslos am Tisch. Der Blick, mit dem sie ihren Mann betrachtete, erschien Engels und Diego anfangs undefinierbar. Später einigten sie sich darauf, dass es eine Mischung aus Angst und Schuldgefühl gewesen sein musste.

»Ihre Tochter erschien ebenfalls nicht mehr im Unterricht, Herr Stein.«

»Das ist richtig, sie musste den Unfall ihres Bruders mitansehen und war traumatisiert. Sie war nicht in der Lage, eine Schule zu besuchen und befand sich ebenfalls in ärztlicher Behandlung. Das war eine schwere Zeit für meine Familie. Aber ich verstehe trotzdem nicht, was das mit der Ermittlung im Mordfall Jakob Slovak zu tun haben soll.«

Diego ignorierte auch diese Frage und provozierte weiter: »Trotz dieser folgeschweren Verletzung Ihres Sohnes verlegten Sie Ihren Lebensmittelpunkt ins Ausland. Waren Sie sicher, dass die medizinische Nachsorge für Ihren Sohn gewährleistet sein würde?«

Erich atmete tief ein und polterte dann lautstark los: »Denken Sie allen Ernstes, ich hätte meinen Sohn im Ausland von irgendwelchen Quacksalbern behandeln lassen? Wenn Sie mir zugehört hätten, wüssten Sie, dass man mit dem nötigen ›Kleingeld‹ und guten Beziehungen alles bekommt, auch erstklassige Ärzte. Aber sagen Sie mir endlich, was Sie wirklich von uns wollen?«

Mit lauerndem Blick schaute er dem Kommissar ins Gesicht.

Diego lehnte sich langsam zurück und hielt schweigend dem stechenden Blick Erichs stand, bevor er beiläufig die nächste Frage stellte: »Sagen Ihnen die Namen Paul und Theo Kessler etwas?«

Für einen kurzen Moment, so schien es Diego, presste Erich Ober- und Unterkiefer heftig aufeinander und erzeugte dabei ein knirschendes Geräusch. Es dauerte einige Sekunden, bis er antwortete: »Wer ist das, muss ich die kennen?«

»Die Familie wohnte damals schräg gegenüber von Ihnen, in der Welfenallee. Paul und Theo Kessler besuchten dieselbe Grundschule und auch dasselbe Gymnasium wie Ihre Kinder.«

»Nein! An die Familie kann ich mich nicht erinnern. Ich war schon damals viel unterwegs.«

»Und Sie, Frau Stein, können Sie sich an die Familie erinnern?«

Elisabeth zuckte erschrocken zusammen, als sie angesprochen wurde, spürte den eiskalten Blick ihres Mannes auf sich gerichtet und stammelte: »Wie, meinen Sie mich?«

»Ja, Frau Stein. Kannten Sie die Familie Kessler?«

Sie räusperte sich lautstark, bevor sie antwortete. »Also, kennen wäre übertrieben. Aber die Kinder hatten Kontakt. Das bleibt nicht aus, wenn man dieselbe Schule besucht, oder?«

»Nein, das bleibt nicht aus«, bestätigte Engels. »Wie war der Kontakt zwischen den Kindern? Waren sie eng befreundet?«

»Nein, ich glaube nicht. Sie liefen manchmal gemeinsam zur Schule, an mehr kann ich mich nicht erinnern.«

Für ein paar Sekunden herrschte absolute Stille im Raum. Verunsichert schaute Elisabeth von einem zum anderen. Diego klappte abrupt die Mappe zu und erhob sich vom Stuhl. Fast zeitgleich bewegte sich Engels auf Erich Stein zu und bat ihn um die Adresse und Telefonnummer von Merete. Abwartend schaute er zu Erich und Elisabeth. Beide saßen reglos am Tisch, und Engels dachte schon, sie hätten seine Bitte überhört, doch dann griff Erich wortlos zum Stift und überreichte ihm den beschriebenen Zettel. Weder Elisabeth noch Erich machten Anstalten, die beiden Kommissare nach draußen zu begleiten.

»Das war perfekt, Kollege.« Anerkennend hielt Engels den Daumen hoch. »Du hast den Alten ganz schön aus der Reserve gelockt. Oh, oh, hier stinkt's gewaltig.«

Gut gelaunt ließ Engels den Autoschlüssel um seinen Finger kreisen und eilte federnden Schrittes mit Diego zum Auto. »Ruf doch schon mal bei der Tochter an.«

»Bin schon dabei«, meinte Diego lächelnd – und wählte Meretes Nummer.

30

Zufrieden registrierte Theo, dass sein Team pünktlich und vollzählig im Theater erschienen war. Die Stimmung der Schauspieler war gelöst, und alle versicherten, dass sie es kaum erwarten könnten, endlich mit den Proben zu beginnen. Nur Ben saß mit nachdenklicher Mine auf seinem Stuhl.

Theo hingegen wirkte locker und gelöst. Dass er noch vor gut einer Stunde nicht in der Lage gewesen war, eigenständig einen Schritt vor den anderen zu setzen, sah man ihm nicht mehr an. Das überarbeitete Skript war endlich perfekt, er besprach mit Enthusiasmus die einzelnen Rollen mit dem Schauspielerteam und setzte die Termine für die Proben fest.

»Wir sehen uns dann morgen zur festgelegten Zeit – und ab jetzt ist jeder Tag open end, verstanden? Wir müssen uns ranhalten, um den Zeitplan einzuhalten. Privatleben wird von jetzt an kleingeschrieben. Wer sich nicht dran hält, fliegt raus.«

Damit war die Besprechung beendet. Die Schauspieler waren durchweg ehrgeizig und würden alles geben, denn jedem war klar: Unter der Regie von Theo Kessler arbeiten zu dürfen war wie ein Sechser im Lotto. Laut plappernd und lachend verließ die Gruppe das Theater. Nur Ben nicht. Er erhob sich nachdenklich von seinem Stuhl und überlegte, ob er Theo nochmal wegen der Kreidekreise ansprechen sollte.

»Hast du Lust, wollen wir zusammen essen gehen?«, fragte er ihn stattdessen.

»Was wollen wir?« Theo, der eben seine SMS checkte, schaute entgeistert hoch.

Ben hakte nach. »Es ist früher Nachmittag, ich habe Hunger und ich dachte, wir könnten gemeinsam essen.«

Theo antwortete nicht, sondern schaute zufrieden auf sein Handy: Marc Adler hatte ihm die private Adresse sowie ein Foto von Johannes Stein zugeschickt.

»Was ist nun? Gehen wir oder gehen wir nicht?« Ben wurde ungeduldig.

»Ja, wir gehen, bist du mit *Antonio* einverstanden?«

»Sicher, das wäre auch mein Vorschlag gewesen.«

Zehn Minuten später saßen sie in der Pizzeria. Das italienische Restaurant wurde in der Spielsaison von allen Mitarbeitern des Theaters gern besucht. Das Essen und der Wein waren gut und preislich nicht überzogen. Antonio war hocherfreut »Signore Teatro«, wie er Theo nannte, wiederzusehen. Abwartend stand er vor den beiden, um die Bestellung aufzunehmen.

»Zur Feier des Tages lade ich dich ein«, ließ Theo Ben wissen. »Ja, schau nicht so überrascht. Alles geht auf meine Rechnung. Bestelle einfach, was du möchtest. Heute bezahle ich.« Und zu Antonio gewandt sagte er: »Den Wein wie immer.«

Ben schwieg. Erst als Theo das Glas erhob, um auf seinen heutigen »Glückstag«, wie er ihn bezeichnete, anzustoßen, fand Ben die Sprache wieder.

»Wieso Glückstag? Hast du die Kreideschmierereien vergessen? Theo, das ist nicht lustig. Dein Bruder lag ermordet in so einem Kreis, das kannst du doch nicht ignorieren. Du solltest die Polizei informieren.«

»Es reicht.« Mit zornig verzerrten Gesichtszügen blaffte er Ben an: »Vergiss es, verdammt nochmal – und zu niemandem ein Wort.«

Schweigend nahmen sie jetzt ihre Mahlzeit ein. Ben schaute verstohlen zu Theo und überlegte, ob er nochmal etwas sagen sollte, doch dessen abweisender Gesichtsausdruck ließ ihn weiterhin verstummen. Theo hingegen war in Gedanken bereits bei Johannes Stein. Er würde nach dem Essen dorthin fahren, das Umfeld sondieren und danach über die weitere Vorgehensweise entscheiden.

31

Sie schlug wild um sich, stöhnte immer wieder qualvoll auf und versuchte offensichtlich, einen imaginären Gegner abzuwehren.

»He, Merete, wach auf!«

Zaghaft berührte Johannes den Arm seiner Schwester. Dann wurde er etwas lauter, und endlich schlug sie die Augen auf, blinzelte ihren Bruder an und schaute sich verwirrt im Raum um. Schweißdurchtränkt klebten ihre Haare am Kopf.

»Oh Gott, Johannes, wie komme ich hierher?«

»Gestern, Merete, erinnerst du dich an gestern? Wir waren bei den Eltern und du hast mich nachhause gefahren.«

Langsam schob sie sich in die Sitzposition, bedeckte ihr Gesicht mit den Händen und dachte an den gestrigen Tag. »Ich erinnere mich, du wolltest nicht alleine bleiben.«

»Ja, und ich bin froh, dass du hier bist, Merete. Übrigens, ich habe uns Tee gemacht, Brötchen geholt und für dich extra eine Kümmelstange mitgebracht, die mochtest du doch früher schon immer.«

»Okay, Johannes, das ist lieb von dir, ich muss erst mal duschen, um einen klaren Kopf zu bekommen.«

»Du hattest einen Albtraum, du hast um dich geschlagen. Ich dachte, sie sind weg, Merete … deine Albträume, meine ich …«

Johannes saß auf ihrer Bettkante, und der hilflos wirkende Blick, mit dem er sie ansah, erinnerte sie an den kleinen Jungen von damals. Nichts hatte sich wirklich verändert, nur dass er inzwischen ebenfalls zügig auf das vierzigste Lebensjahr zuging und immer wieder in die Rolle des kleinen, geschundenen Jungen schlüpfte. Aber das war falsch, dachte sie, er schlüpft nicht in diese Rolle, im Grunde genommen war es ihm nie gelungen, das Erlebte zu verarbeiten.

»Mach dir keine Sorgen, Bruderherz, jeder träumt mal schlecht«, versuchte sie ihn zu beruhigen. Sie verschwieg ihm, dass ihre Albträume heftiger denn je zurückgekehrt waren. Die Ereignisse der letzten Tage sorgten dafür, dass sie keine Nacht mehr durchschlief. Sie spielte mit dem Gedanken, wenigsten für kurze Zeit auf ihre Medikamente von früher zurückzugreifen. Ihr Beruf beanspruchte sie voll und ganz und Schwäche zu zeigen konnte sie sich nicht leisten.

Schwerfällig schraubte sie sich aus dem Bett und verschwand im Bad. Kurze Zeit später saßen sie sich wortkarg gegenüber, tranken Tee, und jeder hing seinen Gedanken nach.

Ein Geräusch an der Wohnungstür ließ beide erschrocken zusammenzucken. Kurz darauf stand Pierre in der Küche, er sah blass und übernächtigt aus. Die Anwesenheit Meretes nahm er zur Kenntnis, fragte aber nicht, weshalb sie hier war.

Johannes wirkte verunsichert, da Pierre ihn kaum eines Blickes würdigte. »Wir trinken Tee, Pierre, möchtest du lieber Kaffee?«

Ohne auf die Frage von Johannes zu antworten, goss sich Pierre nun ebenfalls Tee in eine Tasse und setzte sich schweigend zu den beiden an den Tisch.

Merete durchbrach die bedrückende Stille und fragte ihn wo er gewesen sei. »Wir haben uns Sorgen gemacht, Pierre. Warum hast du dich nicht gemeldet?«

»Ach ja, ihr habt euch Sorgen gemacht«, antwortete er mit rauchiger Stimme und verzog die Mundwinkel zu einem spöttischen Grinsen.

»Das ist ja ganz was Neues. Die Familie, zu der ich offensichtlich bis heute nicht gehöre, webt ihr Lügengespinst und macht sich dann Sorgen um mich? Dass ich nicht lache.«

Johannes war den Tränen nah. »Bitte, Pierre, lass es mich erklären, es tut mir leid, ich möchte mich entschuldigen, bitte, hör mir zu.«

Pierre erhob sich und machte Anstalten, den Raum zu verlassen. Es war Merete, die ihn in scharfem Ton zurückrief: »Pierre, du bleibst. Setz dich bitte hin und wir werden jetzt sofort über alles reden. Es wird höchste Zeit.«

Er verharrte in der Bewegung und schien zu überlegen, ob er der Aufforderung Meretes nachkommen sollte. Er drehte sich langsam um und entschied sich, erst mal zu bleiben. »Okay, dann leg mal los, ich bin ganz Ohr.«

Sein spöttischer Unterton war nicht zu überhören, und seine Körperhaltung signalisierte Ablehnung. Allerdings meinte Merete, in seinem Gesicht auch Besorgnis und Niedergeschlagenheit erkannt zu haben. Johannes saß derweil still und regungslos auf seinem Stuhl, schaute Pierre und seine Schwester an und hoffte, dass sie die richtigen Worte finden würde. Und sie fand die richtigen Worte. Pierre kaute betroffen auf seiner Unterlippe, hörte zu, und obwohl er heimlich das Tagebuch von Johannes gelesen hatte, berührte ihn die Erzählung Meretes derart, dass er mit den Tränen kämpfen musste. Er erfuhr Details, die nicht im Tagebuch standen – und er sah ihr an, wie schwer es ihr fiel, darüber zu sprechen. Sie bat ihn um Verständnis dafür, dass weder Johannes noch sie bisher den Mut gefunden hatten, ihm davon zu erzählen.

»Wir haben noch nie darüber gesprochen, Pierre, auch unsere Eltern wissen nicht, was damals geschah. Momentan spiele ich mit dem Gedanken, meine Medikamente wieder zu nehmen. Die Ereignisse der letzten Tage haben alles wieder aufgewühlt und ich komme ebenso wenig zur Ruhe wie Johannes.«

Er räusperte sich, nickte verstehend und versuchte mit belegter Stimme, etwas zu sagen. »Johannes, es tut mir leid, ich … äh … ich weiß nicht, wie ich es dir erklären soll, aber ich habe dein Tagebuch gelesen. Ich weiß schon eine ganze Weile, weshalb du Kessler aus dem Weg gegangen bist. Ich hatte gehofft, du würdest es mir irgendwann freiwillig erzählen.«

»Wie? Du hast es gewusst? Du hast es die ganze Zeit gewusst und nichts gesagt?«

Johannes und Merete wirkten bei diesem Geständnis gleichermaßen bestürzt.

Dann hatte also Johannes recht, dachte Merete: Er hat geahnt, dass Pierre heimlich das Tagebuch gelesen haben musste und ihm deshalb immer wieder gezielt Fragen stellte. Misstrauisch schaute sie jetzt zu Pierre, und es klang eher beiläufig, als sie sagte: »Übrigens, Dienstagnacht wurde Jakob Slovak ermordet. Du hast das Tagebuch gelesen und du weißt auch, dass er nicht nur ein Kunde in eurer Firma war. Du weißt, dass er damals dabei gewesen ist, richtig?«

»Was?« Pierre wirkte jetzt sehr bestürzt. »Slovak ist auch ermordet worden?«

»Ja, Slovak ist auch tot. Pierre, ich muss dich das fragen: Wo warst du Dienstagnacht?«

Seinem Mienenspiel nach zu urteilen schien er den tieferen Sinn dieser Frage nicht gleich begriffen zu haben. Es dauerte einige Sekunden, bis er kapierte, worauf Merete anspielte. Als es ihm klar wurde, rastete er aus und brüllte sie an: »Das glaube ich jetzt nicht! Du denkst wirklich, ich habe Slovak ermordet? Und du, Johannes, glaubst du das auch?«

»Ich weiß nicht … ich weiß überhaupt nicht mehr, was ich denken soll … Ich möchte nur, dass das alles aufhört«, stammelte Johannes.

Ohne Meretes Frage zu beantworten, erhob sich Pierre und steuerte wütend und mit hochrotem Kopf auf die Ausgangstür zu. »Ich muss an die Luft, ich muss hier raus. Ihr seid doch beide total paranoid.« Er griff sich den Schlüssel, schlug geräuschvoll die Tür hinter sich zu und war weg.

»Und jetzt? Was geschieht jetzt? Musstest du ihn unbedingt fragen, wo er Dienstagnacht war?« Johannes saß wie ein Häufchen Elend auf seinem Stuhl und sah flehend zu seiner Schwester.

»Ja, das musste ich – und überhaupt, warum sagt er nicht, wo er war? Wo liegt das Problem? Durch dieses bescheuerte Verhalten macht er sich erst recht verdächtig. Wegzulaufen ist auch keine Lösung, Johannes. Aber er wird sich wieder beruhigen. Momentan liegen bei uns allen die Nerven blank.«

Im selben Moment surrte ihr Handy. Sie zog es aus der Tasche und schaute fragend auf das Display. »Hm, die Nummer kenne ich nicht.« Sie nahm den Anruf zwar entgegen, aber unfreundlicher, als es sonst ihre Art war, fauchte sie ins Telefon: »Ja, hallo!«

»Hier Kommissar Diego Rochas vom LKA, spreche ich mit Frau Merete Stein?«

»Nein, Merete Roth, geborene Stein.«

»Frau Roth, wir ermitteln in einem bzw. zwei Mordfällen und …«

Grob unterbrach sie ihn. »Und wie kann ich Ihnen da weiterhelfen?«

»Ob Sie uns weiterhelfen können, das weiß ich noch nicht, aber ich hätte ein paar Fragen an Sie. Wenn es passt, würden wir Sie jetzt aufzusuchen.«

»Nein, das geht momentan nicht. Gibt es eine andere Möglichkeit?«

»Ja, sicher, Frau Roth«, erwiderte Diego nachsichtig, »aber dann muss ich Sie bitten, heute bis spätestens 15 Uhr im Dezernat zu erscheinen.«

»Das geht in Ordnung.« Sie notierte sich die Adresse und legte grußlos auf.

»Das war die Kripo, ich muss zur Anhörung. Kann ich dich jetzt alleine lassen?«

Johannes saß bewegungslos auf seinem Stuhl und nickte abwesend.

»He, Bruder, es wird alles gut, versprochen. Geh raus, lauf ein Stück an der Spree entlang, dann bekommst du vielleicht den Kopf frei. Ich melde mich später nochmal bei dir.« Fast fluchtartig verließ sie die Wohnung.

32

Seit einer halben Stunde beobachtete Theo den Hauseingang und überlegte, was er als Nächstes tun sollte. Er verließ sein Auto und bewegte sich auf das Tor zu, fuhr mit dem Finger über das seitlich an der Wand angebrachte Schild, auf dem die Namen der Mieter verzeichnet waren, und wurde fündig: *Mullier. P. J. Mullier.* Er zögerte einen kleinen Moment und klingelte dann bei einem Mieter vom zweiten Stockwerk. Fehlanzeige, niemand öffnete.

Endlich, beim dritten Versuch meldete sich jemand durch die Gegensprechanlage und fragte, genervt wirkend, wer da sei. Theo antwortete und bat ihn, ihm die Tür zu öffnen, er müsse unbedingt ein wichtiges Schreiben in den Briefkasten werfen. Der Summer ertönte und er war drin.

Er wartete ein paar Minuten im Eingangsbereich, begab sich dann zum Aufzug, fuhr bis zum dritten Stockwerk, stieg aus und lief zu Fuß eine Etage höher. Der dicke Teppich im Flur verschluckte seine Schritte.

Vor der kompakten Tür, mit dem Namensschild *Mullier* blieb er stehen und lauschte. Es schien niemand in der Wohnung zu sein. Er begutachtete das Türschloss und war sicher, dass man es nicht ohne weiteres geräuschlos würde knacken können.

Langsam drehte er sich um und begab sich wieder ein Stockwerk tiefer, um mit dem Fahrstuhl nach unten zu fahren. In dem Moment, als sich der Aufzug in Bewegung setzte, hörte er, dass jemand in der oberen Etage eine Tür geräuschvoll zuschlug.

Unten angekommen verließ er eilig das Haus und setzte sich in seinen Wagen, den er gegenüber geparkt hatte. Kurz darauf sah er, wie ein Mann humpelnd das Haus verließ. Er warf nochmal einen Blick auf das Foto, das ihm der Detektiv zugeschickt hatte, und stellte fest, dass es Johannes Stein sein musste. Dieser wirkte unschlüssig, schaute nach rechts und nach links, um dann die Straße zu überqueren.

Theo blieb fast das Herz stehen: Stein kam direkt auf sein Auto zu, lief dann aber am Seitenfenster vorbei, ohne ihn eines Blickes zu würdigen. Theo sah ihm erleichtert hinterher und hatte den Eindruck, dass Johannes kein bestimmtes Ziel zu verfolgen schien. Er blieb immer wieder stehen, schaute auf die Spree, und setzte orientierungslos wirkend seinen Weg fort. Kurze Zeit später verschwand er aus seinem Blickfeld.

Nachdenklich stierte Theo vor sich hin, bis ein boshaftes Lachen plötzlich aus seiner Kehle drang. *Jetzt weiß ich, wie ich dich erwische … es ist so einfach … nicht ich muss zu dir kommen … nein, du wirst zu mir kommen … so wie heute … ich hätte nur zugreifen müssen …* Sardonisch lächelnd startete er den Motor und fuhr davon.

33

Erst eine Stunde, nachdem sie ihren Bruder verlassen hatte, erreichte Merete ihr Haus am Wannsee. Der Stau auf der Avus hatte sie eine halbe Stunde gekostet. Nachdenklich ging sie ins Bad, um sich sorgfältig zu schminken, dachte über den Anruf des Kommissars nach und fragte sich, weshalb sie zur Anhörung einbestellt wurde. Er hatte von zwei Mordfällen gesprochen, und sie wusste, dass es hierbei um Kessler und Jakob ging, konnte sich aber nur vage vorstellen, was sich die Kripo von ihrer Aussage erhoffte.

Offensichtlich wussten die Beamten bereits, dass es früher eine Verbindung zu den Kessler-Brüdern gab. Herauszufinden, dass sie und die Kesslers gemeinsam zur Schule gingen und Nachbarskinder waren, dürfte eine leichte Übung gewesen sein. Es ärgerte sie nur, dass Johannes die Bekanntschaft bei der Kripo abgestritten hatte. Das war ihrer Ansicht nach sehr unklug gewesen. Andererseits war es nun geschehen und nicht mehr zu ändern.

Sie stand vor ihrem großen Spiegel, drehte die langen, dichten, rotbraunen Haare geschickt zu einem Knoten und verließ zufrieden den Raum. Vor ihrem überdimensionalen Kleiderschrank stehend, griff sie zielsicher nach dem dunklen Kostüm und der weißen Bluse und zog sich um. Auch wenn sie nur zur Anhörung erscheinen sollte, war ein gepflegtes Outfit für sie unerlässlich. Dieses Procedere hatte einen psychologischen Aspekt.

Ihrem damaligen Psychotherapeuten und späteren Mann verdankte sie nicht nur diese kleinen, aber nicht unwesentlichen Stützen für den Alltag. Viele seiner Ratschläge klingen heute noch nach: »*Merete, denke immer daran: Die äußere Ordnung ist untrennbar mit der inneren Ordnung verbunden. Nimm eine gerade Haltung ein – Kopf hoch, und schau deinen Gegenüber selbstbewusst ins Gesicht …*«

Unwillkürlich fiel ihr Blick auf das Foto im Regal. Solange er ihr aus diesem Bild entgegenlächelte, konnte ihr niemand etwas anhaben. Jäh drehte sie sich um und verließ das Haus.

34

»Sie ist Jugendrichterin, das ist ja interessant.«

»Wer ist was, von wem sprichst du?«, hakte Engels nach.

»Na, diese Merete Stein, bzw. Roth. Einige Jahre war sie beim Jugendgericht in Nürnberg tätig, und zuletzt – warte, ich habe es gleich – zuletzt in Bernau bei Berlin. Na ja, und wenn ich an das kurze Telefonat mit dieser überspannten Ziege denke, das war alles andere als erfreulich. Kurz, knapp und eisig. Oh Mann, das ist bestimmt so ein Machoweib, mit dicker Brille und verkniffenen Mundwinkeln. Von Pünktlichkeit scheint sie offensichtlich auch nichts zu halten, es ist bereits kurz nach drei …«

Er hatte es kaum ausgesprochen, da wurde energisch an die Tür geklopft. Ohne eine Aufforderung zum Eintreten abzuwarten, betrat Merete den Raum. »Bin ich hier richtig?

Mein Name ist Merete Roth, ich sollte mich bei Kommissar Diego Rochas melden.«

Nicht nur Diego verschlug es die Sprache. Alle starrten auf diese Frau, die an Attraktivität kaum zu überbieten war. Kerzengerade stand sie vor Diego, der sofort nach dem ersten Klopfzeichen zur Tür geeilt war. Ihre mandelförmigen, fast schwarz wirkenden Augen, waren prüfend und abwartend auf ihn gerichtet.

Wow, dachte er – und atmete tief durch. »Ja, äh, ich bin Rochas – Diego Rochas – also, Kommissar Diego Rochas ...«, stammelte er verwirrt. *Oh Mann, bleibe jetzt einfach ganz ruhig, du bist Profi, konzentriere dich nur auf die Fragen, die du ihr stellen wolltest ...*

Das tat er dann auch. Souverän bat er sie, ihm zu folgen und an seinem Schreibtisch Platz zu nehmen. Merete saß ihm hocherhobenen Hauptes gegenüber und schaute ihm abwartend ins Gesicht.

»Frau Roth, Sie wissen sicher, weshalb wir Sie vorgeladen haben?«

»Ja, es geht um Ihre Ermittlung in zwei Mordfällen. Sie werden mich sicher gleich aufklären, wieso Sie denken, dass ich Ihnen da behilflich sein könnte.«

Engels und Gregor saßen im Hintergrund, hörten schmunzelnd dem Dialog zu – und dachten, ihrer Mimik nach zu urteilen, beide das Gleiche: Diese Frau war professionell – und mit der Polizeiarbeit bestens vertraut. Jetzt waren sie gespannt, wie sich ihr Kollege in dieser prekären Situation schlagen würde.

Allerdings dachte Gregor noch etwas anderes. Als Merete den Raum betrat, wurde ihm siedendheiß und seine Magenwände zogen sich schmerzhaft zusammen. Einen kurzen Moment hatte er das Gefühl, Regina, die ihm seit der

Fortbildung in Hannover nicht mehr aus dem Kopf ging, stünde im Raum. Diese Ähnlichkeit war verblüffend.

»Ja, Frau Roth, wir werden sehen, ob Sie uns weiterhelfen können«, meinte Diego im beiläufig klingenden Ton. Er lehnte sich entspannt in seinem Stuhl zurück und lächelte sie an.

»Darf ich Ihnen etwas anbieten? Unsere Auswahl ist zwar nicht besonders groß, aber immerhin. Im Angebot hätten wir Kaffee, allerdings würde ich Ihnen davon abraten, der steht schon einige Stunden, dann Pfefferminz- und Magentee oder Selters mit Kohlensäure aus dem Kühlschrank.«

Obwohl es ihr Mühe bereitete, verzog Merete keine Miene. Schon als Diego sie angelächelt hatte, war es ihr schwergefallen, sein Lächeln nicht zu erwidern. Die angebotenen Getränke lehnte sie dankend ab.

»Ich denke, wir sollten zur Sache kommen, Herr …« – sie zögerte einen Moment, bevor sie seinen Namen etwas schleppend, als wäre sie nicht sicher, ob sie diesen auch richtig verstanden hätte, aussprach – »… Rochas.«

»Ja, richtig, Diego Rochas.« Er griente sie nun schon fast unverschämt an. »Gut, Frau Roth, dann wollen wir mal, ich brauche zunächst noch Ihre Personalien.«

Sie zückte ihren Ausweis und Blondy fertigte davon eine Kopie an.

Diego lehnte sich, um Gelassenheit zu demonstrieren, in seinem Stuhl zurück, starrte auf die Kopie und murmelte leise die Daten vor sich hin: »Merete Roth … geboren am 08.08.1976 … wir haben 2014 … dann sind Sie jetzt … achtunddreißig Jahre alt?«

Obwohl er sehr leise gesprochen hatte, verstand sie jedes Wort und reagierte prompt: »Oh, meinen Respekt Herr Kommissar, Sie können rechnen.«

Seine Mundwinkel verzogen sich leicht nach oben, aber er kommentierte ihre Bemerkung nicht, sondern fuhr fort: »Und Sie wohnen am Wannsee. Sehr schöne Ecke. Mit Blick auf den See?«

»Nicht direkt, leider.«

»Sie sind verheiratet?«

»Das geht Sie zwar nichts an, aber: Nein, ich bin verwitwet.«

Er sah ihr jetzt direkt in die Augen – eine Spur zu lange, wie sie fand –, aber sie hielt seinem Blick stand, als er sie unvermittelt fragte: »Kennen Sie die Kessler-Brüder? Paul und Theo Kessler?«

Während er sie mit einem Blick, der sie nervös werden ließ, anschaute, stellte er diese Frage.

Nicht ungeschickt dieser Kommissar, dachte sie. *Er weiß genau, wie man Zeugen überrumpelt ...* »Ja, ich kannte zwei Brüder mit diesen Namen. Wir waren Nachbarn und besuchten dieselbe Schule. Darf ich wissen, weshalb Sie mich das fragen?«

Er ignorierte die Gegenfrage und hakte nach: »Wie war Ihr Verhältnis zu den beiden?«

»Wie soll es gewesen sein? Wir waren Kinder, gingen gemeinsam zur Schule und verloren uns aus den Augen.«

»Im Oktober 1991 verließen Sie mit Ihrer Familie Berlin ...«

Jetzt unterbrach sie ihn: »Ja, Herr Kommissar, wir lebten einige Zeit in Tansania. Mein Vater war bei einem Schweizer Pharmakonzern beschäftigt und für die Kunden im Ausland zuständig, aber verraten Sie mir endlich, was Sie mit Ihren Fragen bezwecken.«

»Frau Roth«, Diegos Stimme war sanft und freundlich, als er weitersprach, »Sie als Richterin – Jugendrichterin, um genau zu sein – wissen selbst, dass man bei einer Anhörung Fragen stellt und Antworten bekommen möchte.«

Diese Belehrung kam bei ihr nicht besonders gut an. Er bemerkte ein kurzes, wütendes Aufblitzen in ihren Augen und hatte den Eindruck, als wollte sie etwas entgegnen, unterließ es dann aber aus einem unerfindlichen Grund.

»Einige Monate bevor Sie Berlin verlassen haben, hatte Ihr Bruder Johannes einen Unfall, richtig?«

Merete nickte zustimmend, sagte aber nichts.

»Können Sie sich an diesen Unfall erinnern?«

Für einen kleinen Moment drehte sie den Kopf zur Seite, presste kurz die Lippen zusammen und antwortete kaum hörbar: »Ja, das kann ich.«

»Können Sie mir Ihre Erinnerung schildern?«

»Er ist fehlgetreten und stürzte die Stufen der Sechserbrücke hinunter. Passanten riefen die Feuerwehr und er kam ins Krankenhaus.«

»Frau Roth, waren die Kessler-Brüder auch auf der Brücke?«

Merete schaute an ihm vorbei, ihr Gesichtsausdruck verlor an Härte und sie wirkte in diesem Moment sehr verletzbar. Sie atmete tief durch und fragte ihn, ob sie jetzt doch ein Glas Wasser haben dürfte.

»Ja, sicher, Frau Roth.« Er erhob sich und ging langsamen Schrittes zum Kühlschrank.

Heute war es ungewöhnlich still im Büro, nur Blondy erhob sich hin und wieder von ihrem Platz, entweder um kurz im Nebenraum zu verschwinden oder um mit Gregor oder Engels im Flüsterton eine Akte zu besprechen.

Diego füllte ein Glas mit Selters und reichte es Merete. Sie griff zu, berührte dabei ungewollt seine Hand und zuckte zurück, während sich für den Bruchteil einer Sekunde ihre Blicke trafen. Er hielt die Luft an und stellte das Glas vor ihr ab.

»Danke. Ja, sie waren auch da.«

Diego konnte nicht anders, er musste sie unentwegt ansehen. Die kurze Berührung ihrer Hand, die ihn wie ein Blitz durchfuhr, der flüchtige Blickkontakt – er räusperte sich verhalten und überlegte: *Was hatte sie eben gesagt? Wer war auch da? Ach ja, er hatte sie nach den Kessler-Brüdern gefragt ...*

Er wagte einen neuen Vorstoß: »Nur die Kesslers oder war auch Jakob Slovak auf der Brücke?«

Sie nippte an der Selters, umklammerte das Glas und nickte bejahend.

»Woher kannten Sie Jakob Slovak?«

»Er war mit Paul und Theo Kessler befreundet und wir gingen alle auf dieselbe Schule.«

»Würden Sie die drei auch als Ihre Freunde bezeichnen?«

Schlagartig veränderte sich Meretes Gesichtsausdruck. Ihr Blick wurde abweisend und eisig. Diego bemerkte, dass sie für einen kurzen Moment die Kiefer aufeinanderpresste und ein knirschendes Geräusch verursachte. Er fand, dass sie in diesem Augenblick ihrem Vater, Erich Stein, sehr ähnelte.

»Nein, ich würde sie nicht als meine Freunde bezeichnen.«

Diego schlug die Beine übereinander, schaute ihr direkt ins Gesicht und schwieg. Sein Hirn arbeitete auf Hochtouren. *Du bist so nah dran ... vermassle es jetzt nicht ... stell die richtigen Fragen ...*

»Der Unfall, der Unfall auf der Brücke – könnte es sein, dass Ihr Bruder nicht fehlgetreten ist, Frau Roth, sondern gestoßen wurde?«

»Worauf wollen Sie hinaus, Herr Kommissar? Ich kann Ihnen beim besten Willen nicht folgen.«

Jetzt beugte er sich nach vorne, legte seine Arme auf den Schreibtisch und berührte dabei fast ihre Hände.

Sie hielt weiterhin seinem Blick stand als er sagte: »Oh doch, Frau Roth, Sie können mir folgen. Ich vermute sogar, dass noch mehr dahintersteckt als der Sturz Ihres Bruders. Ihr Bruder kam ins Krankenhaus und Sie waren von da an in psychotherapeutischer Behandlung. Weswegen? Weil Sie den Unfall mitansehen mussten – und traumatisiert waren? Aber genau das nehme ich Ihnen nicht ab. Der Unfall – wobei ich bezweifle, dass es ein Unfall war – wird Sie kaum derart aus der Bahn geworfen haben, dass Sie monatelang nicht zur Schule gehen konnten. Sie waren auf dem Gymnasium eine der Besten. Sie wurden als außergewöhnlich ehrgeizig eingestuft. Nein, Frau Roth, der Unfall Ihres Bruders ist nur die halbe Wahrheit.«

Merete saß bewegungslos vor ihm. Er erkannte keinerlei Gefühlsregung in ihrem Gesicht. Allerdings ahnte Diego nicht in entferntesten, welchen Kampf sie innerlich ausfocht.

»Kompliment Herr Kommissar, Sie haben gut recherchiert. Sind Sie fertig?«

»Nein, nein, wir sind nicht fertig.«

Diegos Stimme war leise, und Merete meinte, Resignation herausgehört zu haben. Er tat ihr leid. Er erledigte nur seinen Job und kam kein Stück weiter. Sie kannte solche Situationen zur Genüge: blockende Jugendliche, die ihr die Arbeit erschwerten, den Prozess in die Länge zogen, und sich dann irgendwann in ihrem eigenen Lügengespinst verfingen. Sie war nahe dran, ihm alles zu erzählen.

»Sie wissen, dass Paul Kessler ermordet wurde«, fuhr Diego fort.

»Ja, ich habe es in der Zeitung gelesen.«

»Was Sie aber nicht gelesen haben können, Frau Roth, ist, dass man ihn regelrecht hingerichtet hat. Und was Sie auch nicht wissen können, es sei denn, Sie kennen den Täter: Um seine Leiche wurde ein Kreidekreis gezogen.«

»Ein Kreidekreis?« Meretes Stimme wirkte belegt und sie presste unwillkürlich die Lippen aufeinander.

Im Hintergrund war es momentan mucksmäuschenstill, man hätte eine Stecknadel fallen hören können. Auf Anweisung Engels wurde das Telefon auf »Umleitung« gestellt. Eingehende Anrufe würden jetzt im Nebenbüro entgegengenommen werden. Niemand im Zimmer wollte nur ein Wort dieser Anhörung verpassen.

»Ja, einen Kreidekreis, Frau Roth. Auch um Jakob Slovaks Leiche wurde ein Kreidekreis gezogen. Und das Fatale ist: Wir wissen nicht, was das zu bedeuten hat. Zwei Ihrer ehemaligen Mitschüler sind tot. Die Wahrscheinlichkeit, dass Theo Kessler der Nächste auf der Liste des Mörders sein wird, ist groß. Aber warum? Weshalb werden sie derart bestialisch hingerichtet? Wo ist das Motiv? Ihr Bruder Johannes leugnet sogar, die Kesslers zu kennen. Warum? Und ausgerechnet Lukas, Ihr jüngerer Bruder, findet die Leiche von Jakob Slovak …«

Merete saß vor ihm, hielt seinem Blick stand – und stellte ihm eine Gegenfrage: »Kommissar Rochas, könnte es sein, dass Sie sich in etwas verrannt haben? Sie haben nichts in der Hand, womit Sie den Staatsanwalt überzeugen könnten. Sie konstruieren eine Theorie, die haltlos ist. Mein Bruder und ich waren mit den Kessler-Brüdern und Slovak auf ein und derselben Schule, na und? Oh nein, das ist sehr mager, Kommissar Rochas – und das wissen Sie auch.«

Diego nickte, sein Gesichtsausdruck verriet Resignation als er meinte: »Ja, Frau Roth, das ist mein Problem. Ich kann nichts beweisen, zumindest noch nicht. Sie waren mit den dreien auf derselben Schule. Und an dem Tag, als Ihr Bruder den Unfall hatte, waren Slovak und die Kesslers ebenfalls auf der Brücke. Slovak und Paul Kessler sind tot. Theo Kessler engagierte daraufhin einen Wachschutz, der Tag und Nacht sein Grundstück sichert. Was denken Sie, weshalb er das tut? Meine Vermutung wäre: Er hat Angst, Angst der Nächste auf der Liste des Mörders zu sein. Und ich werde das Gefühl nicht los, dass Sie uns weiterhelfen könnten, es aber aus unerfindlichen Gründen nicht wollen. Habe ich recht?«

Merete schwieg, und Diego wurde klar, dass er jetzt keine Antworten mehr von ihr bekommen würde.

»Gut, Frau Roth, das war's. Ich weiß nicht, warum ich mir von Ihrer Aussage mehr erhofft habe. Aber gut, sollte Ihnen doch noch etwas einfallen, möchte ich Sie bitten, uns sofort zu kontaktieren. Die Telefonnummer vom Dezernat haben Sie bereits, hier ist noch meine private Visitenkarte. Sie können mich zu jeder Tages- und Nachtzeit anrufen.«

Hoffnungsvoll versuchte er nochmals Blickkontakt zu ihr aufzunehmen, aber sie vermied es gekonnt – und schaute renitent wirkend an ihm vorbei.

Merete erhob sich, nahm die Karte entgegen und erwiderte kühl: »Ja, sollte mir noch etwas einfallen, rufe ich Sie an.«

Eine knappe Stunde später saß sie auf ihrer Couch und konnte sich kaum noch daran erinnern, wie sie nachhause gekommen war.

Ob sie wollte oder nicht, immer wieder sah sie Diegos Gesicht vor sich, sah seine braunen, mit Lachfältchen umrandeten Augen, die unentwegt auf sie gerichtet waren –

und dann dieses unwiderstehliche Lächeln in seinem Gesicht.

Gegen ihre Gewohnheit steckte sie sich eine Zigarette an und fragte sich, weshalb sie ihm den wahren Sachverhalt vorenthalten hatte. Vielleicht würde es helfen, den Täter zu fassen, dachte sie. Aber wer war der Täter? Wer konnte ein Interesse daran haben, nach so langer Zeit einen Rachefeldzug zu starten? Nur sie, Johannes und jetzt auch Pierre kannten die Bedeutung des Kreidekreises. Und natürlich Simon. Aber er war seit zwei Jahren tot.

Simon, ihr verstorbener Mann, kannte alle Details. Er war ein angesehener Psychotherapeut und der beste Freund ihres Vaters gewesen. Am Anfang war er einer von vielen Therapeuten, die vergeblich versucht hatten, ihr Vertrauen zu gewinnen. Aber er war anders als seine Vorgänger. Es dauerte einige Zeit, bis sie stockend über alles sprechen konnte. Simon blieb ruhig, drängte sie nie, nahm sie in die Arme, wenn sie weinte, und war Tag und Nacht erreichbar. Sie war damals achtzehn und er sechsundvierzig Jahre alt, als sie beschlossen zu heiraten. Vor zwei Jahren lag er morgens tot neben ihr im Bett. Plötzlicher Herztod war die Diagnose. Ihr Blick fiel auf das Bild im Regal. *Was soll ich nur tun Simon? ... Was soll ich nur tun? ...*

35

Nachdem Merete das Dezernat verlassen hatte, blieb Diego noch einen Moment schweigend an seinem Schreibtisch sitzen.

»Oh, oh, nur gut, dass wir einen Feuerlöscher im Büro haben«, rief Blondy lachend zu Diego.

»Ach ja, darf ich wissen, wie du das gemeint hast?«

Seine Frage wirkte ziemlich schroff, es war ihm unangenehm, dass die Kollegen seine kurzzeitige Unsicherheit mitbekommen hatten. Wobei Unsicherheit eigentlich das falsche Wort war – er war beim Anblick dieser Frau vorübergehend ins Schleudern gekommen, na und?

»Na ja«, frotzelte Blondy weiter, »der ›Funkenflug‹ war nicht zu übersehen. Ich wollte damit sagen, dass es nicht nur dich voll erwischt zu haben scheint.«

»Wie jetzt«, entgegnete Diego, »das ist kompletter Blödsinn. Frau Roth wirkte phasenweise – ja, wie soll ich sagen – nachdenklich, ja, nachdenklich. Vermutlich kam meine Unterstellung, der Sturz ihres Bruders sei nur die halbe Wahrheit, der Wahrheit sehr nah, aber was nützt mir das? Nichts, solange sie es nicht zugibt. Wenn es dabei einen ›Funkenflug‹ gab, so wie du es nennst, liebe Kollegin, dann lag es an meiner Provokation.«

Diegos Versuch, eine neutral wirkende Erklärung abzugeben, ging nach hinten los. Engels, Gregor und Blondy grienten nur unverschämt in seine Richtung.

»Okay«, sagte Engels, »dann werden wir uns auf die Aussage von Frau Roth konzentrieren. Immerhin gab sie zu, dass sie, ebenso wie ihr Bruder Johannes, früher Kontakt zu den Kesslers und Slovak hatte. So weit, so gut. Als der Unfall geschah, waren die drei ebenfalls auf der Brücke. Diese Information ist für uns neu. Dieser Johannes leugnet vehement, dass er die Brüder überhaupt kennt. Er lügt uns an – und seine Schwester beantwortet unsere Fragen bis zu einem gewissen Punkt und steigt dann aus. Was soll das? Diego ist der Auffassung, sie wirkte nachdenklich. Man könnte es aber auch anders sehen. Sie ist einfach nur clever – und man darf nicht vergessen, dass sie, ebenso wie wir, mit dem Rechtswesen bestens vertraut ist. Sie streitet gar nicht ab, die Kessler-Brüder und Slovak zu kennen. Warum auch? Sie weiß, dass wir das ohne weiteres ermitteln können – und das haben wir ja auch. Sie gab all das zu, was wir schon wussten – und als Bonbon obendrauf erzählt sie uns, dass die Kesslers und Slovak ebenfalls auf der Brücke waren. Nicht mehr und nicht weniger. Und nun? Was machen wir mit dieser Information? Nichts, wir können nichts damit anfangen, es gibt weit und breit kein Motiv für dieses Gemetzel.«

Diego hörte zu, starrte Löcher in die Luft und sagte plötzlich: »Doch, wir sind weitergekommen. Merete Roth wird anrufen. Sie wird nachdenken und uns anrufen.«

»Aha, und was macht dich da so sicher?«, fragte Engels.

Diego zuckte mit den Schultern. »Ein Gefühl, ich kann es nicht erklären. Sie war nicht wirklich abweisend. Sie weiß, worum es geht – und ihr ist auch klar, dass ihre Aussage vielleicht Kesslers Leben retten könnte.«

»Aber vielleicht möchte sie sein Leben gar nicht retten, hast du schon einmal darüber nachgedacht? Vielleicht ist sie hocherfreut, dass die Dinge so laufen, wie sie laufen«, gab Gregor zu bedenken. »Oder aber«, sinnierte er weiter, »sie befürchtet, sich selbst zu belasten, wenn sie uns mehr erzählen würde.«

»Nein, das denke ich nicht«, versuchte Diego unbewusst Merete in Schutz zu nehmen. »Sie ist Richterin, sie vertritt ebenso wie wir das Gesetz. Ich vermute, sie befindet sich in einer Zwickmühle. Warum auch immer – aber sie wird anrufen. Und wenn nicht, werde ich sie morgen kontaktieren.«

Gregor wollte darauf etwas erwidern, als neben ihm das Telefon klingelte. Er nahm den Anruf entgegen. »Ja, Sie sind beim Landeskriminalamt gelandet. Wie kann ich Ihnen weiterhelfen?«

Gregor zog leicht verwundert die Stirn in Falten. Der Anrufer wirkte sehr aufgeregt, und es fiel ihm offensichtlich schwer, einen geschlossenen Satz zu bilden.

»Mein Name ist Seller, Ben Seller. Sind Sie der Kommissar, der im Sporttempel ermittelt hat?«

»Ja, Herr Seller, der bin ich.«

»Da ging es um Paul, also Paul Kessler, der ermordet wurde. Ich hab ihn im Keller entdeckt – Sie erinnern sich? Und da war doch ein Kreidekreis …«

»Ja, Herr Seller, ich erinnere mich. Bleiben Sie ganz ruhig und sagen Sie mir einfach, weshalb Sie anrufen.«

»Ja – also – im Theater – waren drei Kreise auf der Bühne. Jemand hat drei Kreidekreise auf die Bühne gemalt, und Theo, also Theo Kessler, wollte nicht, dass ich Sie darüber informiere. Aber ich musste an Paul denken, das ist doch alles nicht normal – oder?«

»Nein, das ist nicht normal, Herr Seller. Wann war das?«

»Heute früh. Wir haben sie weggewischt, bevor die Akteure kamen. Theo bestand darauf, dass wir sie vorher entfernen. Er wollte auf keinen Fall, dass die anderen das sehen. Das neue Theaterstück musste besprochen werden und morgen beginnen die ersten Proben.«

Gregor dachte einen kurzen Moment nach und fragte Ben, ob er und Kessler die Kreise gleichzeitig entdeckt hätten.

»Nein«, meinte Ben, »Theo war vor mir da, und als ich dazukam, stand er offensichtlich unter Schock und starrte unentwegt auf die Kreise. Darum verstehe ich auch nicht, weshalb er Sie nicht anrufen wollte. Ich musste ihn nach draußen bringen, damit er wieder atmen konnte. Ich sollte ihm versprechen, mit niemand darüber zu reden. Aber das geht nicht. Ich sehe immer wieder Paul in diesem Kreis liegen.«

»Herr Seller, es ist vollkommen richtig, dass Sie uns angerufen haben. Ab wann werden Sie morgen im Theater sein?«

»Ab neun, wir treffen uns alle um neun.«

»Wissen Sie auch, wer einen Schlüssel für das Theater besitzt, Herr Seller?«

»Ehrlich gesagt, da bin ich mir nicht sicher, darüber habe ich auch noch nie nachgedacht, wozu auch? Aber ich denke, Theo hat einen Schlüssel und ›Domestik‹, der Hausmeister. Eigentlich heißt er Dominique. Aber alle nennen ihn ›Domestik‹, weil er sich um alle anfallenden Arbeiten kümmert. Er sorgt dafür, dass der Laden läuft. Er befindet sich in der Saison fast rund um die Uhr im Gebäude. Ich glaube, er schläft auch dort.«

»Okay, Herr Seller, dann möchte ich von Ihnen die genaue Adresse des Theaters und Ihre Handynummer. Und noch was: Rufen Sie uns sofort an, wenn Ihnen etwas verdächtig erscheinen sollte, auch gegen den Willen von Herrn Kessler.«

Nachdenklich beendete Gregor das Telefonat. »Der Kreidekreis-Mörder wird vermutlich bald wieder zuschlagen.«

»Und wo?« Es war Diego, der die Frage stellte.

»Im Theater«, klärte ihn Gregor auf, »er war bereits vor Ort und schmierte drei Kreidekreise auf die Bühne. Ben Seller war eben am Telefon, das ist der Typ, der die Leiche von Paul Kessler im Keller des Sporttempels fand. Heute Morgen wischte er, auf Befehl Kesslers, mit ihm die Schmierereien weg. Das muss man sich mal vorstellen. Kessler, der Idiot, hat ihm untersagt, mit jemand darüber zu sprechen. Der Typ ist lebensmüde, der hat den Schuss nicht gehört. Der

Täter lässt ihn wissen, dass er ihn bereits auf dem Schirm hat, und dieser Held ignoriert das. Drei Kreise auf der Bühne, und wir wissen, dass zwei schon Geschichte sind. Der dritte gilt Theo Kessler – und dieser Größenwahnsinnige will das alleine regeln.«

Während seiner emotionalen Ausführungen griff sich Gregor mit schmerzverzerrtem Gesichtsausdruck an den Brustkorb. Momentan war er sich nicht mehr sicher, ob es der Magen war, der sich unangenehm bemerkbar machte, oder ob sein Herz ebenfalls im Begriff war, Probleme zu verursachen. Ein paar Sekunden später war der stechende Schmerz verschwunden und er konnte sich wieder seiner Arbeit zuwenden.

Es war Engels, der jetzt dazwischen dröhnte: »Verdammt, uns läuft die Zeit davon. Der Staatsanwalt rief schon zweimal an und will endlich Ergebnisse. Bis jetzt konnte ich ihm nichts Zufriedenstellendes bieten. Ich denke, wir werden heute Nacht zwei Kollegen am Theater postieren.«

»Ich glaube kaum, dass das geht, es ist Urlaubszeit, wir haben niemand, den wir hinschicken könnten«, warf Blondy ein.

»Joe und Mike können das übernehmen«, blaffte Engels zurück.

»Nein, das können sie nicht. Sie sind bereits zwölf Stunden im Dienst und …«

Engels zog jetzt lautstark die Luft durch die Nase und polterte weiter: »Dann werden sie eben nochmal zwölf Stunden ranhängen. Wir sind hier nicht bei der Heilsarmee.«

Noch bevor er den Satz beendet hatte, stürmte er ins Nebenbüro und gab den beiden die Order, sich auf den Weg zum Theater zu machen. »Jeder, der das Theater betreten möchte, muss sich ausweisen. Ich muss euch nicht erzählen, worum es geht, ihr seid mit dem Fall vertraut, also haltet Augen und Ohren offen. Und du, Joe, nimmst dir den Hausmeister vor: Frage ihn, ob er in der letzten Zeit etwas Ungewöhnliches beobachtet hat, ich will auch wissen ob Handwerker oder andere Figuren im Gebäude beschäftigt waren. Ungefähr gegen neun Uhr morgen früh erscheint Theo Kessler im Theater. Schaut euch sein Foto an, es liegt in der Akte. Wenn er wissen möchte, weshalb seine Leute kontrolliert werden, sagt ihm einfach die Wahrheit. Sagt ihm, dass ein anonymer Anrufer die Ermordung von ihm angekündigt hätte. Noch Fragen?«

Ohne die Antwort abzuwarten drehte sich Engels um und ließ zwei stocksaure Kollegen zurück. Er war in Hochform und gab gleich weitere Anweisungen.

»Du«, damit meinte er Blondy, »kontaktierst Pierre und Johannes Mullier. Bestelle sie für morgen früh hierher. Und mach ihnen klar, dass dies keine Bitte ist, sondern eine Anordnung. Diesen Johannes werde ich in die Mangel nehmen. Von wegen, er kennt weder die Kesslers noch Slovak. Der soll sich morgen warm anziehen. Parallel dazu nimmst du dir diesen Pierre vor.« Dabei schaute er zu Gregor, der zustimmend nickte.

Die Atmosphäre im Dezernat war hochexplosiv, niemand würde jetzt noch Engels widersprechen, der momentan wieder zur Höchstform auflief. Der Täter hatte ein Zeichen gesetzt, und sie mussten alles geben, um den nächsten Mord zu verhindern.

»Und ich werde jetzt Frau Roth aufsuchen«, warf Diego in die Runde. Auch sein Tonfall war unmissverständlich. Er würde jetzt keinen Einwand gelten lassen, auch nicht von seinem Vorgesetzten Engels. Aber dieser hatte gar nicht die Absicht, Diego zurückzuhalten. Endlich kam Bewegung in den Laden. Er warf ihm die Autoschlüssel zu und fragte ihn, ob Gregor mitfahren soll.

»Nein, ich denke, dass bekomme ich alleine hin.«

Daran zweifelten weder Engels noch Gregor.

36

Ich muss zugeben, dass ich gerne dabei gewesen wäre, als Kessler die Kreise auf seiner Bühne entdeckte. Es tut gut zu wissen, dass er Angst hat.

Einen Wachschutz für sein privates Domizil hat er organisiert. Lächerlich. Inzwischen kenne ich sein Theater wie meine Westentasche. Jeden Raum, jeden Winkel, jeden Lichtschalter, jede Tür, die nach draußen führt, und auch Dominique. Dominique, den Hausmeister, der das Theater für seine ganz privaten, abartigen, kleinen Sexspielchen nutzt und manchmal bis zu drei minderjährige Liebhaber in sein Kabuff schleppt.

Die Fotos, die ich heimlich von ihm und seinen Knaben gemacht habe, waren ein durchschlagendes Argument. Dominique wird schweigen. Und wenn nicht, ist es auch egal. Sobald ich getan habe, was getan werden muss, wird alles andere bedeutungslos.

Für Donnerstag früh hat Kessler die Probe angesetzt. Ich werde da sein – und den passenden Moment erkennen. Und wenn nicht am Donnerstag, dann eben am nächsten Tag oder am übernächsten. Kessler, das Schwein, entkommt mir nicht.

37

Diego hatte es eilig. Die Stadtautobahn ließ sich zügig befahren. Auf der Avus ignorierte er das Tempolimit und bretterte mit hundertdreißig, hundertvierzig Stundenkilometer in Richtung Wannsee. An der »Spinnerbrücke« – eigentlich hieß die Ausfahrt Spanische Allee – verließ er die Autobahn. Diesmal hatte er, der Motorradfan, keinen Blick für die Maschinen, die am Straßenrand parkten.

In Gedanken war er bereits bei Merete Roth. Langsam fuhr er an ihrer äußerst beeindruckenden Villa in der Lindenstraße vorbei. Nichts verriet ihm, dass sie zuhause war. Er parkte in einer kleinen Nebenstraße und schlenderte langsam auf ihr Haus zu. Kurz darauf drückte er den Klingelknopf und wartete. Nichts tat sich, und er hatte schon die Befürchtung, dass sie gar nicht zuhause wäre. Nochmals betätigte er den Knopf und ließ ihn erst nach ein paar Sekunden wieder los. Er hörte leise Schritte, die sich näherten. Kurz darauf öffnete sie einen Spaltbreit die Tür und schaute ihn überrascht an.

»Was wollen Sie?«

Diego räusperte sich und antwortete ebenso knapp: »Mit Ihnen sprechen.«

»Das haben wir bereits, oder ist Ihnen das entfallen?«

»Bitte, Frau Roth, die Dinge haben sich, nachdem Sie weg waren, verändert. Lassen Sie mich kurz rein, damit ich Ihnen den neuen Sachverhalt erklären kann.«

Merete zögerte einen kurzen Moment und öffnete dann die Tür gerade mal so weit, dass er hindurchschlüpfen konnte. Wortlos schritt sie barfuß mit geschmeidigen Bewegungen vor ihm her. Fasziniert beobachtete er ihre Gangart, die ihn an eine schleichende Katze erinnerte. Im Gegenlicht zeichnete sich unter ihrem leichten Sommerkleid die Kontur ihres perfekten Körpers ab.

Als hätte sie seine Gedanken erahnt, drehte sie sich zu ihm um und fragte beiläufig: »Sagten Sie etwas, Herr Kommissar?«

Diego fühlte sich ertappt, schnappte nach Luft und antwortete so gelassen wie möglich: »Nein, nein – ich habe nichts gesagt.«

Im Wohnzimmer setzte sie sich in die äußerste Ecke ihrer Couch, griff nach ihrem Weinglas und schaute ihm abwartend ins Gesicht.

Diego hüstelte kurz und kam ohne Umschweife zur Sache: »Der Mörder hat im Theater von Theo Kessler eine Botschaft hinterlassen.«

Merete runzelte fragend die Stirn: »Was für eine Botschaft?«

»Drei weiße Kreidekreise. Mitten auf der Bühne befanden sich drei Kreise. Das war eine deutliche Botschaft. Theo Kessler wird der Nächste sein, Frau Roth, und deshalb bin ich hier. Ich weiß nicht, weshalb ich das Gefühl nicht loswerde, dass Sie uns helfen könnten. Bitte, wenn Sie irgendetwas wissen, das uns ein Stück weiterbringen kann, sagen Sie es. Was ist damals geschehen? Weshalb mussten bereits zwei Männer sterben?«

Diego saß ihr gegenüber auf dem Sessel, neigte sich nach vorne und schaute ihr direkt in die Augen.

Merete wich seinem Blick aus und fragte stattdessen: »Möchten Sie etwas trinken?«

»Ja, gerne, hätten Sie ein Bier?«

»Ein Bier? Sind Sie sicher?«

»Ja, was ist daran so ungewöhnlich?«

»Entschuldigen Sie, nichts ist daran ungewöhnlich.«

Als sie das Bier aus dem Kühlschrank nahm, dachte sie an Simon. Auch er trank am liebsten kaltes Bier – und möglichst direkt aus der Flasche.

»Möchten Sie ein Glas?«

Diego schüttelte verneinend den Kopf. »Ich trinke gerne aus der Flasche.«

Sie griff nach ihrem Weinglas, nippte daran und fuhr sich nachdenklich mit der Zunge über die Lippen. Er bemerkte, dass ihr Blick zum Regal wanderte und sekundenlang an einer Fotografie hängen blieb.

»Darf ich fragen, wer der Mann auf dem Foto ist?«

»Simon, das ist Simon, mein verstorbener Mann.«

Sie saßen sich gegenüber und schwiegen. Diego wartete, trank einen Schluck aus der Flasche und ließ Merete nicht aus den Augen. Er bemerkte ein leichtes Zucken ihrer Mundwinkel, und es war unübersehbar, dass sie einen inneren Kampf ausfocht. Er wollte sie jetzt um Himmels willen nicht drängen. Zusammengekauert, die Arme um ihre Beine geschlungen, hockte sie in der äußersten Ecke ihres Sofas und wirkte auf Diego derart verletzbar, dass er dem Drang, sie tröstend in die Arme zu nehmen, nur mit äußerster Willenskraft widerstehen konnte.

»Frau Roth«, zaghaft brachte er sich wieder in Erinnerung, »bitte reden Sie mit mir.«

Leise und zögernd, so als würde sie noch immer überlegen, ob sie darüber sprechen sollte, quälte sich der erste Satz über ihre Lippen. »Es … es war der letzte Schultag, 1991. Um genau zu sein, der dritte Juli.«

Jetzt schwieg sie wieder. Sie erhob sich, fischte eine Zigarette aus der Packung, zündete sie an, zog hastig den Rauch in ihre Lungen und drückte sie im Aschenbecher wieder aus.

»Was geschah an diesem letzten Schultag?«

»Sie wollten eine Bootstour mit uns machen, und ich freute mich darauf.«

»Wer wollte das?«

»Paul, Theo und Jakob. Die Oma von Paul und Theo besaß ein Haus in der Nähe der Tegeler Sechserbrücke mit direktem Wasserzugang. Ich hätte damals auf meinen Bruder hören sollen: Johannes wollte von Anfang an nicht mitkommen. Da er mich aber nicht alleine gehen lassen wollte, trottete er missmutig neben mir her. Mein Gott, wenn ich nur die Zeit zurückdrehen könnte, ich war vierzehn Jahre alt und so naiv. Durch meine Sorglosigkeit wurde Johannes zum Krüppel. ›Wir trinken jetzt erst mal Champagner‹, tönte Paul großspurig, fischte eine Flasche aus dem Kühlschrank seiner Oma und forderte uns reihum auf, einen Schluck zu nehmen. Johannes und ich weigerten uns, Alkohol zu trinken. Die erste Flasche hatten die drei schnell geleert und Paul öffnete eine zweite. Er nahm ein Wasserglas, füllte es bis zum Rand mit Champagner. Es kann auch Sekt gewesen sein, ich kannte mich damit nicht aus. Jedenfalls hielt er mir das volle Glas vors Gesicht. Er zischte mich an: ›Trink, hörst du, du sollst es austrinken – sofort!‹ Er wurde immer lauter und drohte, es gewaltsam in mich reinzuschütten. Johannes und ich sprangen auf, wollten das Haus verlassen, aber Paul versperrte uns den Weg.«

Diego saß ihr gegenüber, hörte zu und vermied es, sie zu unterbrechen. Nach dem letzten Satz wanderte ihr Blick wieder zu dem Regal, auf dem das Bild von Simon stand. Er hatte das Gefühl, sie würde Zwiesprache mit ihrem verstorbenen Mann halten.

Nach ein paar Minuten des Schweigens wagte er einen Vorstoß. »Was geschah dann, Merete?« Er nannte sie wie selbstverständlich beim Vornamen, bemerkte ihren fragenden Blick und entschuldigte sich augenblicklich dafür. Im selben Moment wurde ihm siedend heiß und er dachte: *Was mache ich hier gerade? Eine Zeugin zu duzen – das geht gar nicht – und das auch noch während der Ermittlung zweier Kapitalverbrechen – ich muss verrückt sein – ich bin verrückt – ich riskiere meinen Job …*

Er griff den Faden wieder auf und fragte sie nochmals: »Was geschah, nachdem Paul euch den Weg versperrte?«

Sie atmete tief durch, schaute ihm direkt in die Augen und erwiderte: »Ich gehe davon aus, dass Sie zumindest den Teil, bei dem es um mich geht, für sich behalten werden. Ich liefere Ihnen ein mutmaßliches Motiv und hoffe, dass der Täter gefunden wird, bevor er noch einen Mord begehen kann. Kann ich mich darauf verlassen?«

Diego zögerte einen Moment, antwortete nicht und fragte sie stattdessen, wer Ihre Geschichte noch kennen würde.

»Nur Johannes, Pierre Mullier und Simon, mein Mann. Aber Simon ist bereits seit zwei Jahren tot.«

»Ihre Eltern wissen nicht, was damals geschah?«

»Nein, anfangs nicht – und später, als wir im Ausland lebten, nur die halbe Wahrheit.«

»Warum das?«

»Die Kessler-Brüder versicherten uns damals glaubhaft, dass sie unseren Eltern etwas antun würden, wenn wir ihnen von dem ›Vorfall‹, wie sie es nannten, erzählen würden. Und wir glaubten ihnen aufs Wort. Später dann, als wir im Ausland lebten, sahen wir keine Veranlassung mehr, unseren Eltern die Wahrheit mitzuteilen. Es hätte nichts mehr geändert, und mein Bruder und ich konnten nicht einschätzen, wie sie im Nachhinein reagieren würden. Wobei Vater den Unfall auf der Brücke immer anzweifelte. Einmal kam ich dazu, als er Johannes bei seinen physiotherapeutischen, oft sehr schmerzhaften Übungen half. Ich hörte, wie er ihn zum wiederholten Mal fragte: ›Wer hat dir das angetan, Johannes? Wer hat dich hinuntergestoßen? Erzähle mir nicht wieder, dass es ein Unfall war.‹ Vater ließ einfach nicht locker. Ich weiß nicht, weswegen Johannes weinte, ob wegen der schmerzhaften Übungen oder weil Vater nicht aufhörte, quälende Fragen zu stellen. Johannes Stimme überschlug sich fast, als er ihm entgegenschrie: ›Hör endlich auf, ich kann nicht mehr! Ja, ja, ich denke, es war Paul Kessler.‹

›Du bist dir nicht sicher, ob es Paul Kessler war?‹ Mein Vater bohrte unnachgiebig weiter.

›Doch, ich bin sicher. Er war es. Bist du nun zufrieden?‹

Ich stand damals im Türrahmen und starrte aufgewühlt zu meinem Bruder, als ich Vaters Blick, der auf mich gerichtet war, fast körperlich spürte. Er fragte nun mich, ob ich gesehen hätte, wer es war. Sein Röntgenblick schien mich zu durchbohren. ›Ja‹, sagte ich, ›es war Paul.‹

›Und weshalb habe ich das damals nicht erfahren? Weshalb wurde ich belogen?‹, fragte mein Vater.

Ich zauberte eine ziemlich schwache Erklärung aus dem Hut und meinte, dass ich damals dachte, dass es bestimmt nicht mit der Absicht passiert sei, Johannes derart zu verletzen. Paul hätte wohl nicht nachgedacht – und sei übers Ziel hinausgeschossen.

›Aha, du denkst also, es geschah nicht absichtlich.‹

Vaters Ton verunsicherte mich derart, dass mir fast die Stimme versagte, als ich ihm versicherte, dass ich das gedacht hätte.«

»Glaubten Sie wirklich, dass Paul über die eventuellen Folgen nicht nachgedacht hatte?«, fragte Diego.

»Nein. Er wusste genau, was tat.«

»Wie lange liegt dieses Gespräch mit Ihrem Vater zurück?«, wollte Diego wissen.

»Sehr lange. Ich war damals ungefähr sechzehn Jahre alt.«

»Und wie reagierte er, als er erfuhr, was wirklich auf der Brücke geschah?«

»Er war enttäuscht, weil wir ihn belogen hatten. Wir konnten ihm doch nicht sagen, dass Paul gedroht hatte, ihm und unserer Mutter etwas anzutun, wenn wir darüber reden würden. In diesem Moment war ich sehr erleichtert, dass wir nicht mehr in Berlin lebten, denn ich denke, mein Vater hätte prompt reagiert.«

»Darf ich fragen wie Sie Ihr Verhältnis zu Ihren Eltern beschreiben würden?«

Merete schaute nachdenklich zur Decke, so als würde sie dort die Antwort finden, und stellte dann unvermittelt eine Gegenfrage: »Ihre Frage zielt doch eher auf meinen Vater ab, habe ich recht? Sicher denken Sie, er sei ein absoluter Patriarch. Das mag nach außen so wirken, aber wir hatten nie Angst vor ihm. Er wäre für Johannes und mich durchs Feuer gegangen. Unser Vater ist der gradlinigste und zuverlässigste Mensch den ich je kennengelernt habe.«

Während Merete über ihn sprach, bemerkte Diego, wie sich ihre Gesichtszüge entspannten.

»Er ist wirklich der wunderbarste Vater, den man sich wünschen kann«, sagte sie nochmals mit Nachdruck. Irgendwie hatte sie das Gefühl, Diego bezweifelte ihre Worte.

»Mögen Sie noch ein Bier, Kommissar Rochas?« Dabei musterte sie ihn mit einem Blick, den Diego schwer deuten konnte.

Ohne seine Antwort abzuwarten stand sie kurz darauf mit jeweils einer Flasche in der Hand vor Diego. »Alkoholfrei – oder lieber das Normale?«

Als Autofahrer fiel ihm die Entscheidung nicht schwer.

»Sie wollten noch weitererzählen. Was geschah, nachdem euch Paul den Weg versperrte?«

»Ich – ich weiß wirklich nicht, ob ich darüber reden kann – und ob ich es auch möchte. Bisher habe ich noch nie mit jemandem darüber gesprochen, außer natürlich mit Simon.«

»Doch, Mer… äh … Frau Roth. Bitte, es ist wichtig.«

Ihr entging nicht, dass er eben wieder im Begriff gewesen war, sie beim Vornamen zu nennen. Sie nippte an ihrem Wein, straffte die Schultern und erzählte ihm mit geschlossenen Augen von der brutalen Vergewaltigung. Stockend kamen die ersten Worte über ihre Lippen.

»Es war Paul, der mich packte und zu Boden schleuderte. Er versuchte, mir die Kleidung vom Körper zu zerren, und forderte Theo und Jakob auf, ihm zu helfen. Johannes, der dazwischengehen wollte, wurde von Jakob brutal niedergeschlagen. Johannes war damals dreizehn Jahre alt, er schrie und schlug um sich, aber er hatte gegen die Älteren keine Chance. Während Paul mich vergewaltigte, wurde Johannes von den anderen geknebelt und gefesselt. Er musste sich in die Mitte des Raumes knien – und wurde gezwungen zuzusehen. Ich habe keine Ahnung, wer einen Kreidekreis um ihn herum gezogen hatte, aber Johannes kniete in diesem Kreis. Wenn er weinend in sich zusammensackte, wurde er getreten, musste sich wieder aufrichten und weiter zusehen. Einer nach dem anderen stürzte sich auf mich. Sie grölten, lachten und feuerten sich gegenseitig an. Sie waren brutale, perverse Monster. Alle drei. Ich weiß nicht mehr, wie lange dieser Albtraum dauerte. Vielleicht zwei oder drei Stunden, ich verlor jegliches Zeitgefühl. Danach legten sie Wert darauf, dass ich mein Äußeres wieder in Ordnung brachte, niemand sollte Verdacht schöpfen. Kurz bevor wir das Haus verließen, griff Paul in meine Haare, zog meinen Kopf nach hinten – und was er dann sagte, und vor allem, wie er es sagte, werde ich nie vergessen: ›Hör gut zu, du kleine Judenschlampe: Kein Wort – zu niemandem –, sonst kannst du deine Eltern auf dem Friedhof besuchen – hast du das verstanden?‹

Ich hatte es verstanden und zweifelte nicht eine Sekunde an der Drohung. Dann verließen wir alle zusammen das Haus. Es war eine einzige Qual, mit ihnen die Stufen zur Sechserbrücke hinaufzulaufen. Johannes schlurfte geistesabwesend und mit versteinerter Miene neben mir her. Immer wieder schubsten sie ihn grölend mal in die eine und dann in die andere Richtung. Er reagierte nicht. Am Ende der Brücke – er wollte sich gerade am Geländer festhalten – rannte Paul johlend an ihm vorbei und stieß ihn die Treppe hinunter. Johannes blieb seltsam verdreht am Ende der Treppe liegen und gab keinen Laut von sich. Plötzlich waren viele Menschen um uns herum. Die Feuerwehr kam und brachte ihn ins Krankenhaus. Slovak und die Kesslers waren verschwunden.«

Die letzten Worte Meretes waren kaum noch zu verstehen. Leise weinend kauerte sie in der Couchecke und versuchte vergeblich, ein Taschentuch aus der Packung zu fischen. Diego reichte ihr eins und nahm sie schweigend in die Arme. Einige Sekunden ließ sie diese Nähe zu, um sich dann unvermittelt von ihm zu lösen. Sie verschwand im Bad.

Diego blieb bewegungslos auf dem Sofa sitzen, ließ seinen Blick über jedes Detail des Raumes gleiten und versuchte, seine Gedanken zu ordnen. Er verstand sich selbst nicht mehr. Er, der so gut wie nie in unkontrollierbare Situationen geriet, der immer analytisch und mit Weitsicht agierte, hatte sich in eine Frau verliebt, die er gerade mal sechs oder sieben Stunden kannte. Vom ersten Augenblick an, als sie im Dezernat vor ihm stand, war da dieses nicht zu beschreibende Gefühl des Vertrautseins.

Merete stand zur gleichen Zeit im Bad, starrte ihr Spiegelbild an und versuchte ebenfalls, ihre Gefühle unter Kontrolle zu bekommen: *Ich werde ihn jetzt bitten zu gehen … Ja, das werde ich tun … es ist schon spät … Ich habe ihm mehr erzählt, als ich wollte … zwar nicht alles … wozu auch … es wäre für die Ermittlung bedeutungslos …*

Energisch kehrte sie zu ihm zurück, überlegte noch einen Moment, ob sie sich, um Abstand zu schaffen, auf den gegenüberstehenden Sessel setzen sollte, aber da griff er bereits nach ihrer Hand und zog sie auf das Sofa.

»Ich danke Ihnen, Frau Roth, ich danke Ihnen, dass Sie so offen waren. Aber eins würde ich gerne noch von Ihnen wissen: Sie waren damals vierzehn Jahre alt. Wie schafft es ein vierzehnjähriges Mädchen, mit so einem einschneidenden, lebensverändernden Erlebnis alleine fertig zu werden? Sie haben niemals mit jemandem darüber gesprochen. Ihre Mutter hätte doch etwas bemerken müssen.«

»Das sagen Sie, Herr Rochas. Aber Sie dürfen nicht vergessen, dass mein Bruder schwer verletzt und traumatisiert im Krankenhaus lag. Alles drehte sich um ihn – und das war auch gut so. In der ersten Zeit weinte ich bei jedem nichtigen Anlass, konnte mich nicht konzentrieren und weigerte mich, alleine das Haus zu verlassen. Alle dachten, ich wäre durch den Unfall meines Bruders ebenfalls traumatisiert. Und irgendwann glaubte ich das selbst. Ab einem gewissen Zeitpunkt konnte ich das, was mit mir geschehen war, perfekt verdrängen, aber scheinbar nicht perfekt genug. Wir lebten schon einige Zeit in Tansania, da war es mein Vater, der darauf drängte, dass ich mich in psychotherapeutische Behandlung begebe. Meinen ständig wechselnden Gemütszustand fand er besorgniserregend. Ich war aggressiv, launisch und dann wieder tagelang nicht ansprechbar. Aber«, meinte sie jetzt lächelnd, »meine schulischen Leistungen waren überraschenderweise wieder bestens. Mein Wissensdurst war groß und ich hatte ein bestimmtes Ziel vor Augen. Allerdings reagiere ich noch heute allergisch auf weiße Kreide. Ich mag sie nicht anfassen und um Kreideschmierereien auf der Straße schlage ich einen großen Bogen. Niemals würde ich über sie hinweglaufen. Johannes reagiert mit Schweißausbrüchen und Herzrasen, sobald jemand eine weiße Kreide in der Hand hält. Mein Bruder hat, trotz jahrelanger Therapie, dieses traumatische Erlebnis nicht ansatzweise verarbeitet.

Jedenfalls sorgte mein Vater dafür, dass sich nur die besten und teuersten Therapeuten auch mich kümmern sollten. Vergeblich. Ich saß dort meine Zeit ab und wusste beim besten Willen nicht, was ich diesen fremden Menschen erzählen sollte. Eines Tages besuchte uns Simon, Vaters bester Freund. Simon war Psychoanalytiker und eigentlich auf Kinderpsychologie spezialisiert. Damals war ich ungefähr sechzehn oder siebzehn Jahre alt. Er war der einzige Mensch, dem ich so nach und nach alles erzählen konnte. Na ja – und den Rest kennen Sie ja bereits. Kurz nach meinem achtzehnten Geburtstag haben Simon und ich geheiratet.«

Nachdenklich drehte Diego die Bierflasche in seinen Händen und fragte sie unerwartet nach Pierre Mullier: »Wie gut kennen Sie den Lebensgefährten Ihres Bruders?«

»Wie kommen Sie gerade jetzt auf Pierre?«

»Ja, Frau Roth, wie komme ich jetzt auf Pierre Mullier?« Dabei lächelte er sie an und meinte: »Ich bin Kriminalbeamter, und ich stelle gerade fest, dass manchmal auch Jugendrichterinnen Fragen stellen, die nicht unbedingt logisch erscheinen müssen.«

Zumindest schaffte er es mit dieser Antwort, dass sie zurücklächelte.

»Ja, ich verstehe, dass Sie sich von Pierre ein Bild machen möchten, aber was soll ich sagen? Ich denke, ich kenne Pierre ganz gut: Er liebt Johannes ohne wenn und aber, er ist immer für ihn da – und was ich so mitbekomme, verwöhnt er ihn schon sehr. Er ist meiner Ansicht nach das Beste, was meinem Bruder widerfahren konnte.«

»Und weshalb hat Lukas, Ihr jüngerer Bruder, auf dem Pferdehof von Jakob Slovak gearbeitet und tut das ja offensichtlich noch immer? Jetzt, nachdem ich Ihre Geschichte kenne, Frau Roth, erscheint mir das schon sehr bizarr.«

»Nein, nein – Lukas hat keine Ahnung von dem, was damals geschah. Er hat sich in den Semesterferien einen Job gesucht und ist zufällig auf dessen Hof gelandet – und niemand aus der Familie hat ihn je gefragt, wo genau er beschäftigt ist.«

»Könnte es sein«, bohrte Diego weiter, »dass Lukas doch mehr weiß, als Sie denken? Er könnte es von Pierre oder Johannes erfahren haben. Vielleicht unbeabsichtigt. Möglicherweise wurde er Zeuge eines Gesprächs zwischen den beiden.«

Merete schüttelte energisch den Kopf. »Nein, das konnte er nicht. Mein Bruder hat niemals mit Pierre darüber gesprochen, also konnte Lukas auch nichts gehört haben. Und was soll das alles? Lassen Sie meinen kleinen Bruder da raus. Er weiß nichts von alledem – und so soll es auch bleiben. Ihre Theorie, dass er ein Gespräch zwischen wem auch immer belauscht haben könnte, ist absurd.«

Diego verzog nachdenklich wirkend die Mundwinkel. »Und Sie, Frau Roth, wo waren Sie in der Nacht von Freitag zu Samstag?«

»Na endlich«, meinte sie lächelnd, »ich dachte schon, Sie fragen mich das nie. Ich hatte Besuch. Und nun wollen Sie sicher wissen, ob mein Besuch das Alibi bestätigen kann. Das kann er nicht.«

»Aha, und warum nicht?« wollte Diego wissen.

»Bei meinem Übernachtungsgast handelte es sich um den acht Monate alten Sohn einer Freundin. Ich gebe Ihnen eine Visitenkarte von ihr, allerdings ist sie tagsüber nur in Ihrer Kanzlei erreichbar.«

Dankend nahm er die Karte entgegen und gab ihr so nebenbei den Tipp, ihre Terrassentür zu schließen: »Schauen Sie, über dem Wannsee hat sich ein mächtiges Gewitter zusammengebraut.« Im selben Moment platschten bereit die ersten dicken Regentropfen auf die Veranda. »Ich denke, ich mache mich jetzt auf den Weg, bevor das Unwetter so richtig loslegt.«

Eine Sekunde lang meinte Diego, Enttäuschung in ihrem Gesicht erkannt zu haben. Sie erhoben sich beide fast gleichzeitig, und kurz bevor sie den Flur erreichten, fragte ihn Merete, wie er jetzt weiter vorzugehen beabsichtigte.

»Morgen, Frau Roth, werden Ihr Bruder sowie Pierre Mullier zum Verhör einbestellt.«

Merete reagierte entsetzt. »Nein, wozu meinen Bruder? Das können Sie ihm nicht antun. Ich habe Ihnen doch erzählt, was vorgefallen ist.«

»Ja, aber das ändert nichts. Ich kann das nicht verhindern. Anordnung vom Chef. Wir stehen gewaltig unter Druck, der Staatsanwalt tritt uns bereits mit aller Schärfe auf die Füße. Sie kennen doch das Procedere, oder?«

»Ja, sicher kenne ich das, aber mein Bruder ist psychisch nicht sonderlich stabil. Ich würde mir wünschen, man könnte ihm das Verhör ersparen.«

Sie brachte ihn noch bis zur Tür, er verabschiedete sich mit einer zaghaften Umarmung – und für einen kurzen Moment spürte er unmerklich ihren Körper an dem seinen. Fast zeitgleich öffnete sie die Tür und schob ihn sanft hinaus.

Inzwischen goss es wie aus Kübeln, und er verfluchte seine Entscheidung, das Auto in einer Seitenstraße geparkt zu haben. Mit großen Sprüngen umschiffte er die Pfützen und saß kurz darauf durchnässt in seinem Wagen. Er beobachtete die Wassermassen, die sintflutartig an der Windschutzscheibe entlangliefen, und versuchte seine wirren Gedanken zu ordnen. Noch immer hatte er den Duft ihres Parfüms in der Nase und dachte: O*h nein ... so geht das nicht ... nein ... du Idiot ... so geht das wirklich nicht ...*

Diego startete den Motor, fuhr um die Ecke und stoppte vor Meretes Haus. Einen kurzen Moment überlegte er ernsthaft, ob er wirklich allen Regeln zum Trotz nochmal klingeln sollte. Nur mit äußerster Willenskraft wiederstand er der Versuchung, fluchte laut vor sich hin, gab Gas und schlug den Weg zur Autobahn ein.

38

Als er morgens um sieben das Büro betrat, wurde er schon von Engels und Gregor erwartet.

»Und, hat sie endlich ausgepackt?« Engels war gereizt und dementsprechend war auch sein Tonfall.

»Ich denke schon, aber darf ich mich erst mal setzten?«

Während sich Diego die Kaffeekanne schnappte und sich seelenruhig seine Tasse füllte, trommelte Engels nervös mit den Fingern auf die Schreibtischplatte.

»Es war kein Unfall«, begann Diego das Gespräch. Und dann berichtete er den Kollegen von dem, was damals auf der Sechserbrücke geschah.

»Wie jetzt, das ist alles?«, fragte Gregor. »Slovak, die Kessler-Brüder und die Geschwister Stein waren auf der Brücke. Paul Kessler kickte den jungen Stein die Treppe hinunter – und deshalb wurde er niedergemetzelt? Das ist doch idiotisch. Weshalb jetzt, nach so vielen Jahren? Das ergibt für mich keinen Sinn. Aber nehmen wir mal an, das wäre der Grund, weshalb Kessler sterben musste. Wer, außer Johannes Stein, der seit dem Sturz behindert ist, könnte ein Interesse daran haben, Kessler umzubringen? Vielleicht Pierre Mullier, der Lebensgefährte? Oder ein Angehöriger der Familie Stein? Diesen Gedanken finde ich doch recht abenteuerlich. Aber wenn dem so wäre, wieso musste dann Jakob Slovak sterben? Und weshalb peilt der Mörder Theo Kessler an? Er wird der Nächste sein, wenn wir es nicht verhindern können. Ne, ne, wenn das alles ist, hat dich die Dame verarscht. Oder war da noch was? He, sitz nicht da und starre Löcher in die Luft, raus mit der Sprache.«

Die Blicke von Engels und Gregor waren abwartend auf Diego gerichtet.

Diego sah Merete vor sich. *Ich gehe davon aus, dass Sie zumindest den Teil, bei dem es um mich geht, für sich behalten werden ...* Und dabei hatte sie ihm beschwörend ins Gesicht geschaut. Sie zweifelte offensichtlich nicht daran, dass er schweigen würde. Er fühlte sich mies. Aber Sie war Richterin, und auch sie wusste, dass Informationen, die zur Aufklärung eines Verbrechens dienlich sein könnten, nicht verschwiegen werden dürfen. Dieses Wissen, das sie ihm im Vertrauen gab, durfte er seinen Kollegen nicht vorenthalten. Die Ermittlung hatte Vorrang.

»Doch, da gibt es noch mehr.« Und dann erzählte er ihnen von der Vergewaltigung, von dem Kreidekreis, in dem Johannes gefesselt knien musste – und von den brutalen Schlägen und Fußtritten, die man ihm verpasste, wenn er weinend im Kreis zusammenbrach.

»Kreidekreis, da haben wir unseren Kreidekreis.« Engels Gesichtszüge hellten sich schlagartig auf. »Es ist ein Racheakt, ein verdammter Racheakt. Diego, ich möchte, dass du jetzt zum Theater fährst und Joe und Mike ablöst. Nimm Kowalski mit – und wenn die Schauspieler an ihrem Stück arbeiten, beobachte im Hintergrund das Umfeld. Lass dir von dem Hausmeister alle Räume zeigen – und wenn ich sage, alle Räume, dann meine ich das auch so, ebenso sämtliche Ausgänge und …«

»Ja, ja, es ist gut, du hast es hier nicht mit einem Anfänger zu tun«, knurrte Diego in Engels Richtung.

Unbeirrt redete Engels weiter. »Und hör dir vorher an, was Joe und Mike zu berichten haben – und …«

Der letzte Satz von Engels verpuffte im Raum, da Diego bereits geräuschvoll die Tür hinter sich zugeschlagen hatte.

»Das ist ein verdammter Sturkopf und Besserwisser«, fluchte Engels.

»Aber«, meinte Gregor lächelnd, »wie auch immer er das angestellt haben mag, er hat uns ein Stück weitergebracht.«

»Na, wie schon«, brummte Engels, »das Vorspiel wurde uns schon bei der Vernehmung der Dame präsentiert.«

»Na, na, na«, meinte Gregor, »unser Kollege ist alles andere als blöd. Der springt doch nicht während der Ermittlung mit einer Zeugin in die Kiste, der ist viel zu ehrgeizig.

Niemals würde er seine Suspendierung riskieren. Ne, ne, niemals.«

Im Grunde genommen waren weder Engels noch Gregor von Diegos Standhaftigkeit Merete Roth betreffend überzeugt.

»Ach übrigens, ich habe umdisponiert: Ich möchte, dass wir gemeinsam die Mulliers befragen. Blondy hat zuerst Johannes Mullier einbestellt und zwei Stunden später dessen Lebensgefährten.«

»Gute Idee, hätte von mir stammen können«, meinte Gregor, »wann sollte er hier erscheinen?«

»Ach so, die Frage ist gut«, Engels warf einen Blick auf die Uhr, »der Typ ist überfällig, er sollte vor zwanzig Minuten hier antanzen.«

Es dauerte dann nochmals zehn Minuten, bis Johannes zaghaft an die Tür klopfte.

39

»Sagt bloß, ihr wollt uns ablösen?«

Joes ziemlich aggressiv gestellte Frage galt Diego, der in diesem Moment mit Kowalski auf dem Gelände des Theaters erschien.

»Ja, das werden wir. Gibt's irgendwelche Besonderheiten?«

»Nein, es war niemand hier, außer dem Hausmeister. Er versicherte uns, dass auch im Gebäude alles ruhig sei. Mike inspizierte trotzdem jeden Raum und konnte nichts Verdächtiges feststellen.«

»Okay«, meinte Diego, »wir sehen uns dann morgen.« Er schaute den beiden nachdenklich hinterher. Irgendwie taten sie ihm leid. Nach einem über vierundzwanzigstündigen Dienst wäre es mit seiner guten Laune auch vorbei gewesen. Jetzt wies er Kowalski an, den kleinen Parkplatz sowie die Hintertür des Theaters im Auge zu behalten.

Er selbst lief nochmal die Auffahrt hinunter und überprüfte die drei Eingangstüren, die straßenwärts lagen. Sie waren durchweg verschlossen. Er lief an der Vorderfront vorbei und wollte das Gebäude umrunden. Fehlanzeige. Der kleine Zaun, der ungebetene Besucher abhalten sollte, wäre nicht das Problem gewesen, aber das dichte Gestrüpp, das offensichtlich jahrelang ineinanderwuchern durfte, stellte für ihn die größere Hürde dar. Um da durchzukommen, brauchte man seiner Ansicht nach eine Machete. Er entschied sich, den bequemeren Weg über die Einfahrt zu nehmen, um von dort aus an die Seitenfront des Gebäudes zu gelangen.

Als er um die Ecke kam, bemerkte er, dass dort tatsächlich einige Stufen zu einer Kellertür führten. Das Gesträuch war hier nicht ganz so dicht wie von der Straßenseite her, und so bahnte er sich einen Weg zur besagten Tür. Er drückte mehrmals die rostige Klinke, aber die Tür ließ sich nicht öffnen. Hätte er allerdings ein paar Äste des Gestrüpps zur Seite gebogen, wäre ihm aufgefallen, dass sich dahinter ein Kellerfenster befand, das sich durch leichten Druck öffnen ließ.

Er schaute auf die Uhr und beschloss, sich im Gebäude umzusehen, da noch genügend Zeit war, bis die Schauspieler erscheinen würden. Am Hintereingang drückte er auf den Klingelknopf, der sich unmittelbar neben dem Schild mit der Aufschrift *Hausmeister* befand. Nichts rührte sich.

In dem Moment, als er sich wieder zurückziehen wollte, wurde die Tür einen Spaltbreit geöffnet.

»Wer sind Sie und was wollen Sie?«

Diego hielt dem mürrischen Zeitgenossen seine Dienst-marke vor die Nase. »LKA, Rochas ist mein Name – Kommissar Diego Rochas.«

»Tschuldigung, aber vorhin warn doch zwee andere Bull… äh … Kollegen von Ihnen hier, was is'n hier los? Warum schleichen Sie hier rum? Ihre anderen Kollegen wollten mir nicht sagen, worum es geht.«

Energisch schob Diego die Tür weiter auf und schaute in ein fahles Gesicht mit auffällig vergrößerten Pupillen. Dass der Typ voll auf Droge war, konnte man unschwer erkennen. Diego tippte auf Hasch, Marihuana oder LSD. Deshalb überlegte er einen kleinen Moment, ob er ihn über den Grund des Polizeieinsatzes aufklären sollte oder nicht, entschied sich aber vorerst dagegen. Stattdessen fragte er ihn, ob er der Hausmeister sei.

»Ja, ja, ick bin Dominique«, antwortete der mit schlep-pender Stimme.

»Diese Tür hier«, begann Diego und schaute ihm missmu-tig ins Gesicht, »weshalb war sie unverschlossen?«

»Wieso unverschlossen?«, fragte Dominique und wirkte dabei verärgert.

»Ich habe nicht gehört, dass Sie einen Schlüssel oder ei-nen Riegel betätigt hätten, bevor Sie öffneten«, entgegnete Diego.

»Na und, warum soll ick abschließen, ick bin doch da. Und wenn einer was will, klingelt er so oder so. Sie haben doch auch geklingelt«, entgegnete er entrüstet. »Außerdem wird der Laden gleich voll, die Proben beginnen um neun.«

Super, dachte Diego, wenn der Typ das immer so lasch handhabt, kann hier jeder ungesehen rein- und rausspazie-ren.

»Wird die Kellertür an der Seite des Gebäudes auch hin und wieder genutzt?«

»Nee, eigentlich nicht mehr. Eigentlich ist sie immer verschlossen.«

Diego verdrehte genervt die Augen. »Und was ist *un*eigentlich?«

Der stupide Blick seines Gegenübers bestätigte ihm, dass jener die Frage nicht verstanden hatte.

»Ich meine«, verbesserte sich Diego, »wird diese Tür gelegentlich genutzt oder nicht?«

»Nee, wird sie nicht!«

Dominique dachte gerade an die seltenen Male, wenn er einen von seinen Strichjungen ins Theater schmuggelte, aber das würde er dem Kommissar nicht auf die Nase binden.

»Und wie schaut's mit den Zugängen für das Publikum aus? Sie liegen straßenwärts, wer ist dafür verantwortlich?«

Dominique war gereizt und antwortete dementsprechend: »Mann, wer soll schon zuständig sein? Ick bin der Hausmeister – und habe die Schlüsselgewalt. Ick schließ auf – und wenn der letzte Zuschauer weg ist, schließ ick wieder ab. Logisch, oder? Und dafür werde ick bezahlt.«

»Gut, Herr … Haben Sie auch einen Nachnamen?«, fragte ihn Diego.

»Ja, aber alle nennen mich nur Dominique – und so soll es auch bleiben.«

Innerlich musste Diego grinsen. Sein Chef, Engels, hatte die gleiche Macke. Wehe, es nannte ihn jemand »Engelbert«. Er war für jedermann Engels. Sogar Blondy, die mit ihm mehr als nur die Büroräume teilte, würde ihn nie Engelbert nennen.

»Kann ich wieder in mein Büro gehen?«

Die Frage Dominiques riss Diego aus seinen Gedanken. »Nein, warten Sie einen kleinen Moment. Sie werden mir jetzt sämtliche Räume des Theaters zeigen.«

»Warum das denn? Ick bin gestern Abend schon mit Ihrem Kollegen alles abgelatscht.«

»Ja«, meinte Diego lächelnd, »und wenn Sie nichts dagegen haben, werden wir jetzt das Gleiche nochmal tun.«

Bevor er mit Dominique die Inspektion der Räume in Angriff nahm, gab er Kowalski die Anweisung, sich von jedem, der das Theater betreten möchte, die Ausweispapiere zeigen zu lassen.

»Wenn die Leute den Grund der Überprüfung wissen wollen, sag ihnen, dass ein anonymer Anrufer eine Drohung gegen den Intendanten ausgesprochen hat. Nicht mehr und auch nicht weniger. Und sollte sich jemand weigern, seine Identität preiszugeben, lass ihn auf keinen Fall gehen. Ich schau mich inzwischen im Gebäude um. Wenn es hier draußen Schwierigkeiten gibt, ruf mich auf dem Handy an.«

Der Kollege nickte nur und meinte lakonisch: »Wird keine Schwierigkeiten geben.«

Daran zweifelte auch Diego nicht. Kowalski mit seiner Körpergröße von 2,05 Meter und einer beneidenswert durchtrainierten Figur verschaffte sich schon durch seine Physiognomie Respekt.

»Wo soll ick Sie zuerst hinbringen?« Dominiques Frage klang alles andere als freundlich.

»Ich denke, wir fangen im Keller an und arbeiten uns nach oben durch – und ich möchte jede noch so kleine Nische sehen, haben wir uns verstanden?«

40

Es war Engels, der schwungvoll die Tür öffnete.

Johannes trat erschrocken einen Schritt zurück, »Entschuldigung, ich habe mich verspä…«

Engels ließ ihn gar nicht ausreden sondern blubberte gleich los: »Ja, vor einer halben Stunde sollten Sie hier sein, nicht zum Kaffeekränzchen, sondern zum Verhör. Folgen Sie mir.«

Forschen Schrittes lotste er Johannes in den Nebenraum. Gregors verständnislosen Blick übersah Engels. Er wusste, dass dieser mitunter seinen Umgangston kritisierte, aber momentan war es ihm schlichtweg egal.

Johannes versuchte, mit Engels schnellem Schritt mitzuhalten, was ihm wegen seiner Behinderung sichtlich schwerfiel.

Im Nebenbüro befanden sich nur ein Schreibtisch und zwei Stühle. Engels wies Johannes an Platz zu nehmen und setzte sich ihm gegenüber.

»Kommst du?«

Die Aufforderung galt Gregor, der in diesem Moment mit einem Stuhl und einer Tasse Kräutertee bewaffnet ebenfalls den Raum betrat.

Kräutertee, das wusste Engels, bedeutete bei Gregor Magenprobleme. Starke Magenprobleme. Die Abwesenheit Sarahs, so vermutete Engels, setzte ihm offensichtlich mehr zu, als er zugeben wollte.

Das Mikrofon wurde in die Mitte des Tisches platziert, Engels belehrte Johannes über seine Rechte und wies ihn darauf hin, dass er das Gespräch aufzeichnen würde. »Sind Sie damit einverstanden?«

Johannes nickte bestätigend.

»Nicken genügt mir nicht. Sagen Sie bitte laut und deutlich Ja.«

Das »Ja« kam zaghaft und sehr verhalten.

Als Gregor bemerkte, dass Johannes immer blasser wurde, fragte er ihn, ob er ein Glas Wasser möchte. Er wollte, und er trank es in einem Zug aus. Gregor füllte das Glas erneut und stellte es unaufgefordert vor ihm ab.

Sie begannen mit dem üblichen Procedere: Engels sprach Datum, Uhrzeit usw. aufs Band. Anschließend konfrontierte er Johannes mit der Aussage, die seine Schwester Diego gegenüber gemacht hatte, erwähnte die Vergewaltigung, den Kreidekreis und den Treppensturz. Dann fragte er ihn, ob es sich genau so zugetragen hatte.

»Ja, ja, genauso war es.«

»Und weshalb haben Sie bezüglich der Kessler-Brüder gelogen und nicht einfach zugegeben, dass Sie die beiden kennen?«

Johannes rutschte nervös auf seinem Stuhl hin und her, und es vergingen einige Sekunden, bis er endlich antwortete: »Ich weiß es nicht, ich weiß nicht, warum ich gelogen habe. Ich konnte und wollte nicht darüber sprechen. Wozu auch? Es hätte nichts von dem, was damals passierte, ungeschehen gemacht.«

»Kennt Ihr Lebensgefährte Ihre Geschichte?«, fragte ihn Gregor.

»Ja, aber von mir erst seit gestern.«

»Also, von Ihnen hat er es gestern erfahren. Das hört sich für mich allerdings so an, als hätte Ihr Partner es schon vorher gewusst, ist das richtig?«

Johannes saß ihnen wie ein Häufchen Elend gegenüber. In seinen Augen schimmerte es feucht, und es sah so aus, als könnte er seine Tränen nur mit äußerster Anstrengung zurückhalten. Sogar Engels schlug jetzt einen geschmeidigeren Ton an, als er ihn fragte, wie sein Lebensgefährte auf die doch sehr spät erfolgte Information reagiert habe.

»Entschuldigung, ich muss zwischendurch immer mal wieder stehen.«

Bei diesen Worten rutschte Johannes von seinem Stuhl, griff nach dem Wasserglas und trank es leer. Er sprach derart leise, dass Engels sich genötigt fühlte, das Mikrofon unmittelbar vor seinem Gesicht zu platzieren.

»Pierre wusste es schon«, flüsterte Johannes, »er wusste es schon lange. Er hat heimlich mein Tagebuch gelesen, aber er hat mich nie darauf angesprochen. Er wollte, dass ich es ihm von selbst erzähle.« In diesem Moment verlor Johannes vollends die Fassung und brach in Tränen aus. »Ich … ich habe ihn immer angelogen, das werde ich mir nie verzeihen.«

Etwas irritiert sahen sich Engels und Gregor an, hilfesuchend riskierte Engels einen Blick ins Nebenbüro, in der Hoffnung, Blondy dort zu entdecken, aber von ihr war weit und breit noch nichts zu sehen. In dieser Situation wäre ihre weibliche Intuition sehr hilfreich gewesen.

Gregor füllte, nur um etwas zu tun, nochmal das Wasserglas, und fragte dann Johannes, ob er imstande wäre, weitere Fragen zu beantworten.

Er nickte, schniefte laut – und mit zittriger Stimme meinte er: «Ja, ja, es geht schon.«

Letzten Endes erfuhren sie von ihm nichts, was sie noch nicht wussten. Seine Aussage deckte sich mit der seiner Schwester, und auch Johannes konnte sich nicht vorstellen, wer nach so vielen Jahren derart grausam Rache üben sollte. Auch er versicherte ihnen, dass er niemals über das damalige Geschehen mit jemandem gesprochen habe.

Engels brach das Verhör ab, bedankte sich freundlich bei ihm und begleitete ihn noch bis zum Ausgang.

»Ich denke, der arme Kerl hat dieses Erlebnis bis heute nicht verarbeitet, und ich befürchte, wir werden auch von Pierre Mullier nichts Neues erfahren. Wir wissen zwar, dass er für die Zeit, als Paul Kessler ermordet wurde, kein Alibi vorweisen kann, und dass er seit längerem weiß, dass es Paul Kessler war, der Johannes damals von der Brücke stieß. Da würde die Vermutung naheliegen, dass Mullier seinen Lebensgefährten rächen wollte. Aber welchen Grund sollte er haben, Jakob Slovak umzubringen und Theo Kessler zu bedrohen?«

Nachdenklich hörte Gregor den Ausführungen seines Kollegen zu. »Ja, deine Überlegung ist gut, es muss also noch jemand geben, der ebenfalls Kenntnis von dem damaligen Geschehen hat – und nur ein Familienmitglied könnte meiner Ansicht nach ein Interesse daran haben, die drei zu töten. Alles andere macht keinen Sinn. Dieser Johannes kommt als Täter nicht infrage. Der kann sich ja so schon kaum auf den Beinen halten. Lukas, sein jüngerer Bruder, ist auf dem Pferdehof beschäftigt. Wäre er vielleicht in der Lage, einen ausgewachsenen Mann über die Tür der Pferdebox zu hieven?«

»Stopp, stopp«, unterbrach ihn Engels. »Dieser Lukas müsste ihn gar nicht darüberhieven. Er kann jederzeit ungestraft die Box betreten, ohne dass der Gaul ausrastet. Das würde wiederum bedeuten: Lukas Stein müsste von dem damaligen Geschehen erfahren haben. Aber wer sollte gerade ihm das erzählt haben? Als dieses Drama geschah, war er noch nicht einmal geboren.«

Gregor lehnte sich in seinem Stuhl zurück und sinnierte weiter: »Lass uns das einfach mal weiterspinnen. Angenommen, er hat doch damit zu tun und sie wären zu zweit gewesen. Vielleicht sollte absichtlich der Eindruck entstehen, dass das Opfer von außen platziert wurde? Gesetzt den Fall, Pierre Mullier hat es Lukas erzählt, nachdem er Bescheid wusste, weil er das Tagebuch gelesen hatte – dann könnten sie gemeinsam beschlossen haben, alle Beteiligten ins Jenseits zu befördern.«

»Nette Theorie«, meinte Engels, »aber was hältst du von dem alten Stein?«

Gregor zog zweifelnd die Schultern hoch.

»Ich weiß nicht. Der alte Mann ist zwar groß und wirkt augenscheinlich kräftig. Er mimt noch immer das starke Familienoberhaupt, aber ich denke, das ist mehr Schein als Sein. Mir fiel seine ungesunde, graue Gesichtsfarbe auf, als wir bei ihm im Garten waren. Genauso sah damals mein Vater aus – und der hatte nicht nur massive Herzprobleme. Der Typ wirkte angeschlagen und ist siebzig Jahre alt.«

»Hm, und wenn sie es beide getan haben, er und seine Frau?«, warf Engels ein.

»Stell dir vor, du erfährst von irgendjemand, dass die drei damals nicht nur deinen Sohn zum Krüppel gemacht, sondern auch deine Tochter brutal missbraucht haben. Wie würdest du reagieren?«

»Keine Ahnung, das weiß ich nicht. Ich kann mir nicht vorstellen, dass ich drei Menschen umbringen würde«, antwortete Gregor.«

»Zwei, bis jetzt sind es zwei«, korrigierte ihn Engels.

»Andererseits«, fuhr Gregor fort, »Hass, abgrundtiefer Hass, bringt vielleicht eine Saite zum Klingen, von der man gar nicht weiß, dass sie in einem schlummert. Immerhin versicherten uns die Geschwister Stein glaubhaft, dass sie nie mit jemand darüber gesprochen haben.«

»Ja, das schon«, erwiderte Engels, »aber wir sollten trotzdem die alten Steins aufsuchen und sie fragen, wo sie sich zu den Tatzeiten aufgehalten haben. Schaden kann es nicht.«

41

So langsam trudelten die ersten Schauspieler auf dem Hof des Theaters ein und wollten schnurstracks im Gebäude verschwinden.

Kowalski tat, was man von ihm erwartete: Er verlangte von jedem Einzelnen die Ausweispapiere. Die Begründung für diese Kontrolle wurde unterschiedlich aufgenommen: Einige wirkten verängstigt, andere wiederum fühlten sich durch die Anwesenheit des Polizisten geschützt, als sie sich ins Innere des Gebäudes begaben.

Theo kam als Letzter. Mit überhöhter Geschwindigkeit bretterte er auf den kleinen Hinterhof und brachte mit quietschenden Reifen sein Auto zum Stehen. Er sprang aus dem Wagen und wollte schnellen Schrittes das Theater betreten.

Kowalski stand wie ein Fels in der Brandung vor dem Eingang und verdeckte diesen komplett mit seinem Körper.

»Gehen Sie zur Seite, Mann! Was wollen Sie überhaupt hier, Sie gehören nicht in mein Team …« Als er das letzte Wort ausgesprochen hatte, wich er entsetzt zurück. Adrenalin jagte durch seine Adern und er starrte ängstlich zu dem Unbekannten.

Kowalski zückte seine Dienstmarke und forderte Theo auf, sich auszuweisen.

»Wa… warum, was ist geschehen?« Dabei schaute er dem Polizeibeamten misstrauisch ins Gesicht.

»Es wurde eine massive Drohung gegen den Intendanten des Theaters ausgesprochen.«

»Ich, ich bin der Intendant, ich bin Theo Kessler«, stammelte er fahrig. »Wer war es, von wem wissen Sie das?«

Kowalski zog die Stirn in Falten und schaute ihn prüfend an. »Die Frage können Sie nicht ernst gemeint haben, Herr Kessler, oder?«

»Nein, nein, natürlich nicht«, stotterte Kessler – und in dem Moment ahnte er, dass nur Ben die Polizei informiert haben konnte. Mit zittriger Hand reichte er nun dem Beamten seinen Führerschein. »Reicht der? Meinen Ausweis habe ich nicht dabei – und kann ich jetzt reingehen? Ich bin spät dran.«

»Ja, sicher, nur zu«, meinte Kowalski und gab ihm den Weg frei.

Theo eilte ins Innere des Gebäudes und blieb stehen, als er außer Sichtweite des Polizisten war, beugte sich nach vorne und versuchte, gleichmäßig den Sauerstoff in die Lungen zu ziehen. Sein Herz schlug dumpf und unregelmäßig. Derart aufgeregt konnte er unmöglich vor sein Team treten. Nachdem er mehrmals tief durchgeatmet hatte, setzte er sich auf die unterste Stufe, und versuchte, sich mental auf die anstehende Theaterprobe einzustimmen. Jetzt kam es auf ein paar Minuten früher oder später auch nicht mehr an.

»Ja – und hier geht es nach oben zur Bühne, zu den Garderoben der Künstler – und zu einem Teil der Requisitenabteilung …«

Dominique, mit Diego im Schlepptau, stand plötzlich vor Theo. »Oh, Chef …’tschuldigung, ich dachte, Sie sind schon bei den Proben … Ich wollte nicht stören …«

Misstrauisch beäugte Kessler Diego – und blaffte ihn an: »Und wer sind Sie?«

»Kommissar Rochas, LKA – und Sie sind Herr Kessler?«
Theo wurde zusehends nervöser und antwortete nur mit
einem kurzen Nicken. Dann fragte er Diego, weshalb die
Polizei hier im Haus sei.

»Hat Ihnen mein Kollege, der vor der Tür steht, nicht gesagt, weshalb wir hier sind?«

»Doch, ja, das hat er. Aber weshalb schleichen Sie hier
im Gebäude herum? Nur weil irgendein Wichtigtuer eine
Drohung gegen mich ausgesprochen hat, müssen Sie doch
nicht so einen Wirbel veranstalten. Außerdem möchte ich
bei den Proben nicht gestört werden.«

»Ich werde Sie nicht behindern, Herr Kessler. Unsere Anwesenheit dient nicht nur Ihrer Sicherheit.«

Jetzt hatte sich Theo wieder voll im Griff. Er zog verächtlich eine Augenbraue hoch und fragte mit einem spöttischen
Unterton, wen die Polizei denn noch beschützen müsse.

»Niemand, Herr Kessler – aber wir ermitteln im Mordfall
Ihres Bruders und Ihres Freundes Jakob Slovak – und Sie
sollten die Warnung des Täters auch ernst nehmen.«

»Ach so, daher weht der Wind. Ben Seller hat Sie angerufen, stimmt's? Er hat Ihnen von den Kreideschmierereien
erzählt. Sie sollten das nicht überbewerten. Außerdem bin
ich hier nicht alleine, mein Team wartet auf mich. Wenn
Sie mich jetzt entschuldigen würden.« Mit einem angedeuteten, überheblich wirkenden Kopfnicken verabschiedete er
sich von Diego.

Verwirrt schaute jetzt Dominique zu Diego und schlug
flüsternd vor, dass es sicherlich besser wäre, wenn die Polizei
jetzt gehen würde, um Kessler nicht weiter zu verärgern.

»Nein, nein«, entgegnete Diego lächelnd und nickte ihm
aufmunternd zu, »wir machen weiter, und Sie zeigen mir
alles wie geplant.«

Dominique verdrehte genervt die Augen. Zu gerne hätte er sich jetzt zurückgezogen und sich ein paar Stunden aufs Ohr gelegt. Der Polizist vom Abend davor hatte die Räume des Theaters im Schnelldurchlauf inspiziert und verschwand dann wieder nach draußen. Somit musste er selbst nicht auf seine Verabredung verzichten. Die vergangene Nacht war lang, exzessiv und anstrengend gewesen. Doppelt anstrengend, weil vor der Tür die Polizisten herumlungerten. Seinen jugendlichen Liebhaber musste er deshalb durch die Kellertür in Richtung Straße entlassen. In der laufenden Theatersaison waren solche Spielchen nur noch selten möglich. Die Gefahr, von jemandem entdeckt zu werden, war viel zu groß.

»Waren in der letzten Zeit fremde Handwerker hier im Haus?«

Dominique schreckte hoch, und antwortete in abgehackten Sätzen: »Äh … nein … Fremde nicht … nur der Bühnenbildner … und hin und wieder einer von der Technik … also die üblichen Leute, die regelmäßige Kontrollen durchführen. Und die Putzkolonne.«

»Und diese Leute haben Sie persönlich reingelassen?«

»Na klar, die kenne ich auch alle.«

Den fremden Mann, der ihm vor einiger Zeit hier im Haus über den Weg gelaufen war, konnte er nicht erwähnen. Der Typ hatte unbemerkt von ihm Fotos gemacht. Fotos, die ihm nicht nur seinen Job kosten würden. Fotos, auf denen er gerade mit mehreren minderjährigen Sexpartnern zugange war. Ihm war heute noch schleierhaft, wie der Fremde ihn ablichten konnte, ohne dass er es bemerkte. Vermutlich war er in dem Moment bis zum Abwinken zugedröhnt. Egal, er musste dem Bullen ja auch nicht alles auf die Nase binden. Jetzt stand er an der Tür der Requisitenabteilung, lehnte sich gelangweilt an den Türrahmen und beobachtete Diego, wie dieser jede noch so kleine Nische in Augenschein nahm. Im Gegensatz zu dem Polizisten von gestern war dieser hier superpingelig. Dem entging nichts. So wie es aussah, würde sich die Begehung aller Räume noch etwas hinziehen. Von der Bühne her waren gedämpft die Stimmen der Schauspieler zu hören – und dazwischen unüberhörbar Theo Kessler, der befehlsgewohnt Anweisungen gab.

Dominique gähnte demonstrativ, ging mal zwei Schritte in die eine und dann wieder in die andere Richtung. Er hoffte, dass der Kommissar seine Unruhe bemerken würde und die Besichtigung der Räume etwas flotter gestaltete. Fehlanzeige.

Es kam genauso, wie es der Hausmeister vermutet hatte: Diego überprüfte konzentriert und akribisch jeden noch so kleinen Winkel des Theaters, klopfte Wände ab und bewegte die eine oder andere Requisite von A nach B. Zum Schluss inspizierte er noch Dominiques Büro und die angrenzende Kammer, in der sich die übergroße Matratze befand. Dominique entging nicht, das Diego überrascht eine Augenbraue nach oben zog. Es stank nach kaltem Rauch und Alkohol, und die zum Teil abartigen Utensilien, die verstreut herumlagen, ließen keinen Raum für weitere Spekulationen.

»Ich hatte gestern Besuch«, meinte Dominique erklären zu müssen. »Eigentlich hat mir der Chef untersagt, hier im Theater meine privaten Gäste zu empfangen. Aber … äh … das war heute Nacht eine einmalige Sache – und ich wäre Ihnen dankbar, wenn Sie Herrn Kessler nichts davon erzählen würden.«

Diego sagte nichts, setzte sich neben den Schreibtisch, auf dem ein alter Computer stand, und ließ seinen Blick prüfend durch den Raum gleiten. Die Tür stand weit auf – und erst jetzt bemerkte er, dass die Theaterprobe offenbar beendet zu sein schien. Bislang war immer wieder lautstark Theos Stimme zu hören gewesen, wenn er seine Anweisungen gab.

Diego stand auf und begab sich zu der Treppe, die zur Bühne führte. Langsam bewegte er sich nach oben, und je näher er dem Podium kam, desto deutlicher vernahm er das Lachen einiger Darsteller. Als er auf die Bühne trat, wurde es augenblicklich still. Alle Augen waren fragend auf ihn gerichtet.

»Ich bin Kommissar Rochas vom LKA. Sie wissen, dass ein Unbekannter eine massive Drohung gegen den Intendanten ausgesprochen hat. Es ist durchaus möglich, dass es sich dabei um einen Wichtigtuer handelt, aber wir sind gezwungen, diesen Dingen nachzugehen.«

In den Gesichtern der Anwesenden war Misstrauen erkennbar. Obwohl sie bereits von dem Polizisten, der vor der Tür stand, wussten, dass es eine Drohung gab, sorgte die Anwesenheit eines LKA-Beamten für erneute Besorgnis.

Diego wirkte nach außen gelassen, aber in seinem Kopf schrillten sämtliche Alarmglocken, weil er Kessler nirgends entdeckte. So ruhig wie möglich fragte er die Anwesenden nach dem Verbleib ihres Intendanten.

Eine junge, knappbekleidete, sich ihrer Reize durchaus bewusste Schauspielerin berichtete ihm, dass sich die Bühnenpodeste nicht hochfahren ließen – und der Chef abklären wollte, weshalb die Technik nicht funktioniert.

»Wissen Sie«, und dabei bewegte sie sich tänzelnd und ungeniert auf Diego zu, »wir spielen auf verschiedenen Ebenen, Herr Kommissar, zumindest im zweiten ...«

»Wie jetzt«, unterbrach sie Diego, »Ihr Chef befindet sich demnach momentan im Schaltraum?«

Die Antwort wartete er gar nicht erst ab, sondern rannte sofort los. Er lief die Treppe hinunter, durchquerte einige Gänge und stand kurz darauf vor der verschlossenen Tür, hinter der sich die Technik befand. Als er vor kurzem mit Dominique den Raum inspiziert hatte, stand die Tür sperrangelweit auf – nun war sie abgeschlossen. Er versuchte sie gewaltsam zu öffnen, trat kraftvoll dagegen und rief dabei immer wieder nach Kessler, bekam aber keine Antwort.

Die kleine Blonde stand plötzlich mit weit aufgerissenen Augen hinter ihm.

»Stehen Sie hier nicht rum«, brüllte er sie an, »holen Sie den Hausmeister, er soll den Schlüssel für den Schaltraum mitbringen.«

Er selbst griff zum Handy und rief Kowalski an, der noch immer die hintere Tür zum Gebäude sicherte. Er beschrieb ihm den Weg zum Schaltraum. Als dieser um die Ecke bog, sah er, wie Diego sich erfolglos gegen die verschlossene Tür warf.

»Gehen Sie aus dem Weg«, rief er ihm zu, nahm Anlauf und warf sich mit vollem Körpereinsatz dagegen. Krachend und splitternd gab das Holz nach und er landete unsanft mitsamt der Tür im Inneren des Raumes.

»Kessler, Kessler, wo sind Sie?«

Diego stürmte hinein und rief immer wieder Theos Namen. Im Schaltraum war nichts von ihm zu sehen. Er riss die Tür der Requisitenabteilung auf, in dem sich einige Kulissenwände, eine Seilwinde und Stricke in verschiedenen Stärken befanden, die zum Teil von der Decke hingen. Schon beim Inspizieren des Raumes war er erstaunt gewesen, wie viel Zubehör so ein Theater benötigte.

Und dann sah er ihn: Theo hing, ähnlich einer Marionette, kopfüber zwischen den Seilen. Seine Gliedmaßen waren durch Stricke straff vom Körper weggezurrt worden. In seinem Rachen steckte eine Mullwindel. Theos Augen schienen aus den Höhlen getreten zu sein, sein Gesicht war bläulich rot und angeschwollen. Genau unter ihm lagen ein Jagdmesser, ein Stück weiße Kreide und, etwas entfernt davon, zwei große Plastiktüten.

Diego riss ihm den Knebel aus dem Rachen und versuchte gemeinsam mit Kowalski, die Stricke zu lösen. Vergeblich. Erst als der Hausmeister erschien und aus dem Werkzeugkasten ein Teppichmesser hervorzauberte, konnten sie ihn von den Fesseln befreien. Vorsichtig ließen sie den leblos wirkenden Körper zu Boden gleiten, und während Kowalski sich um Kessler kümmerte, forderte Diego Verstärkung, die Spurensicherung und einen Krankenwagen an. Dominique gab er den Auftrag, die Schauspieler erst mal mit in sein Büro zu nehmen.

»Er muss noch hier sein, wir haben ihn gestört. Verdammt, ich habe diese Bereiche heute genau durchsucht, er kann diesen Raum nur durch die Tür oder durch den Notausgang verlassen haben. Aber der Notausgang ist nach wie vor verriegelt. Wäre er da entwischt, hätte jemand hinter ihm die Riegel wieder zuschieben müssen. Ich schau mich nochmal um.« Und dann verschwand Diego hinter den Kulissenwänden.

Kowalski hörte, wie er lautstark irgendwelche Utensilien schob und rückte. Es polterte, quietschte, scharrte – und dann drang das laute Fluchen seines Kollegen an sein Ohr. Als er lautstark von Diego wissen wollte, weshalb er flucht, bekam er keine Antwort. Kowalski bemühte sich indessen um Kessler, der kein Lebenszeichen von sich gab, und lauschte weiter in die Richtung, in der Diego verschwunden war. Er rief nochmals nach ihm, und bekam auch diesmal keine

Antwort. Endlich trafen der Krankenwagen und zeitgleich die Spurensicherung ein.

Der Arzt, der sich über Theo beugte, schüttelte skeptisch den Kopf und meinte: »Das sieht nicht gut aus.« Im Eiltempo wurde er auf eine Trage gelegt und abtransportiert.

Kowalski überließ den Tatort der Spurensicherung und lief in die Richtung, in der Diego verschwunden war. Er kam sich zwischen den verschiedenen Stellwänden vor wie in einem Irrgarten.

Dann sah er das offene Kellerfenster. Darunter standen zwei übereinandergestapelte Kisten, die einen bequemen Ein- und Ausstieg ermöglichten. Kowalski beugte sich aus dem Fenster und schaute auf ein scheinbar undurchdringliches Gestrüpp. Beim genaueren Hinsehen konnte man allerdings eine schmale Schneise erkennen, die offensichtlich der Fluchtweg des Täters gewesen war. Von seinem Kollegen war weit und breit nichts zu sehen.

Kowalski informierte die Spurensicherung über den möglichen Fluchtweg und begab sich danach ins Büro des Hausmeisters. Die Fragen der Darsteller, die wissen wollten, wie es jetzt weiterginge, konnte er ihnen leider nicht beantworten.

42

Das war knapp. Es fehlten mir zehn Minuten, gottverdammte zehn Minuten, dann wäre es vorbei gewesen. Ausgerechnet bei meinem letzten Vorhaben kam mir dieser Kommissar in die Quere. Mein Plan war genial. Niemand ahnte, dass ich bereits im Haus war und mich in einem sicheren Versteck befand. Nur einmal kam mir dieser Schnüffler ganz nah. Er rückte einige

Gegenstände in meiner unmittelbaren Nähe hin und her und ich sah den Lichtkegel seiner Taschenlampe aufblitzen, aber kurz darauf entfernten sich seine Schritte wieder. Jetzt wusste ich, dass er in diesen Raum nicht mehr zurückkehren würde. Er hatte ihn inspiziert und als koscher abgehakt.

Die Mechanik der Bühnenpodeste außer Betrieb zu setzen, war für mich die leichteste Übung – und Kessler tat genau das, was ich von ihm erwartete. Er kam alleine in den Schaltraum, um nach der Ursache der technischen Störung zu suchen, und lief mir arglos in die Arme. Dieser kleine, schmächtige Mann, konnte – so interpretierte ich zumindest seinen entgeisterten Gesichtsausdruck – nicht begreifen, dass er in der Falle saß. Er fühlte sich in seinem Theater sicher, schon deshalb, weil außer seinen Bühnenkünstlern auch die Polizei im Haus war. Es war dumm von mir, dass ich mir so viel Zeit gelassen habe. Wobei ich es auch ein klein wenig genoss, so unter den Augen der Polizei, Kessler ins Jenseits zu befördern. Nur der Kommissar war clever – und reagierte sofort, als er das Verschwinden Kesslers bemerkte. Ich konnte gerade noch durch das Fenster verschwinden und durch das Gestrüpp robben.

Eigentlich liebe ich es gar nicht, derart unter Zeitdruck zu stehen. Das mochte ich früher nicht und heute noch weniger. Ich war ziemlich außer Atem, als ich über den niedrigen Zaun kletterte. Der alten Dame mit ihrem Hund, die mich erschrocken musterte, als ich plötzlich vor ihr stand, schenkte ich trotzdem ein freundliches Lächeln, klopfte mir die trockenen Blätter und den Sand von der Kleidung und begab mich zügig zur nächsten Straßenecke. Mein Auto war glücklicherweise so geparkt, dass ich nicht rangieren musste, um losfahren zu können.

Auf der Rückfahrt ärgerte ich mich über meine eigene Einfältigkeit. Zweimal lief alles wie am Schnürchen, und beim dritten Kandidaten wurde ich unvorsichtig. Ein Fehler, der schon so *manchem Kriminellen zum Verhängnis wurde. Man fühlt sich sicher, denkt, man hätte alles im Griff – und dann wird man nachlässig. Nun läuft mir im wahrsten Sinn des Wortes die Zeit davon. Ich werde jetzt nachhause fahren und über einen neuen Plan nachdenken, ich muss über einen neuen Plan nachdenken, verdammt, ich muss ... mir bleibt nicht mehr viel Zeit ...*

43

»Wo bleibt der denn?« Dabei schaute Engels zum zigsten Mal auf seine Uhr.

Gregor, der gerade dabei war, sich einen weiteren Tee zuzubereiten, zuckte ratlos mit den Schultern und meinte zu seinem Kollegen: »Ich denke, wir sollten nicht länger auf diesen Pierre Mullier warten. Wenn er doch noch zum Verhör anrückt, sollen ihn die Kollegen festsetzen, bis wir zurück sind. Ich würde vorschlagen, wir fahren nochmal zum Pferdehof und befragen Lukas Stein etwas intensiver nach seinem Alibi.«

»Nein, das werden wir nicht tun«, beschloss Engels, »wir fahren erst mal, wie besprochen, zu den alten Steins. Lukas Stein hat uns gesagt, dass er in der Nacht, als Slovak ermordet wurde, zuhause geschlafen hat. Der Junge ist ein Pferdenarr, aber kein Mörder.«

»Aha«, meinte Gregor gereizt, »und das sagt dir dein Gefühl. Wir ermitteln ab jetzt nach Gefühl, oder wie?«

»Nenne es, wie du willst«, blaffte Engels, »Intuition, Gefühl, Eingebung oder was auch immer. Lass uns loslegen, die Zeit wird knapp.«

Gregor stellte die Tasse mit dem heißen Tee zur Seite, ohne davon einen Schluck getrunken zu haben, und verließ mit Engels das Büro. Im Vorbeigehen gaben sie dem Kollegen im Nebenraum die Instruktion, Pierre Mullier, sollte er sich hier einfinden, unbedingt festzuhalten.

»Wo bleibt eigentlich Blondy? Müsste sie nicht schon längst hier sein?«

»Ich weiß nicht, wo sie ist«, erwiderte Engels, »ich wundere mich auch, dass sie noch nicht einmal angerufen hat.«

»Hattet ihr wieder Streit?«, hakte Gregor nach.

»Nein, vielleicht hat sie mir auch gesagt, weshalb sie nicht kommt, und ich habe ihr wieder mal nicht zugehört.«

Damit war die Konversation zwischen den beiden vorerst erschöpft. Sie saßen schweigend im Auto und jeder war offensichtlich mit seinen eigenen Gedanken beschäftigt. Die ungeklärten Kreidekreis-Morde zerrten gewaltig an den Nerven.

Auf der Stadtautobahn standen sie zu allem Überfluss auch noch im Stau und brauchten fünfzehn Minuten länger, um die Ausfahrt Holzhauser Straße zu erreichen. Kurz darauf parkten sie den Wagen vor dem Haus der Steins. Gregor läutete anhaltend und nahm den Finger erst wieder von der Klingel, als er hinter der Fensterscheibe Frau Stein bemerkte.

Sie wirkte nervös und verängstigt, als sie zum Gartentor kam. »Mein Mann ist nicht da, und ich weiß auch nicht, w…«

»Das ist momentan auch nicht nötig«, unterbrach sie Engels. »Dürfen wir reinkommen? Wir hätten da noch ein paar Fragen, die Sie uns vermutlich ebenso beantworten können.«

Unbeholfen öffnete sie das Tor und tippelte vor den beiden ins Haus. »Kann ich Ihnen etwas anbieten?«

Beide verneinten und wollten gleich zur Sache kommen.

Auf die Frage, wo sie und ihr Mann in der Nacht von Freitag zu Samstag gewesen waren, zog sie nur ratlos wirkend die Schultern hoch. »Na, ich denke wir waren zuhause. Ja, natürlich waren wir zuhause, wir sind eigentlich immer hier.«

»Eigentlich«, wiederholte Engels, »dieses ›eigentlich‹ genügt mir nicht, Frau Stein. Ich möchte von Ihnen ganz genau wissen, wie dieser Freitag bis einschließlich Samstag ablief.«

»Ich weiß nicht, entschuldigen Sie bitte, ich schau mal in den Terminkalender.«

Sie eilte über den Flur, verschwand im gegenüberliegenden Zimmer, das offensichtlich als Büro diente, und kam kurz darauf mit dem Kalender in der Hand zurück.

»Ja, hier ist der Freitag.« Dabei fuhr sie langsam mit dem Finger die einzelnen Linien des Blattes ab, obwohl man schon von weitem erkennen konnte, dass nichts eingetragen war. »Ja, da war nichts Besonderes.« Sie sah Engels lächelnd ins Gesicht. »Wie ich schon sagte, wir waren hier.«

»Und Ihr Mann, Frau Stein, war er auch die ganze Zeit hier?«

»Nein, der war kurz einkaufen. Am Sonntag hatten wir die Kinder zum Brunch eingeladen und da wollte ich doch etwas vorbereiten. Das hat er dann besorgt.«

»Er ging also erst Freitagabend einkaufen? Wie lange war er unterwegs?«

»Das weiß ich nicht mehr. Er hatte sogar etwas vergessen und musste nochmal los.«

Gregor bemerkte, dass Engels so langsam begann, die Geduld zu verlieren, und übernahm jetzt die Befragung. Engels schien ihm dafür dankbar zu sein. Trotzdem kamen sie kein Stück weiter. Elisabeth Stein konnte oder wollte keine genauen Zeitangaben machen. Sie erfuhren, dass Erich Stein am Freitag zwei- oder dreimal mit dem Auto weggefahren war, aber wie lange das dauerte, blieb im Dunkeln. Sie selbst hätte noch bis spät in die Nacht hinein in der Küche hantiert und nicht darauf geachtet, wann ihr Mann schlafen gegangen war.

»Aber als Sie ins Bett gingen, war er da?«

»Nein, Herr Kommissar, wir haben getrennte Schlafzimmer. Mit ihm in einem Raum – Gott bewahre, diese Schnarcherei hält kein Mensch aus.«

»Und wo waren Sie und Ihr Mann in der Nacht von Montag zu Dienstag? Das war übrigens die Nacht, als das schwere Gewitter über Berlin zog.«

Jetzt kam der Kalender wieder zum Einsatz und sie studierte intensiv das vor ihr liegende leere Blatt – um dann zu verkünden: »Im Bett, Herr Kommissar, ich bin nachts immer im Bett.«

Gregor blieb die Ruhe selbst, während Engels wie ein Puma im Käfig in der geräumigen Küche auf und ab tigerte und misstrauisch dem infantilen Geplapper Elisabeth Steins lauschte.

»Und Ihr Mann war ebenfalls im Bett?«

»Ja, davon gehe ich aus. Wie ich Ihnen schon sagte, wir schlafen getrennt.«

Für einen kurzen Moment beschlich Gregor das Gefühl, dass ihn Elisabeth Stein nach allen Regeln der Kunst verarschte. Er schaute ihr direkt ins Gesicht und fragte sie, wann ihr Mann heute das Haus verlassen habe und wohin er wollte.

Gregor ahnte schon, dass auch diese Frage unbeantwortet bleiben würde. Und genau so war es dann auch. Frau Stein zog wieder die Schultern hoch, und ihr fragender Gesichtsausdruck bestätigte seine Vermutung: Sie war ahnungslos. Er startete einen letzten kläglichen Versuch, ihr irgendeine brauchbare Information zu entlocken.

»Frau Stein, Ihr Mann hat also vorhin das Haus verlassen, und Sie erinnern sich nicht mehr daran, wann er ging? Nahm er das Auto oder ist er zu Fuß unterwegs? Hat er vielleicht eine Andeutung über sein Vorhaben gemacht oder verließ er nur wortlos das Haus?«

Engels bemerkte, dass sie anfing nervös ihre Finger zu kneten und dann an ihrer Kleidung herumzupfte. Das war ihm schon bei der gestrigen Vernehmung aufgefallen. Zu dem Zeitpunkt war er allerdings der Ansicht gewesen, es läge an der Anwesenheit ihres Mannes, der sie einzuschüchtern schien. Aber ihr Mann war momentan gar nicht da.

Sie schaute verstört wirkend von einem zum anderen und meinte stockend, dass sie nicht genau wüsste, wann er gegangen sei. »Ich blieb heute etwas länger im Bett, und als ich aufstand, war er schon weg. Er sagt mir nie, wohin er geht. Er verschwindet und kommt irgendwann wieder.«

»Wenn ich das jetzt richtig verstanden habe, Frau Stein«, bohrte Gregor nach, »könnte Ihr Mann nachts das Haus verlassen, und Sie würden das unter Umständen gar nicht mitbekommen. Und wenn doch, würde er Ihnen trotzdem nicht sagen, wohin er geht – ist das korrekt?«

Nickend bestätigte sie seine Vermutung und erklärte, dass das schon sehr lange so sei. »Wissen Sie«, und dabei schaute sie an Gregor vorbei, »wir sprechen nicht mehr viel miteinander. Sind Sie verheiratet, Herr …? Jetzt habe ich Ihren Namen vergessen …«

Gregor stutzte, denn mit dieser Frage hatte er nicht gerechnet. »Bär ist mein Name. Ja, das bin ich – verheiratet, meine ich.«

»Dann geben Sie acht, dass nicht irgendwann die Gesprächsebene und das Interesse füreinander verloren gehen, bei den ersten Anzeichen sollte man gegensteuern …«

»Ja, ich werde dran denken, aber Sie haben meine Frage nicht beantwortet: Ist Ihr Mann zu Fuß oder mit dem Auto unterwegs?«

»Mit dem Auto, die Garage ist offen.«

Während sich Gregor vom Stuhl erhob, fragte er sie noch, welchen Autotyp ihr Mann fährt.

»Was soll denn diese Frage, ist das so wichtig?«, fauchte sie unerwartet in seine Richtung.

Verblüfft über Elisabeth Steins knallharte, aggressiv wirkende Stimmlage, schauten sich Engels und Gregor an – und beide dachten, sie hätten sich verhört. Eben noch die servile, verhuscht wirkende alte Dame, die man am liebsten mit Glaceehandschuhen anfassen möchte, und jetzt das.

»Ja, Frau Stein, das ist wichtig«, knurrte Gregor.

Als hätte jemand einen Hebel umgelegt, sprach sie jetzt wieder mit leiser, zittrig klingender Stimme: »BMW, er fährt einen dunkelgrünen BMW, der ist aber bestimmt schon fünfzehn Jahre alt. Ach, was erzähle ich da – zwanzig Jahre könnten es auch schon sein.«

Innerlich schäumte Gregor, weil ihn diese ausgekochte Alte verarschen wollte, und er konnte es sich nicht verkneifen zu sagen: »Na bitte, geht doch – und noch etwas, Frau Stein«, und dabei beugte er sich zu ihr hinunter, »vergessen Sie nicht, Ihrem Mann zu sagen, dass er umgehend bei uns erscheinen soll. Umgehend bedeutet, sofort wenn er zurück ist. Haben Sie das verstanden?«

Sie nickte ergeben und wollte beide nach draußen begleiten, aber Engels winkte ab.

»Danke, wir kennen den Weg.«

Zügig verließen sie das Grundstück, setzten sich in den vor der Tür parkenden Dienstwagen und sahen, dass sie von Elisabeth Stein, die hinter der Gardine stand, beobachtet wurden.

»Was war denn das für eine Nummer? Ich sage dir, die Alte hält nicht nur uns damit zum Narren. Ihrem Mann wird sie das auch ständig vorspielen. Die ist knallhart, die weiß genau in welche Richtung der Teig gerührt werden muss.«

»Ja, allerdings«, brummte Gregor, der immer noch stocksauer auf Elisabeth Stein war. »Aber vielleicht zieht diese Ich-bin-eine-alte-schwache-Frau-Nummer bei ihrem Mann. Er ist der Macher, das haben wir doch schon festgestellt, und sie ist vielleicht ebenso gestrickt wie er, hatte aber nie eine Chance, sich bei ihrem Patriarchen durchzusetzen. Dann fährt sie eben eine andere Schiene, die nicht minder erfolgversprechend sein muss.«

Genau in diesem Moment klingelte Engels Handy. Es war Diego, der ihn im Telegrammstil über die letzten Vorkommnisse informierte.

»Das glaube ich jetzt nicht«, schimpfte Engels ins Telefon, »ist er tot?«

Gregor schaute zu seinem Kollegen und ahnte, dass es im Theater einen Zwischenfall gegeben haben musste. Er startete den Wagen, fuhr mit Vollgas um die nächste Ecke und fädelte sich zügig in den fließenden Verkehr der Bernauer Straße ein. Wäre Engels nicht mit seinem Telefonat beschäftigt und Gregors Aufmerksamkeit nicht auf den Straßenverkehr gerichtet gewesen, wäre ihnen sicherlich der dunkelgrüne BMW aufgefallen, der direkt an ihnen vorbei fuhr, als Gregor Vollgas gab.

Die Stadtautobahn war zwar dicht befahren, aber man kam trotzdem zügig voran. Im Büro wurden sie schon von Diego erwartet. Ihm gegenüber saß Pierre Mullier, der sofort loswetterte, als er Gregor und Engels sah. Er wollte von ihnen wissen, weshalb man ihn hier wie einen Kriminellen behandelte.

Engels antwortete nicht, sondern beauftragte einen Kollegen, darauf zu achten, dass sich Mullier nicht aus dem Staub machen konnte. Er selbst begab sich mit Diego ins gegenüberliegende Büro und hörte sich dessen Lagebericht an.

»Und wo haben sie Theo Kessler hingebracht?«, wollte Engels wissen.

»Ich weiß es nicht. Ich weiß noch nicht mal, ob er das überlebt hat.«

Blondy, die still an ihrem Rechner saß und konzentriert zu arbeiten schien, hatte aufmerksam Diegos Bericht verfolgt. »Ich kümmere mich darum.«

Ruckartig waren alle Blicke auf sie gerichtet, und Engels äußerte überrascht: »Du bist ja hier? Sorry, wann bist du gekommen und wo warst du?«

»Ich hatte dir doch gesagt, dass ich mit meiner Tochter zum Arzt muss … du hast es vergessen, stimmt's?«

Engels nickte schuldbewusst. »Tschuldigung, aber kümmere dich bitte um den Verbleib Kesslers, okay?«

Dann wandte er sich wieder Diego zu und fragte ihn, weshalb er das Kellerfenster übersehen habe. »Du inspizierst jeden Winkel des Gebäudes, und dann übersiehst du ein Fenster? Das kann ich nicht nachvollziehen.«

Diego schüttelte verständnislos den Kopf und erklärte, es sei ihm unbegreiflich, dass er das Fenster nicht bemerkt habe. »Es hätte mir auffallen müssen. Aber als ich diesen Raum überprüfte, war dort kein Fenster. Oder es war so gut kaschiert, dass ich es gar nicht sehen konnte. Na ja – und da ist er mir dummerweise entwischt. Eigentlich so simpel. Er verschwand kriechend unter diesem dichten Gestrüpp. Eine ältere Frau, die mit ihrem Hund unterwegs gewesen war, hat ihn gesehen und beschrieben.«

»Es gibt eine Zeugin«, jubelte Engels, »das ist mehr, als ich zu hoffen wagte.«

»Na ja, ob ihre Aussage hilfreich ist, würde ich bezweifeln«, entgegnete Diego. »Sie sah einen stattlichen Mann, der sie freundlich anlächelte und sich Laub und Sand von der Hose klopfte. Sie konnte mir weder die Farbe seiner Klamotten noch sonstige Details, wie zum Beispiel Brille, Haarfarbe oder Ähnliches, beschreiben. Aber an seine Weste konnte sie sich erinnern, an eine dunkle Weste mit vielen aufgesetzten Taschen. Was die Größe des Mannes angeht, wollte sie sich nicht festlegen. Originalton der Dame: ›*Er war nicht klein, eher groß, aber ich würde ihn sofort wiedererkennen, diesen ausgesprochen reizenden Mann.*‹«

»Na wenigstens etwas«, murrte Engels. »Und, hast du schon rausbekommen, wo Kessler abgeblieben ist?«

Blondy hielt den Telefonhörer ans Ohr gepresst und schüttelte verneinend den Kopf.

»Okay, dann nehmen wir uns jetzt Mullier vor.«

Im Verhörraum überprüfte Engels das Mikrofon und Gregor holte seinen inzwischen kalt gewordenen Kräutertee. Seine Magenschmerzen quälten ihn permanent und er beschloss, zeitnah einen Arzt aufzusuchen.

Ein Kollege, aus dem Nebenbüro führte Mullier herein und verdrehte dabei mit gespieltem Entsetzen die Augen.

Gregor und Engels waren überzeugt, dass er damit das Outfit des Kandidaten meinte: Mullier erschien modisch, sehr extravagant, so als wäre er zum Fotoshooting verabredet. Unübersehbar und ein echter Hingucker waren seine quietschgrünen, spitzen Schuhe und das farblich angepasste Halstuch.

Gestenreich und laut räsonierend betrat er den Raum: das sei Freiheitsberaubung … seit zwei Stunden würde man ihn hier festhalten … er würde sich bei einer übergeordneten Stelle beschweren.

Engels unterbrach sein Gezeter und forderte ihn auf, sich zu setzen. Widerwillig nahm er auf dem Stuhl Platz, auf dem vor ein paar Stunden bereits Johannes gesessen hatte. Das Mikrofon wurde eingeschaltet und Gregor sprach mit monotoner Stimme die erforderliche Information auf das Gerät. Dann wies er Mullier darauf hin, dass alles, was er zu Protokoll geben würde, später auch gegen ihn verwendet werden könnte.

»Weshalb sind Sie nicht pünktlich zum Verhör erschienen?«, wollte Gregor zunächst von ihm wissen.

»Ich war pünktlich.«

»Nein, das waren Sie nicht, Sie sollten um neun hier erscheinen und nicht um zwölf«, konterte Gregor. »Und wo waren Sie in den letzten drei Stunden, Herr Mullier?«

»In meiner Firma, warum fragen Sie?«.

»Und das kann jemand bestätigen?«, fuhr Gregor fort.

»Ja, ich denke schon, dass mich jemand kommen und gehen gesehen hat. Auch mir gelingt es nicht, mich unsichtbar zu machen«, legte er im spöttischen Ton nach.

Gregor ignorierte diese Bemerkung und fuhr fort. Als er ihn fragte, wo er in der Nacht vom Montag zu Dienstag gewesen sei, reagierte Pierre überraschenderweise sehr laut und aggressiv. Sein Gesicht wurde puterrot und kleine Schweißperlen bedeckten seine Stirn. »Was soll diese Frage? Bringen Sie mich jetzt auch noch mit dem Ableben von diesem Pferdetypen in Verbindung?«

Gregor und Engels waren gleichermaßen verblüfft über seine Reaktion, und Gregor fragte, wer ihn über den Mord auf dem Pferdehof informiert hätte.

»Na wer schon? Ich weiß es von meinem Lebensgefährten – und bevor Sie weiterrätseln, von wem er das weiß: von Lukas, seinem jüngeren Bruder, der, wie Ihnen bekannt sein dürfte, dort beschäftigt ist.«

»Ja, das scheint logisch«, bestätigte Gregor, »von wem auch sonst. Trotzdem würde ich gerne wissen, wo Sie in der Nacht vom Montag zu Dienstag waren!«

»In der Firma. Ich habe in der Firma geschlafen. Johannes und ich hatten uns gestritten und da brauchte ich Abstand.«

Ihm entging weder der skeptische Blick Gregors noch die hochgezogene Augenbraue Engels.

»Ist das so ungewöhnlich?«, blaffte er in die Richtung der Kommissare, »streiten Sie sich nie und brauchen dann Abstand, zu wem auch immer? Und wenn Sie noch wissen wollen, ob das jemand aus der Firma bestätigen kann: Nein, das kann niemand bestätigen. Ich war alleine. Aber ich habe weder Kessler noch den Pferdeflüsterer umgebracht. Weshalb hätte ich das tun sollen?«

»Waren Sie schon einmal auf dem Pferdehof von Jakob Slovak?«

Pierre schluckte, schaute misstrauisch zu Gregor und nickte bejahend.

»Bitte ein lautes Ja oder Nein, wir nehmen das Gespräch auf«, korrigierte ihn Gregor.

»Ja, ich war vor einiger Zeit dort wegen des Events, das vor ein paar Tagen stattfinden sollte. Wir besprachen die Einzelheiten, tranken noch Wein zusammen, und ich versprach Slovak, dass mein Stellvertreter zeitnah die Räumlichkeiten besichtigen würde.«

»Aha«, meinte Gregor, »und danach? Waren Sie danach auch in den Stallungen?«

»Nein, was hätte ich dort tun sollen? Nach der Besprechung bin ich nachhause gefahren. Das war vor acht oder neun Wochen.«

»Wie? Sie sind wieder gegangen, ohne Ihren Schwager ... äh ... also Lukas zu begrüßen? Ich meine, das wäre doch völlig normal gewesen, kurz mal hallo zu sagen.«

Pierre war außer sich, sprang auf und entgegnete in scharfem Ton, er habe keine Veranlassung gehabt, in die Stallungen zu gehen, da Lukas erst seit kurzem dort beschäftigt sei.

»Setzten Sie sich!«, befahl Gregor.

Engels hingegen erhob sich nachdenklich von seinem Stuhl und lief im Zimmer auf und ab. Dieser Pierre Mullier wurde ihm immer suspekter. Auch diesmal konnte er für die Tatzeit kein Alibi vorweisen. Über Pierre hinweg trat Engels mit Gregor in Blickkontakt – und sah an seinem Gesichtsausdruck, dass dieser dasselbe dachte wie er.

»Herr Mullier« – in Gregors Ton schwang jetzt Ungeduld mit – »Sie sind offensichtlich der Einzige, außer den beiden unmittelbar Beteiligten, der Kenntnis von dem hat, was damals geschah. Es muss Sie doch wahnsinnig wütend gemacht haben, als Sie die ganze Wahrheit erfuhren. Jahrein, jahraus mussten Sie mitansehen, wie Ihr Lebensgefährte unter seiner Verletzung leidet, wie er täglich seine Medikamente einnimmt, weil er sonst die Schmerzen nicht erträgt. Die Ärzte sind bereits am Ende mit ihrem Latein. Und Sie, Sie leiden mit. Sie leiden, weil Sie ihm nicht helfen können – und eines Tages schmieden Sie einen perfiden Plan. Diese Bande soll nicht ungestraft davonkommen. Sie brauchten allerdings einen Helfer. Jemand aus der Familie, jemand der gefühlsmäßig ebenso involviert war wie Sie. Und Sie weihten Lukas ein. Erzählten ihm, was die Kessler-Brüder und Jakob Slovak seinem Bruder und seiner Schwester angetan haben. Lukas überlegt, wägt ab – Sie bemerkten sein Zögern und bearbeiteten ihn weiter – und irgendwann begann auch Lukas zu hassen. Das war der Moment, in dem er bereit war, mit Ihnen den Rachefeldzug zu starten … Könnte es so gewesen sein, Herr Mullier?«

Während Gregor seinen Monolog hielt, hörte man nur das leise Summen des Aufnahmegeräts. Pierre hingegen starrte mit fassungslosem Blick zu Gregor. Es dauerte ein paar Sekunden, bis er seine Sprache wiederfand.

»Sie sind doch verrückt, Sie haben sie ja nicht mehr alle! Was spinnen Sie sich da zusammen, Herr Kommissar? Ich habe niemand umgebracht. Wie oft soll ich Ihnen das noch sagen? Und ich habe auch nicht mit Lukas darüber gesprochen. Außerdem weiß ich erst seit ein paar Tagen, dass er überhaupt auf diesem Pferdehof beschäftigt ist. Ihre Unterstellung ist unglaublich. Nur weil Sie bei Ihren Ermittlungen auf dem Schlauch stehen, konstruieren Sie diese bunte Geschichte und wollen mir das Ding anhängen. Denken Sie wirklich, ich würde alles aufs Spiel setzen, um meine Rachegelüste auszuleben? Johannes und ich haben eine gutgehende Firma, wir haben ein sorgenfreies Leben, ich bin doch nicht verblödet und gebe das alles auf!«

Es war Engels, der sich nun ganz nah zu Pierre stellte und ihn in scharfem Ton bat, seine Lautstärke zu zügeln.

Wild gestikulierend sprang dieser auf und brüllte Engels an: »Lassen Sie mich einfach nur in Ruhe, ich habe niemand ermordet! Außerdem höre ich mir das jetzt nicht länger an. Ich werde jetzt gehen und Sie können mich nicht zurückhalten. Sie haben nichts, aber auch gar nichts gegen mich in der Hand.«

»Herr Mullier«, Gregors Stimmlage war jetzt alles andere als freundlich, »wir müssen Sie leider hierbehalten. Sie
stehen unter dem dringenden Verdacht, Paul Kessler sowie
Jakob Slovak ermordet zu haben. Wenn Sie möchten, dürfen Sie noch Ihren Anwalt anrufen.«

Und dann ging alles sehr schnell. Zwei Beamte führten
Pierre hinaus. Sein Geschrei und Gezeter war mit Sicherheit auch im Stockwerk darüber zu hören.

Engels klemmte sich ans Telefon, um den Staatsanwalt
von der Festnahme Mulliers zu informieren. Er rechtfer-
tigte diese Maßnahme mit mehr oder weniger haltlosen
Verdächtigungen, aber das war ihm momentan egal. Er ging
sogar so weit, dass er einen Durchsuchungsbefehl für die
privaten und die geschäftlichen Räume Mulliers beantragte.
Er begründete diese Aktion damit, dass der Verdacht be-
stünde, Mullier habe sich in den Stallungen, also am Tatort,
aufgehalten.

Somit kam erst mal Bewegung in die Untersuchung, und
die Staatsanwaltschaft würde sie für mindestens vierundzwanzig Stunden, die sie dringend für die weitere Ermittlungsarbeit benötigten, in Ruhe lassen.

Als Gregor und Engels zurück in ihr Büro kamen, war
Blondy gerade im Begriff, das Telefonat zu beenden.

»Möchte einer von euch Kaffee, frisch zubereitet in unse-
rer megamodernen, neuen Kaffeemaschine? Ich habe auch
Kuchen besorgt. Sieht so aus, als könntet ihr alle eine kurze
Pause vertragen.«

Mit dieser Einschätzung traf sie, außer bei Gregor, ins
Schwarze.

»Was ist mit dir, geht's dir nicht gut?«

Blondy schaute kritisch in sein blasses Gesicht und fol-
gerte, dass ihm sein Magen wohl wieder Probleme bereitete.

»Ich mache dir einen frischen Tee, Kollege – und würde dir raten, schleunigst einen Arzt aufzusuchen. Du siehst grauenvoll aus.«

Gregor saß an seinem Schreibtisch und genoss – auch wenn er es niemals zugeben würde – Blondys Aufmerksamkeit. Seit Sarah ihn verlassen hatte, um über den weiteren Sinn ihrer gemeinsamen Ehe nachdenken zu können, kam er sich sehr verloren vor. Engels indessen schlürfte seinen heißen Kaffee, schaufelte den Streuselkuchen in sich rein und verfolgte stirnrunzelnd Blondys Kümmergehabe.

»Was ist nun mit ihm, ist er tot?« Alle Augen waren jetzt auf Engels gerichtet, denn niemand hatte akustisch verstanden, was er gerade gesagt hatte.

»Mit vollem Mund spricht man nicht, das gilt nicht nur für Kinder«, wies ihn Blondy lächelnd zurecht.

»Ich wollte wissen, ob er tot ist«, wiederholte Engels seine Frage jetzt etwas verständlicher. »Kessler, meine ich. Du hast dich doch informiert, wo er abgeblieben ist, oder?«

»Der ist auf der Intensivstation, er liegt im Koma, und die Ärzte können nicht sagen, ob er die nächsten vierundzwanzig Stunden überleben wird.«

»Verdammt«, fluchte Engels, »wir haben nichts – aber auch gar nichts, womit wir punkten können. Ich hoffe nur, dass die Hausdurchsuchung bei Mullier was bringt.«

»Was glaubst du denn, bei ihm zu finden?«, fragte Diego.

»Na was schon, vielleicht Stiefel, an denen die Pferdescheiße klebt – oder Kreidespuren auf seinen Klamotten, oder was weiß ich … irgendetwas, damit wir ihn festnageln können.«

Blondy schaute nachdenklich zu Engels und hätte ihn jetzt am liebsten in die Arme genommen. Sie wusste, wie hilflos er sich in diesem Moment fühlte. Er war ein grandieser Ermittler, der es ganz schlecht aushalten konnte, auf der Stelle zu treten.

Im Augenblick war es still im Raum. Gregor stand auf und versenkte seinen Teebeutel im Mülleimer, Diego nahm sich ein weiteres Obsttörtchen und Engels schob sich den Rest des Streuselkuchens in den Mund, ungeachtet dessen, dass die Hälfte davon in Krümeln auf seinem Schreibtisch landete. Jeder sinnierte vor sich hin, und keiner sprach ein Wort, bis sie das Läuten des Telefons aufschreckte.

Der Anruf wurde vom Nebenbüro durchgestellt und der Kollege meinte zu Blondy, die das Gespräch annahm: »Ich habe hier eine Dame am Telefon, die den Kommissar sprechen möchte, mit dem sie heute vor dem Theater geplaudert hat.«

»Geplaudert«, wiederholte Blondy, »hat sie wirklich ›geplaudert‹ gesagt? Nette Formulierung ... Diego, für dich.« Dabei hielt sie ihm lächelnd den Telefonhörer hin.

»Kommissar Rochas am Apparat – ja, sicher«, meinte er zu der Anruferin, »ja, ich erinnere mich an Sie ... Was sagen Sie? ... dunkelgrün ... Und die Automarke? ... Also, ich meine das Modell, Mercedes, VW oder so ... Ach, schade, da kennen Sie sich nicht aus ... Aber bei der Farbe sind Sie sich ganz sicher? ... Danke für Ihren Anruf, das hilft uns bestimmt weiter.«

Als Diego »dunkelgrün« und »Automarke« sagte, waren Engels und Gregor hellwach. Engels griff sich den Autoschlüssel, spurtete vorneweg und rief den anderen zu: »Los, kommt, den schnappen wir uns!«

Zu dritt rannten sie aus dem Büro und ließen eine verwirrte Kollegin zurück.

Mit eingeschalteter Sirene fädelten sie sich in den fließenden Verkehr ein.

Diego, dem immer noch nicht klar war, weswegen seine Kollegen auf sein »dunkelgrün« hin sofort aufgesprungen waren, ließ sich nun von Gregor aufklären.

»Der alte Stein fährt einen dunkelgrünen BMW – und sicher hat deine Anruferin ihn in einen solchen einsteigen sehen, stimmt's?«

Diego nickte bestätigend.

»Und unser Plauderstündchen bei Elisabeth Stein war letzten Endes auch nicht für die Katz«, amüsierte sich Gregor, »immerhin spuckte sie, wenn auch unwillig, die Farbe des Autos aus, mit dem ihr Mann unterwegs war.«

Als Engels in die Wohnsiedlung Tegel Süd einfuhr, schaltete er die Sirene aus. Er parkte direkt vor dem Haus der Steins und drückte den Klingelknopf. Als hätte Elisabeth hinter der Tür auf das Erscheinen der Polizei gewartet, schnarrte fast zeitgleich mit der Klingel der Summer und das Gartentor sprang auf.

Sie betraten das Haus, und noch bevor Engels fragen konnte, wo ihr Mann sei, zeigte Elisabeth mit dem Finger zur Küche: »In der Küche, er ist in der Küche.«

Das Bild, das sich ihnen bot, war nicht neu: Erich Stein saß kerzengerade wie eine Statue an der Stirnseite des Tisches, sein Gesicht glich einer kalkweißen Maske, und nichts in dieser Maske ließ auch nur die Spur einer Gefühlsregung erkennen.

»Sie wissen, weshalb wir hier sind?«

Erich Stein nickte kaum erkennbar mit dem Kopf.

»Herr Stein, ich verhafte Sie wegen zweifachen Mordes und versuchtem Mord an Theo Kessler. Wenn Sie uns bitte folgen würden.«

»Versuchtem Mord ... also lebt das Schwein tatsächlich noch ...« Schwer atmend und leicht taumelnd erhob er sich und wäre vermutlich gestürzt, wenn Gregor ihn nicht abgefangen hätte.

Unwirsch blaffte Erich ihn an: »Lassen Sie das, ich kann alleine gehen!«

Hocherhobenen Hauptes verließ er mit den Beamten das Haus, würdigte Elisabeth keines Blickes und setzte sich schweigend mit Gregor in den Fond des Wagens. Langsam verschwand das Auto um die nächsten Ecke, und Elisabeth schaute fragend zu Diego, der mit ihr im Haus geblieben war.

»Wir warten auf meine Kollegen, Frau Stein – und die werden uns dann beide zum Kommissariat bringen«, erklärte er ihr.

»Ach so, ich also auch …?«

Er konnte sich nicht vorstellen, dass sie ernsthaft glaubte, sie wäre raus aus diesem Drama.

»Darf ich noch meine Tochter anrufen? Sie sollte wissen, dass wir verhaftet wurden.«

»Ja, sicher«, meinte Diego, »aber bis jetzt wurde nur Ihr Mann verhaftet, und Sie müssen uns zunächst einige Fragen beantworten. Und wenn Sie möchten, können Sie auch noch Ihre Söhne informieren.«

Mit leerem Blick schaute sie an ihm vorbei und schüttelte verneinend den Kopf.

»Nicht meine Söhne, aber Merete. Merete sollte dabei sein, ihr Vater braucht sie jetzt.«

44

Sie und ihre beiden Kollegen folgten mit ihrem Urteil dem Antrag der Staatsanwaltschaft; die Verteidigung hatte dagegen auf Totschlag in einem »minder schweren Fall« plädiert.

»Minder schwerer Fall«, schon bei dieser Formulierung drehte sich Merete jedes Mal der Magen um. Dieser inzwischen Sechzehnjährige, der emotionslos, ausgesprochen mitteilungsbedürftig und detailliert den Tathergang schilderte, der eiskalt, mit einem diabolischen Grinsen im Gesicht zum Richtertisch emporschaute und nicht die kleinste Spur von Reue erkennen ließ. Er würde knallhart die fünfzehn Jahre absitzen, so wie er die anderen Strafen abgesessen hatte. Keine der Erziehungsmaßnahmen hatte bisher bei ihm Wirkung gezeigt.

Merete zog ihre Robe aus, öffnete das Fenster und genehmigte sich, trotz des Rauchverbots im Gebäude, eine Zigarette. Endlich war der Fall abgeschlossen, aber es würde lange dauern, bis sie die Bilder des ermordeten vierzehnjährigen Mädchens und dessen Vater aus dem Kopf bekommen würde. Über zwanzig Messerstiche wurden gezählt, und die beiden hatten nicht die geringste Chance gehabt, diesem Monster zu entkommen. Sie mussten sterben, weil der Vater dem Sechzehnjährigen mit einer Anzeige drohte, denn dieser hatte seine Tochter misshandelt. Merete dachte an ihren Vater und fragte sich, wie er gegen die Kesslers und Slovak vorgegangen wäre, wenn er von den brutalen Übergriffen gewusst hätte.

Nachdenklich drückte sie ihre Zigarette aus und schaltete ihr Handy an. Auf dem Display sah sie, dass ihre Mutter dreimal versucht hatte, sie zu erreichen, das war sehr ungewöhnlich. Beunruhigt rief sie ihre Mutter zurück, aber erst nach dem fünften oder sechsten Klingelzeichen nahm diese das Gespräch entgegen.

»Merete, Gottseidank rufst du zurück, du musst sofort kommen, Vater wurde verhaftet.«

Ihr wurde einen kurzen Moment schwarz vor Augen und die Beine versagten ihr den Dienst. Gerade noch rechtzeitig ließ sich Merete auf einem Stuhl nieder.

»Wo … wo ist er? Wo wurde er hingebracht?«, stotterte sie ins Telefon.

Dann hörte sie, wie ihre Mutter mit jemandem sprach und nachfragte, wo sie sich hier eigentlich befand. »Ich brauche die Adresse, Herr Kommissar, meine Tochter möchte das wissen.«

Im Hintergrund hörte Merete eine männliche Stimme und Schritte, die sich dem Telefon näherten.

»Ich bin es, Frau Roth, Kommissar Rochas. Ihre Eltern befinden sich hier im Dezernat.«

Sie unterbrach ihn und schrie ins Telefon: »Warum, weshalb wurden sie dort hingebracht, ich verstehe das nicht!«

»Bleiben Sie ruhig, Frau Roth, am besten, Sie kommen her und wir sprechen darüber …«

Sie war außer sich und forderte ihn auf, ihren Vater an den Apparat zu holen: »Ich will sofort mit ihm sprechen, hören Sie, sofort!«

»Sie sollten herkommen, Frau Roth, also bis gleich.« Dann legte er auf.

Merete starrte auf ihr stummes Handy und ihr Hirn weigerte sich, weiterzudenken. Wie in Trance verließ sie das Justizgebäude in Moabit, fuhr vom Parkplatz und schlug den Weg zur Keithstraße ein. Sie parkte im absoluten Halteverbot und betrat kurz darauf das Kommissariat. Ohne

Diego eines Blickes zu würdigen, stürzte sie auf ihre Mutter zu, umarmte sie und wollte wissen, wo Erich sei.

»Frau Roth«, unterbrach Diego sie, »wenn Sie mir bitte folgen würden.« Seine Aufforderung klang sanft, und in seinem Blick lagen Mitgefühl und Zugewandtheit. »Bitte, kommen Sie.«

Zögernd folgte sie ihm in den kleinen Nebenraum, in dem sich nichts als ein Schreibtisch und zwei Stühle befanden.

»Ich möchte mit Ihnen nicht im Beisein Ihrer Mutter sprechen«, begann er die Unterredung, »sie muss noch zum Verhör und unser Gespräch könnte sie beeinflussen. Ihr Vater wurde wegen des dringenden Verdachts verhaftet, Paul Kessler und Jakob Slovak ermordet zu haben, sowie des versuchten Mordes an Theo Kessler.«

Merete schaute ihm direkt in die Augen, schüttelte verständnislos den Kopf und meinte im Brustton der Überzeugung: »Nein – niemals, mein Vater ist kein Mörder. Warum hätte er das tun sollen, er weiß doch nichts von den Geschehnissen von damals – und auch wenn er es wüsste, er würde niemals einen Menschen töten.«

Diego schwieg ein paar Sekunden und sagte dann: »Er hat gestanden, Frau Roth – er hat alles gestanden.«

Zitternd, und mit tränenerstickter Stimme bat sie ihn, mit ihrem Vater sprechen zu dürfen.

Diego fiel es schwer, sachlich zu bleiben; die unendliche Traurigkeit in Meretes Augen, als er ihr sagen musste, dass ihr Vater bereits die Morde gestanden hatte, berührte in zutiefst. Es war für ihn unerträglich, die Frau, in die er von dem Moment an, als sie zum ersten Mal sein Büro betreten hatte, verliebt war, derart hilflos zu sehen.

»Kommen Sie«, forderte er sie mit belegter Stimme auf, »ich bringe Sie zu Ihrem Vater.«

Als er bemerkte, dass sie leicht ins Schwanken geriet, ergriff er sachte ihren Arm und führte sie zum Vernehmungsraum. Erich Stein saß kerzengerade, mit dem Rücken zur Tür, auf einem Stuhl; ihm gegenüber saßen mit ernster Miene Engels und Gregor.

Merete versagte die Stimme, aber Erich spürte, dass seine Tochter hinter ihm stand. Langsam drehte er sich zu ihr um, schaute ihr in die Augen und flüsterte: »Jetzt ist es vorbei, mein Mädchen, jetzt ist es endlich vorbei ...«

Im selben Moment kippte er vom Stuhl.

Spontan versuchte Diego, Erich abzufangen, aber es blieb bei einem Versuch. Diesen großen, schweren Mann konnte man nicht so mir nichts, dir nichts auffangen. Schwer schlug er auf den Boden auf und blieb mit schmerzverzerrtem Gesicht liegen.

Bis der Krankenwagen eintraf, kniete Merete neben ihrem Vater, schob ihm ihre Jacke unter den Kopf, hielt seine Hand und strich ihm immer wieder liebevoll über das Gesicht. Sie sprach mit ihm, doch er reagierte nicht mehr.

Auf der Intensivstation wurde er an piepende, röchelnde und pumpende Maschinen angeschlossen – und auf Meretes Frage, wie ernst sein Zustand sei, sagte man ihr, dass ihn momentan nur die Maschinen am Leben erhalten würden.

Diego informierte Elisabeth von dem lebensbedrohlichen Zustand ihres Mannes und stellte ihr frei, zu ihm zu gehen.

»Nein, nein, ich werde später zu ihm gehen, Merete ist bei ihm und das ist gut so. Aber ich werde Johannes und Lukas anrufen, sie sollten wissen, wie es um ihren Vater steht. Ach ja, in welches Krankenhaus wurde mein Mann gebracht?«

Während Elisabeth telefonierte, wurde sie von Diego beobachtet. Er saß zurückgelehnt in seinem Stuhl und dachte über diese Familie nach.

Elisabeths Telefonat war kurz. Sie erwähnte den Söhnen gegenüber weder die vorangegangene Festnahme des Vaters, geschweige denn, dass er zwei Menschen getötet hat.

Nachdem Engels dafür gesorgt hatte, dass man Pierre Mullier auf freien Fuß setzte und die Hausdurchsuchung abgebrochen wurde, betrat er das Büro und war erstaunt, dass Elisabeth immer noch hier war. Er vermutete sie eigentlich im Krankenhaus.

»Wollen Sie nicht zu Ihrem Mann, Frau Stein?«

»Nein, ich sollte doch eine Aussage machen. Also, was wollen Sie wissen?«

»Ja«, meinte er verwundert, »dazu werden wir gleich in den Vernehmungsraum gehen.«

Diese Frau war für ihn ein Rätsel. Er war sich nicht sicher, ob sie wirklich so cool war, wie sie sich jetzt gab, oder ob sie wieder Theater spielte. Er bot ihr Kaffee und Wasser an, sie entschied sich für Wasser. Kurz darauf saßen sie in demselben Raum, in dem ihr Mann eben noch sein Geständnis zu Protokoll gegeben hatte. Engels schaltete das Aufnahmegerät ein, und Elisabeth Stein wurde über ihre Rechte in Kenntnis gesetzt.

Diego zögerte einen kleinen Moment, bevor er mit der Befragung begann, da er eigentlich davon ausging, dass Gregor ebenfalls anwesend sein würde.

Erst später erfuhr er, dass Gregor schon das zweite Mal an diesem Tag Blut gespuckt und Engels ihn daraufhin umgehend zum Arzt geschickt hatte. Gregor hatte zwar noch ein wenig rumgenölt und wollte partout nicht einsehen, dass seine Magenprobleme offensichtlich doch ernsterer Natur waren, aber Engels hatte darauf bestanden, dass er sich sofort in die Notaufnahme des nahegelegenen Krankenhauses begab.

Elisabeth Stein wurde gefragt, ob sie wisse, weshalb ihr Mann Kessler und Slovak ermordet hatte und auch Theo Kessler umbringen wollte.

»Und noch etwas, Frau Stein: Ersparen Sie uns bitte irgendwelche Phantasiegeschichten. Ihr Mann hat bereits ein umfangreiches Geständnis abgelegt, allerdings lieferte er uns kein Motiv für seine Taten.«

»Es gibt keinen Grund, Ihnen den wahren Sachverhalt vorzuenthalten, Herr Kommissar. Bis vor zwei Jahren wusste ich nichts von dem, was meinen Kindern widerfahren war, absolut nichts. Bis dahin glaubte ich, dass der Treppensturz von Johannes ein Unfall war und dass Merete sich mit irgendeinem Jungen eingelassen hatte und schwanger wurde. Aber auch von ihrer Schwangerschaft erfuhr ich erst, als wir in Tansania waren. Da war es dann unübersehbar. Sie war gerade mal fünfzehn Jahre alt, als Lukas geboren wurde, und ich war damals der Ansicht, dass es besser wäre, das Kind als mein Kind auszugeben. Es war schwierig, Merete und meinen Mann davon zu überzeugen. Aber sie war so jung und hatte ihr ganzes Leben noch vor sich. Es war kein Problem, eine Hebamme zu finden, die bestätigte, dass ich die Mutter des Kindes sei. Wir hatten Geld und gute Beziehungen – und in Afrika ticken die Uhren anders. Und so wuchs Lukas in dem Glauben auf, Erich und ich wären seine Eltern.«

Sie hat ein Kind ... Sie hat es mit keiner Silbe erwähnt, dass sie nach der Vergewaltigung schwanger war ... Sie musste ihrem Sohn vorspielen, sie sei seine große Schwester ... Oh Gott, Merete, was haben sie dir abverlangt ... Diego hörte zu und war fassungslos.

»Und was geschah vor zwei Jahren?«, unterbrach Engels sie ungeduldig, »ich möchte wissen, wie es kam, dass Ihr Mann die Männer ermordet hat.«

»Simon, unser Schwiegersohn«, sprach Elisabeth unbeirrt weiter, »war nicht nur Meretes Mann, sondern anfangs auch ihr Psychotherapeut sowie Erichs ältester und bester Freund. Mein Mann und er kannten sich seit frühester Jugend. Jedenfalls hinterlegte Simon beim Notar ein Schriftstück, das man Erich im Falle seines Ablebens aushändigen sollte. Und als Simon vor zwei Jahren starb, bekam Erich diesen unseligen Brief. Simon war wohl der Ansicht, dass Erich endlich seinen Frieden finden würde, wenn er von dem damaligen Verbrechen Kenntnis hätte. Dazu muss man wissen, dass Erich jahrelang bohrende Fragen stellte. Er ahnte wohl, dass damals mehr geschehen war. Er konnte und wollte es nicht glauben, dass seine damals vierzehnjährige Tochter leichtfertig mit einem Jungen ins Bett gestiegen war. Er war immer der Meinung, seine Tochter wäre anders als andere Mädchen – und ich war oftmals genervt von seinem Getue. Aber er hatte recht. Das fatale ist nur: Er glaubt mir bis heute nicht, dass ich weder von der Vergewaltigung wusste, noch davon, dass Paul Kessler Johannes die Treppe der Sechserbrücke hinuntergestoßen hatte. Letztendlich hat der Brief nicht nur unsere Ehe, sondern unsere gesamte Familie zerstört. Simon wollte seinem Freund etwas Gutes tun und ahnte offensichtlich nicht, was er damit anrichten würde.

In dem Brief wurden Erichs Vermutungen hinsichtlich seiner Tochter bestätigt. Durch diesen Brief erfuhr Erich alle Einzelheiten des perfiden Vorgehens der Kessler-Brüder und Slovaks. Hätte Simon Erich wirklich gekannt, dann hätte er wissen müssen, dass Erich auch nach so vielen Jahren auf seine Weise handeln würde.«

»Und Sie, Frau Stein, wussten Sie, was Ihr Mann vorhatte?«

»Nein, anfangs nicht. Nachdem man aber Jakob Slovak ermordet in einem Kreidekreis fand und Erich in dieser Gewitternacht unterwegs gewesen war, ahnte ich, dass das kein Zufall sein konnte. Erich war erfüllt von Hass. Was die Kessler-Brüder und Slovak unseren Kindern angetan hatten, durfte nicht ungesühnt bleiben. Dieser unbändige Hass wirkte bei ihm wie ein Motor – ein Motor, der ihn vorantrieb, ihm die Kraft gab, sein grausames Vorhaben in die Tat umzusetzen. Eigentlich müsste Erich schon längst tot sein. Vor etwas über einem Jahr, sagten ihm die Ärzte, dass er mit viel Glück noch drei bis vier Monate zu leben hätte. Sie müssen nicht denken, Herr Kommissar, dass er jemals mit mir über seinen Gesundheitszustand gesprochen hat. Ich erfuhr es von unserem Hausarzt, der natürlich davon ausging, dass mein Mann mich über seine Krankheit informiert hat.«

Betroffen lauschten Engels und Diego Elisabeths Bericht, und Diego fragte sie, weshalb sie mit ihrem Verdacht nicht zur Polizei gegangen sei.

»Das kann ich Ihnen nicht sagen. Vielleicht, weil ich meinen Mann im tiefsten Inneren verstehen konnte, vielleicht habe ich seine Handlungsweise unbewusst sogar bewundert, und vielleicht, weil ich hoffte, er würde doch noch erkennen, dass ich ihn niemals belogen habe. Auch ich erfuhr erst durch diesen Brief, was wirklich damals geschah. Ich liebe meinen Mann, Herr Kommissar, trotz allem.«

Schweigend schaltete Engels das Aufnahmegerät aus und blickte nachdenklich zu Frau Stein.

»Ja, das wäre es dann fürs Erste, vielen Dank für Ihre Aussage, aber ich muss Sie darauf hinweisen, dass es im Ermessen des Staatsanwalts liegt, ob er gegen Sie einen Strafantrag stellt. Sie können dann gehen. Übrigens, das Krankenhaus, in dem ihr Mann liegt, ist nur knapp zehn Minuten von hier entfernt.«

Er beschrieb ihr den Weg dorthin und bat sie, am morgigen Tag nochmal vorbeizukommen, um das Protokoll zu unterschreiben.

Als sich die Tür hinter Frau Stein schloss, blieben Diego und Engels nachdenklich auf ihren Stühlen sitzen. Jeder hing im Moment seinen eigenen Gedanken nach. Der Fall war gelöst, zwei Männer waren bisher tot, und eine Familie bis in die Grundmauern erschüttert.

Diego sah Merete vor sich, sah ihren hilflosen, traurigen Blick und zuckte erschrocken zusammen, als Blondy plötzlich schwungvoll die Tür aufriss.

»Ach hier seid ihr, es gibt Neuigkeiten aus dem Krankenhaus …«

»Der alte Stein ist tot«, unterbrach sie Engels.

»Nein, Theo Kessler hat es nicht geschafft«, entgegnete Blondy. »Außerdem kam noch ein Anruf aus dem Franziskus-Krankenhaus: Sie haben Gregor gleich drinbehalten. Er stand kurz vor einem Magendurchbruch und wird bereits operiert. Gregor lässt uns ausrichten, dass wir Ellen anrufen und sie fragen sollen, ob sie weiß, wo Sarah abgeblieben ist. Sarah sollte schon wissen, dass ihr Mann im Krankenhaus liegt.«

»Hast du denn die Telefonnummer von Ellen?« fragte Engels überrascht. Aber dann fiel ihm ein, dass Blondy, Sarah und Ellen sich gelegentlich zum Shoppen trafen.

»Ja, habe ich, das weißt du doch.« Dann griff sie zum Telefon und wählte Ellens Nummer.

Sarah war tatsächlich bei ihrer Freundin und reagierte panisch, als sie erfuhr, dass ihr Mann im Krankenhaus lag und sich bereits im Operationssaal befand. Kaum, dass Blondy ihr die Adresse der Klinik durchgegeben hatte, stammelte Sarah noch ein kurzes »Danke« und unterbrach die Verbindung.

»Oh Mann, bin ich froh, dass ich sie erreicht habe. Wenn Gregor aus der Narkose aufwacht, wird sie bei ihm sein.«

Während Blondy noch weiter plapperte, schlängelte sich Diego lautlos an ihr vorbei und verließ eiligen Schrittes das Gebäude. Er schlug den Weg zum nahegelegenen Krankenhaus ein und wechselte unbewusst von der zügigen Gangart in den Dauerlauf.

Etwas außer Atem stand er kurz darauf an der Rezeption des Spitals, zückte, noch immer nach Luft schnappend, seine Dienstmarke, und wollte wissen, auf welcher Station Erich Stein untergebracht war. Nachdenklich betrat er den Fahrstuhl, fuhr in die dritte Etage und lief den Flur entlang, um am Ende des Ganges – so, wie es ihm die Dame am Empfang beschrieben hatte – links abzubiegen.

Beinahe wäre er mit Merete zusammengestoßen, die ihm mit gesenktem Kopf und schluchzend entgegenkam. Sekundenlang standen sie sich gegenüber und schauten sich in die Augen.

Diego versuchte irgendetwas zu sagen und stotterte mit fast tonloser Stimme: »Es tut mir alles so leid … so unendlich leid … Ich weiß nicht, was ich sagen soll …«

Merete stand zitternd und mit hängenden Schultern vor ihm. «Er ist tot«, flüsterte sie, »mein Vater ist tot«. Dann fing sie hemmungslos an zu weinen und ließ sich widerstandslos von Diego in die Arme nehmen.

45

Als Diego den Raum verlassen hatte, setzte sich Blondy neben Engels. Wortlos zog er sie ein Stück zu sich heran, schob ihre langen roten Locken zur Seite, und küsste zärtlich ihren Nacken.

»Jetzt, da der Fall gelöst ist, sollten wir uns ein paar freie Tage gönnen, Katja Blondczycz. Nur du und ich, was hältst du davon?«

»Deine Idee ist brillant«, flüsterte sie und genoss mit geschlossenen Augen seine Berührung. »Aber«, meinte sie nachdenklich, »es dürfte schwierig werden, sich ein paar Tage freizuschaufeln. Gregor ist krank, und wer weiß, wann er seinen Dienst wieder aufnehmen kann.«

Im selben Moment fiel ihr die Anruferin ein, die heute schon zweimal Gregor sprechen wollte. »Apropos Gregor, sag mal«, fragte sie jetzt Engels, »sagt dir der Name Regina etwas?«

Er verneinte. »Was für eine Regina?«

»Heute rief eine Frau an, die sich nur mit ›Regina‹ meldete und unbedingt mit Gregor verbunden werden wollte. Sie wirkte sehr enttäuscht, weil er beide Male nicht im Haus war, als sie anrief.«

»Hat sie gesagt, weshalb sie ihn sprechen will?«

»Nein, nicht direkt. Sie meinte, dass sie gemeinsam die Fortbildung in Hannover besucht hätten und sie diesbezüglich eine Frage an ihn hätte. Sie hinterließ eine Telefonnummer und bat mich, diese umgehend an ihn weiterzuleiten.«

»Hm, er hat nie eine Regina erwähnt«, sinnierte Engels, »aber es scheint wichtig zu sein. Wir besuchen ihn morgen im Krankenhaus und geben ihm die Telefonnummer, dann kann er entscheiden, ob er dort anruft oder nicht.«

Engels erhob sich abrupt von seinem Stuhl und zog Blondy gleich mit hoch. »Komm, lass uns hier abhauen, meine kleine Füchsin«, meinte er lächelnd zu ihr. »Ich habe eine grandiose Idee, wie wir den heutigen Abend gestalten werden.«

»Ja … aber … sollten wir nicht auf Diego warten? Wo ist er eigentlich hingegangen?«

Während Engels sie in die Richtung des Ausgangs schob, meinte er lachend zu ihr: »Du bist Kriminalistin – die unwiderstehlichste, attraktivste und klügste Kriminalistin, die ich kenne. Und nun denke scharf nach: Wo könnte es den schönste Mann des Dezernats hingezogen haben?«

Danksagung

Mein herzlicher Dank geht an:

Thorsten Falke, ohne dessen Hilfe auch aus meinem zweiten Manuskript niemals ein »Buch« geworden wäre;

Harald Wolff, dem ich die perfekte Umsetzung meiner Coveridee verdanke;

sowie meinen Autorenfreunden und -freundinnen, die mir nicht nur als »Testleser« jederzeit mit Rat und Tat zur Seite standen.

Der erste Fall von Engels und Bär:

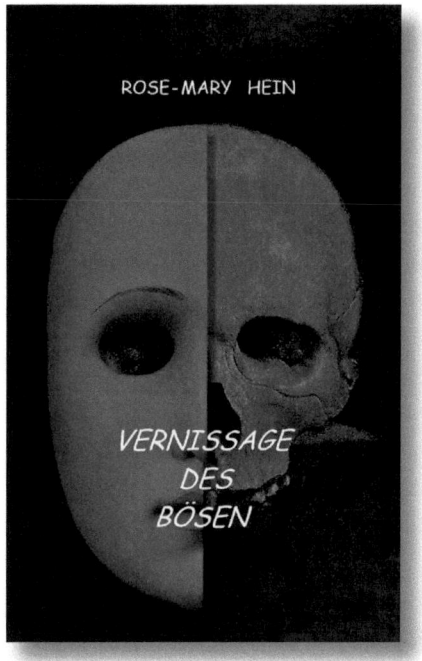

Rose-Mary Hein: **Vernissage des Bösen.**
Books on Demand 2015, 280 Seiten, 9,90 EUR.
ISBN 978-3-738-61401-5

Leseprobe

Die Flüge nach Berlin waren gebucht, die Koffer gepackt.
Morgen würden sie beide Athen verlassen. Aber niemals
hätte er einfach so gehen können. Zum letzten Mal wollte
er den vertrauten modrigen Geruch in seine Lungen ziehen, bevor er den Raum für immer verriegeln würde. Er

war alleine hier unten. In den letzten Jahren war er immer nur alleine hier.

Er verzichtete darauf, den Lichtschalter zu betätigen. Stattdessen zündete er einige Kerzen an, die auf den Regalen standen – und setzte sich andächtig auf die marode Pritsche. Sein Blick tastete, ähnlich einem Laserstrahl, jedes noch so kleine Detail des Raumes ab, wanderte über ineinander gestapelte Schüsseln, Eimer und Zinkwannen, über geschlossene Schübe, deren Inhalt in einem Krankenhaus der Dritten Welt Fortschritt bedeutet hätte. Unter den vier breiten Regalen hingen, säuberlich aufgereiht, verschiedene Sägen, der Größe nach geordnet. Ebenso Zangen, unterschiedliche Zangen. Einige, die in der Zahnmedizin verwendet wurden. Jene, mit denen man Molaren, Prämolaren oder Schneidezähne problemlos aus dem Kiefer extrahieren konnte. Alles hing griffbereit zwischen dem untersten Regal und dem großen Holztisch – dem alten, rustikalen Holztisch, der eine ungewöhnliche Maserung aufwies.

Er erhob sich von der Pritsche, näherte sich jenem Tisch mit den schwarzen Streifen und betrachtete zufrieden grinsend die dunklen, unregelmäßigen Linien. Blut. Das eingetrocknete Blut seiner unzähligen kleinen, wehrlosen Opfer. Blutreste, die sich anklagend für die Ewigkeit tief ins Holz gefressen hatten. Mit dem Fingernagel fuhr er kraftvoll durch eine der dunklen Rillen und schob genüsslich ausgedörrte, schwarze Krümel an den Rand des Tisches.

Sein Blick wanderte nach oben. Gläser, viele verstaubte Präparategläser, standen dort gut verschlossen in Reih und Glied. Er schaute in grotesk verzerrte, offene Münder, die den Blick auf winzig kleine, noch nicht an feste Nahrung gewöhnte Zähne freigaben. Spielerisch drehte er eins der vielen Gläser in seiner Hand. Er beobachtete mit kindlicher

Freude den Tanz der blicklosen Augen, die schwerelos in der Formalinlösung auf und ab wippten. Erwartungsgemäß setzte wieder das wohlige Kribbeln und Ziehen in seiner Leistengegend ein. Mit geschlossenen Augen genoss er einen kurzen Moment dieses angenehme Gefühl.

Als er das Glas wieder an seinen Platz stellen wollte, hielt er einen Moment inne. Diabolisch grinsend stieg er auf einen Stuhl, griff gezielt nach einem mittelgroßen Glas, das versteckt in der hintersten Reihe stand. Eine schmierige Staubschicht ließ den schwerelos tanzenden, grausamen Inhalt nur schemenhaft erkennen. Wild wippte und drehte sich das schwimmende Präparat in seinem nassen Gefängnis und schlug, ein klickendes Geräusch verursachend, immer wieder gegen die Innenseite des Behälters. Von plötzlicher Panik ergriffen stellte er das Glas, das in seiner Hand zu glühen schien, auf das unterste Regal und wich entsetzt zurück. Der Inhalt wippte und drehte sich unaufhörlich weiter.

Ihm wurde übel. Sein Herz raste, Schweißperlen standen auf seiner Stirn. Das klickende Geräusch wurde kontinuierlich lauter und lauter und peinigte erbarmungslos sein Trommelfell. Zitternd presste er beide Hände auf seine schmerzenden Ohren und schleppte sich keuchend die fünf Stufen nach oben, verriegelte mit letzter Kraft den Raum und kroch wie ein angeschossenes Tier ins Freie. Erschöpft fiel er auf die Knie und erbrach einen Schwall grüner Galle.